U0123870

春风沉醉的晚上

郁达夫

作家出版社

目 录

沉　沦

一

他近来觉得孤冷得可怜。

他的早熟的性情，竟把他挤到与世人绝不相容的境地去，世人与他的中间介在的那一道屏障，愈筑愈高了。

天气一天一天地清凉起来，他的学校开学之后，已经快半个月了。那一天正是九月的二十二日。

晴天一碧，万里无云，终古常新的皎日，依旧在她的轨道上，一程一程地在那里行走。从南方吹来的微风，同醒酒的琼浆一般，带着一种香气，一阵阵地拂上面来。在黄苍未熟的稻田中间，在弯曲同白线似的乡间的官道上面，他一个人手里捧了一本六寸长的Wordsworth①的诗集，尽在那里缓缓地独步。在这大平原内，四面并无人影。不知从何处飞来的一声两声的远吠声，悠悠扬扬地传到他

_____

① 华兹华斯，英国浪漫主义诗人。

耳膜上来。他眼睛离开了书，同做梦似的向有犬吠声的地方看去，但看见了一丛杂树，几处人家，同鱼鳞似的屋瓦上，有一层薄薄的蜃气楼，同轻纱似的，在那里飘荡。

"Oh, you serene gossamer! You beautiful gossamer!" [①]

这样地叫了一声，他的眼睛里就涌出了两行清泪来，他自己也不知道是什么缘故。

呆呆地看了好久，他忽然觉得背上有一阵紫色的气息吹来，"息索"的一响，道旁的一枝小草，竟把他的梦境打破了。他回转头来一看，那枝小草还是颠摇不已，一阵带着紫罗兰气息的和风，温微微地喷到他那苍白的脸上来。在这清和的早秋的世界里，在这澄清透明的以太（ether）中，他的身体觉得同陶醉似的酥软起来。他好像是睡在慈母怀里的样子。他好像是梦到了桃花源里的样子。他好像是在南欧的海岸，躺在情人膝上，在那里贪午睡的样子。

他看看四边，觉得周围的草木，都在那里对他微笑。看看苍空，觉得悠久无穷的大自然，微微地在那里点头。一动也不动地向天看了一会，他觉得天空中，有一群小天神，背上插着了翅膀，肩上挂着了弓箭，在那里跳舞。他觉得乐极了，便不知不觉开了口，自言自语地说：

"这里就是你的避难所。世间的一般庸人都在那里妒忌你，轻笑你，愚弄你；只有这大自然，这终古常新的苍空皎日，这晚夏的微风，这初秋的清气，还是你的朋友，还是你的慈母，还是你的情人，你也不必再到世上去与那些轻薄的男女共处去，你就在这大自然的怀里，这纯朴的乡间终老了罢。"

---

① 英文：哦，你这安详的薄纱！你这美丽的薄纱！

这样地说了一遍，他觉得自家可怜起来，好像有万千哀怨，横亘在胸中，一口说不出来的样子。含了一双清泪，他的眼睛又看到他手里的书上去。

Behold her, single in the field,

You solitary Highland lass!

Reaping and singing by herself;

Stop here, or gently pass!

Alone she cuts, and binds the grain,

And sings a melancholy strain;

Oh, listen! For the vale profound,

Is overflowing with the sound.

看了这一节之后，他又忽然翻过一张来，脱头脱脑地看到那第三节去。

Will no one tell me what she sings?

Perhaps the plaintive numbers flow

For old, unhappy, far-off things,

And battles long ago:

Or is it some more humble lay,

Familiar matter of today?

Some natural sorrow, loss, or pain,

That has been and may be again!

这也是他近来的一种习惯，看书的时候，并没有次序的。几百页的大书，更可不必说了，就是几十页的小册子，如爱美生的《自然论》(Emerson's *On Nature*)，沙罗的《逍遥游》(Thoreau's *Excursion*)之类，也没有完完全全从头至尾地读完一篇过。当他起初翻开一册书来看的时候，读了四行五行或一页二页，他每被那一本书感动，恨不得要一口气把那一本书吞下肚子里去的样子，到读了三页四页之后，他又生起一种怜惜的心来，他心里似乎说：

"像这样的奇书，不应该一口气就把它念完，要留着细细儿地咀嚼才好。一下子就念完了之后，我的热望也就不得不消灭，那时候我就没有好望，没有梦想了，怎么使得呢？"

他的脑里虽然有这样的想头，其实他的心里早有一些儿厌倦起来，到了这时候，他总把那本书收过一边，不再看下去。过几天或者过几个钟头之后，他又用了满腔的热忱，同初读那一本书的时候一样的，去读另外的书去，几日前或者几点钟前那样地感动他的那一本书，就不得不被他遗忘了。

放大了声音把渭迟渥斯①的那两节诗读了一遍之后，他忽然想把这一首诗用中国文翻译出来。

"孤寂的高原刈稻者"，他想想看，*The solitary reaper*，诗题只有如此的译法。

　　　你看那个女孩儿，她只一个人在田里，

　　　你看那边的那个高原的女孩儿，她只一个人，冷清清地！

---

① 渭迟渥斯：即前文 Wordsworth，今译"华兹华斯"。

她一边刈稻，一边在那儿唱着不已；

她忽而停了，忽而又过去了，轻盈体态，风光细腻！

她一个人，刈了，又重把稻儿捆起，

她唱的山歌，颇有些儿悲凉的情味；

听呀听呀！这幽谷深深，

全充满了她的歌唱的清音。

……

有人能说否，她唱的究竟是什么？

或者她那万千的痴话

是唱着前代的哀歌，

或者是前朝的战事，千兵万马，

或者是些坊间的俗曲

便是目前的家常闲说？

或者是些天然的哀怨，必然的丧苦，自然的悲楚。

这些事虽是过去的回思，将来想亦必有人指诉。

他一口气译了出来之后，忽又觉得无聊起来，便自嘲自骂地说道：

"这算是什么东西呀，岂不同教会里的赞美歌一样的乏味么？

"英国诗是英国诗，中国诗是中国诗，又何必译来对去呢！"

这样地说了一句，他不知不觉便微微儿地笑了起来。向四边一看，太阳已经打斜了；大平原的彼岸，西边的地平线上，有一座高山，浮在那里，饱受了一天残照，山的周围酝酿成一层朦朦胧胧的岚气，反射出一种紫不紫红不红的颜色来。

他正在那里出神呆看的时候，"喀"地咳嗽了一声，他的背后忽然来了一个农夫。回头一看，他就把他脸上的笑容改装成一副忧郁的面色，好像他的笑容是怕被人看见的样子。

二

他的忧郁症愈闹愈甚了。

他觉得学校里的教科书，真同嚼蜡一般，毫无半点生趣。天气清朗的时候，他每捧了一本爱读的文学书，跑到人迹罕至的山腰水畔，去贪那孤寂的深味去。在万籁俱寂的瞬间，在天水相映的地方，他看看草木虫鱼，看看白云碧落，便觉得自家是一个孤高傲世的贤人，一个超然独立的隐者。有时在山中遇着一个农夫，他便把自己当作了 Zarathustra[①]，把 Zarathustra 所说的话，也在心里对那农夫讲了。他的 megalomania[②] 也同他的 hypochondria[③] 成了正比例，一天一天地增加起来。他竟有接连四五天不上学校去听讲的时候。

有时候到学校里去，他每觉得众人都在那里凝视他的样子。他避来避去想避他的同学，然而无论到了什么地方，他的同学的眼光，总好像怀了恶意，射在他的背脊上的样子。

上课的时候，他虽然坐在全班学生的中间，然而总觉得孤独得很；在稠人广众之中感得的这种孤独，倒比一个人在冷清的地方，感得的那种孤独还更难受。看看他的同学看，一个个都是兴高采烈地在那里听先生的讲义，只有他一个人身体虽然坐在讲堂里头，心思却同飞云逝电一般，在那里作无边无际的空想。

---

① 查拉图斯特拉，拜火教创始人。
② 英文：妄想自大。
③ 英文：忧郁病。

好容易下课的钟声响了！先生退去之后，他的同学说笑的说笑，谈天的谈天，个个都同春来的燕雀似的，在那里作乐；只有他一个人锁了愁眉，舌根好像被千钧的巨石锤住的样子，兀地不作一声。他也很希望他的同学来对他讲些闲话，然而他的同学却都自家管自家地去寻欢乐去，一见了他那一副愁容，没有一个不抱头奔散的，因此他愈加怨他的同学了。

"他们都是日本人，他们都是我的仇敌，我总有一天来复仇，我总要复他们的仇。"

一到了悲愤的时候，他总这样想的，然而到了安静之后，他又不得不嘲骂自家说：

"他们都是日本人，他们对你当然是没有同情的，因为你想得到他们的同情，所以你怨他们，这岂不是你自家的错误么？"

他的同学中的好事者，有时候也有人来向他说笑的，他心里虽然非常感激，想同哪一个人谈几句知心的话，然而口中总说不出什么话来，所以有几个解他的意的人，也不得不同他疏远了。

他的同学日本人在那里欢笑的时候，他总疑他们是在那里笑他，他就一霎时地红起脸来。他们在那里谈天的时候，若有偶然看他一眼的人，他又忽然红起脸来，以为他们是在那里讲他。他同他同学中间的距离，一天一天地远悖起来。他的同学都以为他是爱孤独的人，所以谁也不敢来近他的身。

有一天放课之后，他挟了书包回到他的旅馆里来，有三个日本学生同他同路的。将要到他寄寓的旅馆的时候，前面忽然来了两个穿红裙的女学生。在这一区市外的地方，从没有女学生看见的，所以他一见了这两个女子，呼吸就紧缩起来。他们四个人同那两个女子擦身过的时候，他的三个日本的同学都问她们说：

"你们上哪儿去？"

那两个女学生就作起娇声来回答说：

"不知道！"

"不知道！"

那三个日本学生都高声笑起来，好像是很得意的样子；只有他一个人似乎是他自家同她们讲了话似的，匆匆跑回旅馆里来。进了他自家的房，把书包用力地向席上一丢，他就在席上躺下了——日本室内都铺的席子，坐也席地而坐，睡也睡在席上的——他的胸前还在那里乱跳。用了一只手枕着头，一只手按着胸口，他便自嘲自骂地说：

"你这卑怯者！

"你既然怕羞，何以又要后悔？

"既要后悔，何以当时你又没有那样的胆量，不同她们去讲一句话？

"Oh, coward①, coward!"

说到这里，他忽然想起刚才那两个女学生的眼波来了。那两双活泼泼的眼睛！

那两双眼睛里，确有惊喜的意思含在里头。然而再仔细想了一想，他又忽然叫起来说：

"呆人呆人！她们虽有意思，与你有什么相干？她们所送的秋波，不是单送给那三个日本人的么？唉！唉！她们已经知道了，已经知道我是支那人了，否则她们何以不来看我一眼呢！复仇复仇，我总要复他们的仇。"

说到这里，他那火热的颊上忽然滚了几颗冰冷的眼泪下来。他

①　英文：胆小鬼。

是伤心到极点了。这一天晚上，他记的日记说：

我何苦要到日本来，我何苦要求学问。既然到了日本，那自然不得不被他们日本人轻侮的。中国呀中国！你怎么不富强起来，我不能再隐忍过去了。

故乡岂不有明媚的山河，故乡岂不有如花的美女？我何苦要到这东海的岛国里来！

到日本来倒也罢了，我何苦又要进这该死的高等学校。他们留了五个月学回去的人，岂不在那里享荣华安乐么？这五六年的岁月，叫我怎么能挨得过去。受尽了千辛万苦，积了十数年的学识，我回国去，难道定能比他们来胡闹的留学生更强么？

人生百岁，年少的时候，只有七八年的光景，这最纯最美的七八年，我就不得不在这无情的岛国里虚度过去，可怜我今年已经是二十一了。

槁木的二十一岁！

死灰的二十一岁！

我真还不如变了矿物质的好，我大约没有开花的日子了。

知识我也不要，名誉我也不要，我只要一个安慰我体谅我的"心"。一副白热的心肠！从这一副心肠里生出来的同情！从同情而来的爱情！

我所要求的就是爱情！

若有一个美人，能理解我的苦楚，她要我死，我也肯的。

若有一个妇人，无论她是美是丑，能真心真意地爱我，我也愿意为她死的。

我所要求的就是异性的爱情！

苍天呀苍天，我并不要知识，我并不要名誉，我也不要那些无用的金钱，你若能赐我一个伊甸园内的"伊扶[①]"，使她的肉体与心灵，全归我有，我就心满意足了。

三

他的故乡，是富春江上的一个小市，去杭州水程不过八九十里。这一条江水，发源安徽，贯流全浙，江形曲折，风景常新，唐朝有一个诗人赞这条江水说"一川如画"。他十四岁的时候，请了一位先生写了这四个字，贴在他的书斋里，因为他的书斋的小窗，是朝着江面的。虽则这书斋结构不大，然而风雨晦明、春秋朝夕的风景，也还抵得过滕王高阁。在这小小的书斋里过了十几个春秋，他才跟了他的哥哥到日本来留学。

他三岁的时候就丧了父亲，那时候他家里困苦得不堪。好容易他长兄在日本W大学卒了业，回到北京，考了一个进士，分发在法部当差，不上两年，武昌的革命起来了。那时候他已在县立小学堂卒了业，正在那里换来换去地换中学堂。他家里的人都怪他无恒性，说他的心思太活；然而依他自己讲来，他以为他一个人同别的学生不同，不能按部就班地同他们同在一处求学的。所以他进了K府中学

---

① 伊扶：英文 Eva 音译，夏娃。

之后，不上半年又忽然转到了H府中学来；在H府中学住了三个月，革命就起来了。H府中学停学之后，他依旧只能回到那小小的书斋里来。第二年的春天，正是他十七岁的时候，他就进了H大学的预科。这大学是在杭州城外，本来是美国长老会捐钱创办的，所以学校里浸润了一种专制的弊风，学生的自由，几乎被压缩得同针眼儿一般的小。礼拜三的晚上有什么祈祷会，礼拜日非但不准出去游玩，并且在家里看别的书也不准的，除了唱赞美诗祈祷之外，只许看新旧约书。每天早晨从九点钟到九点二十分，定要去做礼拜，不去做礼拜，就要扣分数记过。他虽然非常爱那学校近旁的山水景物，然而他的心里，总有些反抗的意思，因为他是一个爱自由的人，对那些迷信的管束，怎么也不甘心服从。住不上半年，那大学里的厨子，托了校长的势，竟打起学生来。学生中间有几个不服的，便去告诉校长，校长反说学生不是。他看看这些情形，实在是太无道理了，就立刻去告了退，仍复回家，到那小小的书斋里去，那时候已经是六月初了。

在家里住了三个多月，秋风吹到富春江上，两岸的绿树，就快凋落的时候，他又坐了帆船，下富春江，上杭州去。却好那时候石牌楼的W中学正在那里招插班生，他进去见了校长M氏，把他的经历说给了M氏夫妻听，M氏就许他插入最高的班里去。这W中学原来也是一个教会学校，校长M氏，也是一个糊涂的美国宣教师。他看看这学校的内容倒比H大学不如了。与一位很卑鄙的教务长——原来这一位先生就是H大学的毕业生——闹了一场，第二年的春天，他就出来了。出了W中学，他看看杭州的学校，都不能如他的意，所以他就打算不再进别的学校去。

正是这个时候，他的长兄也在北京被人排斥了。原来他的长兄为人正直得很，在部里办事，铁面无私，并且比一般部内的人物又多了一些学识，所以部内上下，都忌惮他。有一天某次长 ① 的私人，来问他要一个位置，他执意不肯，因此次长就同他闹起意见来，过了几天他就辞了部里的职，改到司法界去做司法官去了。他的二兄那时候正在绍兴军队里做军官，这一位二兄军人习气颇深，挥金如土，专喜结交侠少。他们弟兄三人，到这时候都不能如意之所为，所以那一小市镇里的闲人都说他们的风水破了。

他回家之后，便镇日镇夜地蛰居在他那小小的书斋里。他父祖及他长兄所藏的书籍，就做了他的良师益友。他的日记上面，一天一天地记起诗来。有时候他也用了华丽的文章作起小说来，小说里就把他自己当作了一个多情的勇士，把他邻近的一家寡妇的两个女儿，当作了贵族的苗裔，把他故乡的风物，全编作了田园的情景。有兴的时候，他还把他自家的小说，用单纯的外国文翻译起来。他的幻想，愈演愈大了，他的忧郁病的根苗，大约也就在这时候培养成功的。

在家里住了半年，到了七月中旬，他接到他长兄的来信说：

> 院内近有派予赴日本考察司法事务之意，予已许院长以东行，大约此事不日可见命令。渡日之先，拟返里小住。三弟居家，断非上策，此次当偕伊赴日本也。

他接到了这一封信之后，心中日日盼他长兄南来，到了九月下旬，他的兄嫂才自北京到家。住了一月，他就同他的长兄长嫂同到日本去了。

---

① 次长：某些国家和地区副部职务，辅助部长处理部务。

到了日本之后，他的 dreams of the romantic age[1] 尚未醒悟，模模糊糊地过了半载，他就考入了东京第一高等学校。这正是他十九岁的秋天。

第一高等学校将开学的时候，他的长兄接到了院长的命令，要他回去。他的长兄便把他寄托在一家日本人的家里，几天之后，他的长兄长嫂和他的新生的侄女儿就回国去了。

东京第一高等学校里有一班预备班，是为中国学生特设的。

在这预科里预备一年，卒业之后，才能入各地高等学校的正科，与日本学生同学。他考入预科的时候，本来填的是文科，后来将在预科卒业的时候，他的长兄定要他改到医科去，他当时亦没有什么主见，就听了他长兄的话把文科改了。

预科卒业之后，他听说 N 市的高等学校是最新的，并且 N 市是日本产美人的地方，所以他就要求到 N 市的高等学校去。

四

他的二十岁的八月二十九日的晚上，他一个人从东京的中央车站乘了夜行车到 N 市去。

那一天大约刚是旧历的初三四的样子，同天鹅绒似的又蓝又紫的天空里，洒满了一天星斗。半痕新月，斜挂在西天角上，却似仙女的蛾眉，未加翠黛的样子。他一个人靠着了三等车的车窗，默默地在那里数窗外人家的灯火。火车在暗黑的夜气中间，一程一程地

---

[1] 英文：浪漫年龄里的幻梦。

进去，那大都市的星星灯火，也一点一点地朦胧起来，他的胸中忽然生了万千哀感，他的眼睛里就忽然觉得热起来了。

"Sentimental, too sentimental! [1]"

这样地叫一声，把眼睛揩了一下，他反而自家笑起自家来。

"你也没有情人留在东京，你也没有弟兄知己住在东京，你的眼泪究竟是为谁洒的呀！或者是对于你过去的生活的伤感，或者是对你二年间的生活的余情，然而你平时不是说不爱东京的么？

"唉，一年人住岂无情。

"黄莺住久浑相识，欲别频啼四五声！"

胡思乱想地寻思了一会，他又忽然想到初次赴新大陆去的清教徒的身上去。

"那些十字架下的流人，离开他故乡海岸的时候，大约也是悲壮淋漓，同我一样的。"

火车过了横滨，他的感情方才渐渐儿地平静起来。呆呆地坐了一忽，他就取了一张明信片出来，垫在海涅（Heine）的诗集上，用铅笔写了一首诗寄他东京的朋友。

> 蛾眉月上柳梢初，又向天涯别故居。
>
> 四壁旗亭争赌酒，六街灯火远随车。
>
> 乱离年少无多泪，行李家贫只旧书。
>
> 夜后芦根秋水长，凭君南浦觅双鱼。

在朦胧的电灯光里，静悄悄地坐了一会，他又把海涅的诗集翻

---

① 英文：敏感啊，太敏感了。

开来看了。

Ledet wohl, ihr glatten Säle,

Glatte herren, glatte, Frauen!

Auf die berge will ich steigen,

Lac end auf euch niederschauen!

Aus Heines *Buch der Lieder*[①]

浮薄的尘寰，无情的男女，

你看那隐隐的青山，我欲乘风飞去，

且住且住，

我将从那绝顶的高峰，笑看你终归何处。

单调的轮声，一声声连连续续地飞到他的耳膜上来，不上三十分钟，他竟被这催眠的车轮声引诱到梦幻的仙境里去了。

早晨五点钟的时候，天空渐渐儿地明亮起来。在车窗里向外一望，他只见一线青天还被夜色包住在那里。探头出去一看，一层薄雾，笼罩着一幅天然的画图，他心里想了一想：

"原来今天又是清秋的好天气，我的福分真可算不薄了。"

过了一个钟头，火车就到了N市的停车场。

下了火车，在车站上遇见了个日本学生。他看看那学生的制帽上也有两条白线，便知道他也是高等学校的学生。他走上前去，对

---

① 德文：海涅《哈尔茨小游记》。

那学生脱了一脱帽，问他说：

"第 × 高等学校是在什么地方的？"

那学生回答说：

"我们一路去罢。"

他就跟了那学生跑出火车站来，在火车站的前头，乘了电车。

时光还早得很，N市的店家都还未曾起来。他同那日本学生坐了电车，经过了几条冷清的街巷，就在鹤舞公园前面下了车。他问那日本学生说：

"学校还远得很么？"

"还有二里多路。"

穿过了公园，走到稻田中间的细路上的时候，他看看太阳已经起来了，稻上的露滴，还同明珠似的挂在那里。前面有一丛树林，树林荫里，疏疏落落地看得见几椽农舍。有两三条烟囱筒子，突出在农舍的上面，隐隐约约地浮在清晨的空气里。一缕两缕的青烟，同炉香似的在那里浮动，他知道农家已在那里炊早饭了。

到学校近边的一家旅馆去一问，他一礼拜前头寄出的几件行李，早已经到在那里。原来那一家人家是住过中国留学生的，所以主人待他也很殷勤。在那一家旅馆里住下了之后，他觉得前途好像有许多欢乐在那里等他的样子。

他的前途的希望，在第一天的晚上，就不得不被目前的实情嘲弄了。原来他的故里，也是一个小小的市镇。到了东京之后，在人山人海的中间，他虽然时常觉得孤独，然而东京的都市生活，同他幼时的习惯尚无十分龃龉的地方。如今到了这N市的乡下之后，他的旅馆，是一家孤立的人家，四面并无邻舍，左首门外便是一条如发的大道，前后都是稻田，西面是一方池水，并且因为学校还没有开课，别的学生还没有到来，这一间宽旷的旅馆里，只住了他一个客人。白天倒还可以支吾过去，一到了晚上，他开窗一望，四面都是沉沉的黑影，并且因N市的附近是一大平原，所以望眼连天，四面并无遮障之处，远远里有一点灯火，明灭无常，森然有些鬼气。天花板里，又有许多虫鼠，"息栗索落"地在那里争食。窗外有几株梧桐，微风动叶，飒飒地响得不已，因为他住在二层楼上，所以梧桐的叶战声，近在他的耳边。他觉得害怕起来，几乎要哭出来了。他对于都市的怀乡病（nostalgia）从未有比那一晚更甚的。

学校开了课，他朋友也渐渐儿地多起来。感受性非常强烈的他的性情，也同天空大地丛林野水融和了。不上半年，他竟变成了一个大自然的宠儿，一刻也离不了那天然的野趣了。

他的学校是在N市外，刚才说过N市的附近是一大平原，所以四边的地平线，界限广大得很。那时候日本的工业还没有十分发达，人口也还没有增加得同目下一样，所以他的学校的近边，还多是丛林空地，小阜低岗。除了几家与学生做买卖的文房具店及菜馆之外，附近并没有居民。荒野的中间，只有几家为学生设的旅馆，同晓天的星影似的，散缀在麦田瓜地的中央。晚饭毕后，披了黑的缦斗（le manteau），拿了爱读的书，在迟迟不落的夕照中间，散步逍遥，是非常快乐的。他的田园趣味，大约也是在这 idyllic wanderings[①] 的中间养成的。

在生活竞争不十分猛烈，逍遥自在，同中古时代一样的时候，在风气纯良，不与市井小人同处，清闲雅淡的地方，过日子正如做梦一般。他到了N市之后，转瞬之间，已经有半载多了。

熏风日夜地吹来，草色渐渐儿地绿起来，旅馆近旁麦田里的麦

———————————

① 英文：田园般的流浪。

穗，也一寸一寸地长起来了。草木虫鱼都化育起来，他的从始祖传来的苦闷也一日一日地增长起来。他每天早晨，在被窝里犯的罪恶，也一次一次地加起来了。

他本来是一个非常爱高尚爱洁净的人，然而一到了这邪念发生的时候，他的智力也无用了，他的良心也麻痹了，他从小服膺的"身体发肤，不敢毁伤"的圣训，也不能顾全了。他犯了罪之后，每深自痛悔，切齿地说，下次总不再犯了，然而到了第二天的那个时候，种种幻想，又活泼泼地到他的眼前来。他平时所看见的"伊扶"的遗类，都赤裸裸地来引诱他。中年以后的madam①的形体，在他的脑里，比处女更有挑发他情动的地方。他苦闷一场，恶斗一场，终究不得不做她们的俘虏。这样的一次成了两次，两次之后，就成了习惯了。他犯罪之后，每到图书馆里去翻出医书来看，医书上都千篇一律地说，于身体最有害的就是这一种犯罪。从此之后，他的恐惧心也一天一天地增加起来了。有一天他不知道从什么地方得来的消息，好像是一本书上说，俄国近代文学的创设者Gogol②也犯这一宗病，他到死竟没有改过来。他想到了Gogol，心里就宽了一宽，因为这《死了的灵魂》③的著者，也是同他一样的。然而这不过自家对自家的宽慰而已，他的胸里，总有一种非常的忧虑存在那里。

因为他是非常爱洁净的，所以他每天总要去洗澡一次，因为他是非常爱惜身体的，所以他每天总要去吃几个生鸡子④和牛乳；然而他去洗澡或吃牛乳鸡子的时候，他总觉得惭愧得很，因为这都是他

---

① 英文：女士。
② 果戈里，19世纪俄国作家。
③ 《死了的灵魂》：今译作《死灵魂》。
④ 鸡子：鸡蛋。

的犯罪的证据。

他觉得身体一天一天地衰弱起来，记忆力也一天一天地减退了，他又渐渐儿地生了一种怕见人面的心思，见了妇人女子的时候，他觉得更加难受。学校的教科书，也渐渐地嫌恶起来，法国自然派的小说，和中国那几本有名的诲淫小说，他念了又念，几乎记熟了。

有时候他忽然作出一首好诗来，他自家便喜欢得非常，以为他的脑力还没有破坏。那时候他每对着自家起誓说：

"我的脑力还可以使得，还能作得出这样的诗，我以后绝不再犯罪了。过去的事实是没法，我以后总不再犯罪了。若从此自新，我的脑力，还是很可以的。"

然而到了紧迫的时候，他的誓言又忘了。

每礼拜四五，或每月的二十六七的时候，他索性尽意地贪起欢来。他的心里想，自下礼拜一或下月初一起，我总不犯罪了。有时候正合到礼拜六或月底的晚上，去剃头洗澡去，以为这就是改过自新的记号，然而过几天，他又不得不吃鸡子和牛乳了。

他的自责心同恐惧心，竟一日也不使他安闲，他的忧郁症也从此厉害起来了。这样的状态继续了一二个月，他的学校里就放了暑假。暑假的两个月内，他受的苦闷，更甚于平时。到了学校开课的时候，他的两颊的颧骨更高起来，他的青灰色的眼窝更大起来，他的一双灵活的瞳仁，变了同死鱼眼睛一样了。

五

秋天又到了。浩浩的苍空，一天一天地高起来。他的旅馆旁边的稻田，都带起黄金色来。朝夕的凉风，同刀也似的刺到人的心骨里去，大约秋冬的佳日，也不远了。

一礼拜前的有一天午后，他拿了一本 Wordsworth 的诗集，在田塍路上逍遥漫步了半天。从那一天以后，他的循环性的忧郁症，尚未离他的身过。前几天在路上遇着的那两个女学生，常在他的脑里，不使他安静，想起那一天的事情，他还是一个人要红起脸来。

他近来无论上什么地方去，总觉得有坐立难安的样子。他上学校去的时候，觉得他的日本同学都似在那里排斥他。他的几个中国同学，也许久不去寻访了，因为去寻访了回来，他心里反觉得空虚。他的几个中国同学，怎么也不能理解他的心理。他去寻访的时候，总想得些同情回来的，然而谈了几句以后，他又不得不自悔寻访错了。有时候讲得投机，他就任了一时的热意，把他的内外的生活都讲了出来，然而到了归途，他又自悔失言，心里的责备，倒反比不去访友的时候，更加厉害。他的几个中国朋友，因此都说他是染了神经病了。他听了这话之后，对了那几个中国同学，也同对日本学生一样，起了一种复仇的心。他同他的几个中国同学，一日一日地疏远起来。虽在路上，或在学校里遇见的时候，他同那几个中国同学，也不点头招呼。中国留学生开会的时候，他当然是不去出席的。因此他同他的几个同胞，竟宛然成了两家仇敌。

他的中国同学的里边，也有一个很奇怪的人，因为他自家的结婚有些道德上的罪恶，所以他专喜讲人家的丑事，以掩己之不善，说他是神经病，也是这一位同学说的。

他交游离绝之后，孤冷得几乎到将死的地步，幸而他住的旅馆里，还有一个主人的女儿，可以牵引他的心，否则他真只能自杀了。他旅馆的主人的女儿，今年正是十七岁，长方的脸儿，眼睛大得很，笑起来的时候，面上有两颗笑靥，嘴里有一颗金牙，看得出来，因为她的笑容非常可爱，所以她也时常在那里笑的。

他心里虽然非常爱她，然而她送饭来或来替他铺被的时候，他总装出一种兀不可犯的样子来。他心里虽想对她讲几句话，然而一见了她，他总不能开口。她进他房里来的时候，他的呼吸竟急促到吐气不出的地步。他在她的面前实在是受苦不起了，所以近来她进他的房里来的时候，他每不得不跑出房外去。然而他思慕她的心情，却一天一天地浓厚起来。有一天礼拜六的晚上，旅馆里的学生，都上 N 市去行乐去了。他因为经济困难，所以吃了晚饭，上西面池上去走了一回，就回到旅舍里来枯坐。

回家来坐了一会，他觉得那空旷的二层楼上，只有他一个人在家。静悄悄地坐了半晌，坐得不耐烦起来的时候，他又想跑出外面去。然而要跑出外面去，不得不由主人的房门口经过，因为主人和他女儿的房，就在大门的边上。他记得刚才进来的时候，主人和他的女儿正在那里吃饭。他一想到经过她面前的时候的苦楚，就把跑出外面去的心思丢了。

拿出了一本 G.Gissing^① 的小说来读了三四页之后，静寂的空气里，忽然传了几声沙沙的泼水声音过来。他静静儿地听了一听，呼吸又一霎时地急了起来，面色也涨红了。迟疑了一会，他就轻轻地开了房门，拖鞋也不拖，幽脚幽手地走下扶梯去。轻轻地开了便所的门，他尽兀兀地站在便所的玻璃窗口偷看。原来他旅馆里的浴室，就在便所的间壁，从便所的玻璃窗看去，浴室里的动静了了可看。他起初以为看一看就可以走的，然而到了一看之后，他竟同被钉子

---

① 乔治·吉辛，19 世纪英国小说家。

钉住的一样，动也不能动了。

那一双雪样的乳峰！

那一双肥白的大腿！

这全身的曲线！

呼气也不呼，仔仔细细地看了一会，他面上的筋肉都发起痉挛来了。愈看愈颤得厉害，他那发颤的前额部竟同玻璃窗撞击了一下。被蒸气包住的那赤裸裸的"伊扶"便发了娇声问说：

"是谁呀……"

他一声也不响，急忙跳出了便所，就三脚两步地跑上楼上去了。

他跑到了房里，面上同火烧的一样，口也干渴了。一边他自家打自家的嘴巴，一边就把他的被窝拿出来睡了。他在被窝里翻来覆去，总睡不着，便立起了两耳，听起楼下的动静来。他听听泼水的声音也息了，浴室的门开了之后，他听见她的脚步声好像是走上楼来的样子。用被包着了头，他心里的耳朵明明告诉他说：

"她已经立在门外了。"

他觉得全身的血液，都在往上奔注的样子。心里怕得非常，羞得非常，也喜欢得非常。然而若有人问他，他无论如何，总不肯承认说，这时候他是喜欢的。

他屏住了气息，尖着了两耳听了一会，觉得门外并无动静，又故意咳嗽了一声，门外亦无声响。他正在那里疑惑的时候，忽听见她的声音，在楼下同她的父亲在那里说话。他手里捏了一把冷汗，拼命想听出她的话来，然而无论如何总听不清楚。停了一会，她的父亲高声地笑了起来，他把被蒙头地一罩，咬紧了牙齿说：

"她告诉了他了！她告诉了他了！"

这一天的晚上，他一睡也不曾睡着。第二天的早晨，天亮的时候，他就惊心吊胆地走下楼来。洗了手面，刷了牙，趁主人和他的女儿还没有起来之先，他就同逃也似的出了那个旅馆，跑到外面来。

官道上的沙尘，染了朝露，还未曾干着。太阳已经起来了。他不问皂白，便一直地往东走去，远远有一个农夫，拖了一车野菜慢慢地走来。那农夫同他擦过的时候，忽然对他说：

"你早啊！"

他倒惊了一跳，那清瘦的脸上，又起了一层红潮，胸前又乱跳起来，他心里想：

"难道这农夫也知道了么？"

无头无脑地跑了好久，他回转头来看看他的学校，已经远得很了。太阳也升高了。他摸摸表看，那银饼大的表，也不在身边。从太阳的角度看起来，大约已经是九点钟前后的样子。他虽然觉得饥饿得很，然而无论如何，总不愿意再回到那旅馆里去，同主人和他的女儿相见。想去买些零食充一充饥，然而他摸摸自家的袋看，袋里只剩了一角二分钱在那里。他到一家乡下的杂货店内，尽那一角二分钱，买了些零碎的食物，想去寻一处无人看见的地方去吃。走到了一处两路交叉的十字路口，他朝南地一望，只见与他的去路横交的那一条自北趋南的路上，行人稀少得很。那一条路是向南斜低下去的，两面更有高壁在那里，他知道这路是从一条小山中开辟出来的。他刚才走来的那条大道，便是这山的岭脊，十字路当作了中心，与岭脊上的那条大道相交的横路，是两边低斜下去的。在十字路口迟疑了一会，他就取了那一条向南斜下的路走去。走尽了两面的高壁，他的去路就穿入大平原去，直通到彼岸的市内。平原的彼岸有一簇深林，划在碧空的心里，他心里想：

"这大约就是Ａ神宫了。"

他走尽了两面的高壁，向左手斜面上一望，见沿高壁的那山面上有一道女墙，围住着几间茅舍，茅舍的门上悬着了"香雪海"三字的一方匾额。他离开了正路，走上几步，到那女墙的门前，顺手地向门一推，那两扇柴门竟自开了。他就随随便便地踏了进去。门内有一条曲径，自门口通过了斜面，直达到山上去的。曲径的两旁，有许多老苍的梅树种在那里，他知道这就是梅林了。顺了那一条曲径，往北从斜面上走到山顶的时候，一片同图画似的平地，展开在他的眼前。这园自从山脚起，跨有朝南的半山斜面，同顶上的一块平地，布置得非常幽雅。

山顶平地的西面是千仞的绝壁，与隔岸的绝壁相对峙，两壁的中间，便是他刚走过的那一条自北趋南的通路。背临着了那绝壁，有一间楼屋、几间平屋造在那里。因为这几间屋，门窗都闭在那里，他所以知道这定是为梅花开日，卖酒食用的。楼屋的前面，有一块草地，草地中间，有几方白石，围成了一个花园，园子里，卧着一枝老梅，那草地的南尽头，山顶的平地正要向南斜下去的地方，有一块石碑立在那里，系记这梅林的历史的。他在碑前的草地上坐下之后，就把买来的零食拿出来吃了。

吃了之后，他兀兀地在草地上坐了一会。四面并无人声，远远的树枝上时有一声两声的鸟鸣声飞来。他仰起头来看看澄清的碧空，同那皎洁的日轮，觉得四面的树枝房屋，小草飞禽，都一样地在和平的太阳光里受大自然的化育。他那昨天晚上的犯罪的记忆，正同远海的帆影一般，不知消失到哪里去了。

这梅林的平地上和斜面上，又来又去的曲径很多。他站起来走来走去地走了一会，方晓得斜面上梅树的中间，更有一间平屋造在那里。从这一间房屋往东地走去几步，有眼古井，埋在松叶堆中。

他摇摇井上的唧筒看，呷呷地响了几声，却抽不起水来。他心里想：

"这园大约只有梅花开的时候，开放一下，平时总没有人住的。"

到这时他又自言自语地说：

"既然空在这里，我何妨去向园主人去借住借住。"

想定了主意，他就跑下山来，打算去寻园主人去。他将走到门口的时候，却好遇见了一个五十来岁的农夫走进园来。他对那农夫道歉之后，就问他说：

"这园是谁的，你可知道？"

"这园是我经管的。"

"你住在什么地方的？"

"我住在路的那面。"

一边这样地说，一边那农民指着通路西边的一间小屋给他看。他向西一看，果然在西边的高壁尽头的地方，有一间小屋在那里。他点了点头，又问说：

"你可以把园内的那间楼屋租给我住住么？"

"可是可以的，你只一个人么？"

"我只一个人。"

"那你可不必搬来的。"

"这是什么缘故呢？"

"你们学校里的学生，已经有几次搬来过了，大约都因为冷静不过，住不上十天，就搬走的。"

"我可同别人不同，你但能租给我，我是不怕冷静的。"

"这样哪里有不租的道理，你想什么时候搬来？"

"就是今天午后罢。"

"可以的，可以的。"

"请你就替我扫一扫干净，免得搬来之后着忙。"

"可以可以。再会！"

"再会！"

六

搬进了山上梅园之后，他的忧郁症（hypochondria）又变起形状来了。

他同他的北京的长兄，为了一些儿细事，竟生起龃龉来。他发了一封长长的信，寄到北京，同他的长兄绝了交。

那一封信发出之后，他呆呆地在楼前草地上想了许多时候。他自家想想看，他便是世界上最不幸的人了。其实这一次的决裂，是发始于他的。同室操戈，事更甚于他姓之相争，自此之后，他恨他的长兄竟同蛇蝎一样，他被他人欺侮的时候，每把他长兄拿出来作比：

"自家的弟兄，尚且如此，何况他人呢！"

他每达到这一个结论的时候，必尽把他长兄待他苛刻的事情，细细回想出来。把各种过去的事迹列举出来之后，就把他长兄判决是一个恶人，他自家是一个善人。他又把自家的好处列举出来，把他所受的苦处夸大地细数起来。他证明得自家是一个世界上最苦的人的时候，他的眼泪就同瀑布似的流下来。他在那里哭的时候，空中好像有一种柔和的声音在对他说：

"啊呀，哭的是你么？那真是冤屈了你了。像你这样的善人，受世人的那样的虐待，这可真是冤屈了你了。罢了罢了，这也是天命，你别再哭了，怕伤害了你的身体！"

他心里一听到这一种声音，就舒畅起来。他觉得悲苦的中间，也有无穷的甘味在那里。

他因为想复他长兄的仇，所以就把所学的医科丢弃了，改入文科里去。他的意思，以为医科是他长兄要他改的，仍旧改回文科，就是对他长兄宣战的一种明示，并且他由医科改入文科，在高等学校须迟卒业一年。他心里想，迟卒业一年，就是早死一岁，你若因此迟了一年，就到死可以对你长兄含一种敌意。因为他恐怕一二年之后，他们兄弟两人的感情，仍旧要和好起来，所以这一次的转科，便是帮他永久敌视他长兄的一个手段。

气候渐渐儿地寒冷起来，他搬上山来之后，已经有一个月了。几日来天气阴郁，灰色的层云，天天挂在空中。寒冷的北风吹来的时候，梅林的树叶，已将凋落起来。

初搬来的时候，他卖了些旧书，买了许多烩饭的器具，自家烧了一个月饭，因为天冷了，他也懒得烧了。他每天的伙食，就一切包给了山脚下的园丁家包办，所以他近来只同退院的闲僧一样，除了怨人骂己之外，更没有别的事情了。

有一天早晨，他侵早①地起来，把朝东的窗门开了之后，他看见前面的地平线上有几缕红云，在那里浮荡。东天半角，返照出一种银红的灰色。因为昨天下了一天微雨，所以他看了这清新的旭日，比平日更添了几分欢喜。他走到山的斜面上，从那古井里汲了水，洗了手面之后，觉得满身的气力，一霎时都回复了转来的样子。他便跑上楼去，拿了一本黄仲则②的诗集下来，一边高声朗读，

---

① 侵早：天刚亮，拂晓。
② 黄仲则：即黄景仁，清代诗人，黄庭坚后裔。

一边尽在那梅林的曲径里，跑来跑去地跑圈子。不多一会，太阳起来了。

从他住的山顶向南方看去，眼下看得出一大平原。平原里的稻田都尚未收割起。金黄的谷色，以绀碧的天空作了背景，反映着一天太阳的晨光，那风景正同看密来（Millet）^①的田园清画一般。

他觉得自家好像已经变了几千年前的原始基督教徒的样子，对了这自然的默示，他不觉笑起自家的气量狭小起来。

"饶赦了！饶赦了！你们世人得罪于我的地方，我都饶赦了你们罢！来，你们来，都来同我讲和罢！"

手里拿着了那一本诗集，眼里浮着了两泓清泪，正对了那平原的秋色，呆呆地立在那里想这些事情的时候，他忽听见他的近边，有两人在那里低声地说：

"今晚上你一定要来的哩！"

这分明是男子的声音。

"我是非常想来的，但是恐怕……"

他听了这娇滴滴的女子的声音之后，好像是被电气贯穿了的样子，觉得自家的血液循环都停止了。原来他的身边有一丛长大的苇草生在那里，他立在苇草的右面，那一对男女，大约是在苇草的左面，所以他们两个还不晓得隔着苇草，有人站在那里。那男人又说：

"你心真好，请你今晚上来罢，我们到如今还没在被窝里睡过觉。"

"……"

他忽然听见两人的嘴唇，咂砸地好像在那里吮吸的样子。他正同偷了食的野狗一样，就惊心吊胆地把身子屈倒去听了。

---

① 密来：19世纪法国画家，善画乡村风景，今译"米勒"。

"你去死罢，你去死罢，你怎么会下流到这样的地步！"

他心里虽然如此地在那里痛骂自己，然而他那一双尖着的耳朵，却一言半语也不愿意遗漏，用了全副精神在那里听着。

地上的落叶"索息索息"地响了一下。

解衣带的声音。

男人嘶嘶地吐了几口气。

舌尖吮吸的声音。

女人半轻半重，断断续续地说：

"你！……你！……你快……快××罢。……别……别……别被人……被人看见了。"

他的面色，一霎时地变了灰色了。他的眼睛同火也似的红了起来。他的上颚骨同下颌骨呷呷地发起颤来。他再也站不住了。他想跑开去，但是他的两只脚，总不听他的话。他苦闷了一场，听听两人出去了之后，就同落水的猫狗一样，回到楼上房里去，拿出被窝来睡了。

七

他饭也不吃，一直在被窝里睡到午后四点钟的时候才起来。那时候夕阳洒满了远近。平原的彼岸的树林里，有一带苍烟，悠悠扬扬地笼罩在那里。他踉踉跄跄地走下了山，上了那一条自北趋南的大道，穿过了那平原，无头无绪地尽是向南走去。走尽了平原，他已经到了 A 神宫前的电车停留处了。那时候却恰好从南面有一乘电车到来，他不知不觉就跳了上去，既不知道他究竟为什么要乘电车，也不知道这电车是往什么地方去的。

走了十五六分钟，电车停了，开车的叫他换车，他就换了一乘车。走了二三十分钟，电车又停了，他听见说是终点了，他就走了下来。他的前面就是筑港了。

前面一片汪洋的大海，横在午后的太阳光里，在那里微笑。超海而南有一条青山，隐隐地浮在透明的空气里，西边是一脉长堤，直驰到海湾的心里去。堤外有一处灯台，同巨人似的立在那里。几艘空船和几只舢板，轻轻地在系着的地方浮荡。海中近岸的地方，有许多浮标，饱受了斜阳，红红的，浮在那里。远处风来，带着几句单调的话声，既听不清楚是什么话，也不知道是从哪里来的。

他在岸边上走来走去走了一会，忽听见那一边传过了一阵击磬的声来。他跑过去一看，原来是为唤渡船而发的。他立了一会，看有一只小火轮从对岸过来了。跟着了一个四五十岁的工人，他也进了那只小火轮去坐下了。

渡到东岸之后，上前走了几步，他看见靠岸有一家大庄子在那里。大门开得很大，庭内的假山花草，布置得楚楚可爱。他不问是非，就踱了进去。走不上几步，他忽听得前面家中有女人的娇声叫他说：

"请进来吓！"

他不觉惊了一下，就呆呆地站住了。他心里想：

"这大约就是卖酒食的人家，但是我听见说，这样的地方，总有妓女在那里的。"

一想到这里，他的精神就抖擞起来，好像是一桶冷水浇上身来的样子。他的面色立时变了。要想进去又不能进去，要想出来又不得出来，可怜他那同兔儿似的小胆，同猿猴似的淫心，竟把他陷到一个大大的难境里去了。

"进来吓！请进来吓！"里面又娇滴滴地叫了起来，带着笑声。

"可恶东西，你们竟敢欺我胆小么？"

这样地怒了一下，他的面色更同火也似的烧了起来。咬紧了牙齿，把脚在地上轻轻地蹬了一蹬，他就捏了两个拳头向前进去，好像是对了那几个年轻的侍女宣战的样子。但是他那青一阵红一阵的面色，和他的面上微微儿在那里振动的筋肉，他总隐藏不过。他走到那几个侍女的面前的时候，几乎要同小孩似的哭出来了。

"请上来！"

"请上来！"

他硬了头皮，跟了一个十七八岁的侍女走上楼去，那时候他的精神已经有些镇静下来了。走了几步，经过一条暗暗的夹道的时候，一阵恼人的花粉香气，同日本女人特有的一种肉的香味，和头发上的香油气息合作了一处，扑上他的鼻孔里来。他立刻觉得头晕起来，眼睛里看见了几颗火星，向后边跌也似的退了一步。他再定睛一看，只见他的前面黑暗暗的中间，有一长圆形的女人的粉面，堆着了微笑在那里问他说：

"你！你还是上靠海的地方呢？还是怎样？"

他觉得女人口里吐出来的气息，也热和和地喷上他的面来。他不知不觉把这气息深深地吸了一口。他的意识，感觉到他这行为的时候，他的面色又立刻红了起来。他不得已只能含含糊糊地答应她说：

"上靠海的房间里去。"

进了一间靠海的小房间，那侍女便问他要什么菜。他就回答说：

"随便拿几样来罢。"

"酒要不要？"

"要的。"

那侍女出去之后，他就站起来推开了纸窗，从外边放了一阵空气进来。因为房里的空气沉浊得很，他刚才在夹道中闻过的那一阵女人的香味，还剩在那里，他实在是被这一阵气味压迫不过了。

一湾大海，静静地浮在他的面前。外边好像是起了微风的样子，一片一片的海浪，受了阳光的返照，同金鱼的鱼鳞似的，在那里微动。他立在窗前看了一会，低声地吟了一句诗出来：

"夕阳红上海边楼。"

他向西地一望，见太阳离西南的地平线只有一丈多高了。呆呆地看了一会，他的心思怎么也离不开刚才的那个侍女。她的口里的头上的面上的和身体上的那一种香味，怎么也不容他的心思去想别的东西。他才知道他想吟诗的心是假的，想女人的肉体的心是真的了。

停了一会，那侍女把酒菜搬了进来，跪坐在他的面前，亲亲热热地替他上酒。他心里想仔仔细细地看她一看，把他的心里的苦闷都告诉了她，然而他的眼睛怎么也不敢平视她一眼，他的舌根怎么也不能摇动一摇动。他不过同哑子一样，偷看看她那搁在膝上一双纤嫩的白手，同衣缝里露出来的一条粉红的围裙角。

原来日本的妇人都不穿裤子，身上贴肉只围着一条短短的围裙。外边就是一件长袖的衣服，衣服上也没有纽扣，腰里只缚着一条一尺多宽的带子，后面结着一个方结。她们走路的时候，前面的衣服每一步一步地掀开来，所以红色的围裙，同肥白的腿肉，每能偷看。这是日本女子特别的美处。他在路上遇见女子的时候，注意的就是这些地方。他切齿地痛骂自己，畜生！狗贼！卑怯的人！也便是这个时候。

他看了那侍女的围裙角，心头便乱跳起来。愈想同她说话，但愈觉得讲不出话来。大约那侍女是看得不耐烦起来了，便轻轻地问他说：

"你府上是什么地方？"

一听了这一句话，他那清瘦苍白的面上，又起了一层红色；含含糊糊地回答了一声，他讷讷地总说不出清晰的回话来。可怜他又站在断头台上了。

原来日本人轻视中国人，同我们轻视猪狗一样。日本人都叫中国人作"支那人"，这"支那人"三字，在日本，比我们骂人的"贱贼"还更难听，如今在一个如花的少女前头，他不得不自认说"我是支那人"了。

"中国呀中国，你怎么不强大起来！"

他全身发起抖来，他的眼泪又快滚下来了。

那侍女看他发颤发得厉害，就想让他一个人在那里喝酒，好叫他把精神安静安静，所以对他说：

"酒就快没有了，我再去拿一瓶来罢？"

停了一会，他听得那侍女的脚步声又走上楼来。他以为她是上他这里来的，所以就把衣服整了一整，姿势改了一改。但是他被她欺骗了。她原来是领了两三个另外的客人，上间壁的那一间房间里去的。那两三个客人都在那里对那侍女取笑，那侍女也娇滴滴地说：

"别胡闹了，间壁还有客人在那里。"

他听了就立刻发起怒来。他心里骂他们说：

"狗才！俗物！你们都敢来欺侮我么？复仇复仇，我总要复你们的仇。世间哪里有真心的女子！那侍女的负心东西，你竟敢把我丢了么？罢了罢了，我再也不爱女人了，我再也不爱女人了。我就爱我的祖国，我就把我的祖国当作了情人罢。"

他马上就想跑回去发愤用功。但是他的心里，却很羡慕那间壁的几个俗物。他的心里，还有一处地方在那里盼望那个侍女再回到他这里来。

他按住了怒，默默地喝干了几杯酒，觉得身上热起来。打开了窗门，他看看太阳就快要下山去了。又连饮了几杯，他觉得他面前的海景都朦胧起来。西面堤外的那灯台的黑影，长大了许多。一层茫茫的薄雾，把海天融混作了一处。在这一层混沌不明的薄纱影里，西方那将落不落的太阳，好像在那里惜别的样子。他看了一会，不知道是什么缘故，只觉得好笑。呵呵地笑了一回，他用手擦擦自家那火热的双颊，便自言自语地说：

"醉了醉了！"

那侍女果然进来了。见他红了脸，立在窗口在那里痴笑，便问他说：

"窗开了这样大，你不冷的么？"

"不冷不冷，这样好的落照，谁舍得不看呢？"

"你真是一个诗人呀！酒拿来了。"

"诗人！我本来是一个诗人。你去把纸笔拿了来，我马上写首诗给你看看。"

那侍女出去了之后，他自家觉得奇怪起来。他心里想：

"我怎么会变了这样大胆的？"

痛饮了几杯新拿来的热酒，他更觉得快活起来，又禁不得呵呵地笑了一阵。他听见间壁房间里的那几个俗物，高声地唱起日本歌来，他也放大了嗓子唱着说：

醉拍阑干酒意寒，江湖寥落又冬残。

剧怜鹦鹉中州骨，未拜长沙太傅官。

一饭千金图报易，五噫几辈出关难。

茫茫烟水回头望，也为神州泪暗弹。

高声地念了几遍，他就在席上醉倒了。

八

一醉醒来，他看看自家睡在一条红绸的被里，被上有一种奇怪的香气。这一间房间也不很大，但已不是白天的那一间房间了。房中挂着一盏十烛光的电灯，枕头边上摆着了一壶茶，两只杯子。他倒了二三杯茶，喝了之后，就踉踉跄跄地走到房外去。他开了门，却好白天的那侍女也跑过来了。她问他说：

"你！你醒了么？"

他点了一点头，笑微微地回答说：

"醒了。厕所是在什么地方的？"

"我领你去罢。"

他就跟了她去。他走过日间的那条夹道的时候，电灯点得明亮得很。远近有许多歌唱的声音，三弦的声音，大笑的声音，传到他耳朵里来。白天的情节，他都想出来了。一想到酒醉之后，他对那侍女说的那些话的时候，他觉得面上又发起烧来。

从厕所回到房里之后，他问那侍女说：

"这被是你的么？"

侍女笑着说：

"是的。"

"现在是什么时候了？"

"大约是八点四五十分的样子。"

"你去开了账来罢！"

"是。"

他付清了账，又拿了一张纸币给那侍女，他的手不觉微颤起来。那侍女说：

"我是不要的。"

他知道她是嫌少了。他的面色又涨红了，袋里摸来摸去，只有一张纸币了，他就拿了出来给她说：

"你别嫌少了，请你收了罢。"

他的手震动得更加厉害，他的话声也颤动起来了。那侍女对他看了一眼，就低声地说：

"谢谢！"

他一直地跑下了楼，套上了皮鞋，就走到外面来。

外面冷得非常，这一天，大约是旧历的初八九的样子。半轮寒月，高挂在天空的左半边。淡青的圆形盖里，也有几点疏星，散在那里。

他在海边上走了一回，看看远岸的渔灯，同鬼火似的在那里招引他。细浪中间，映着了银色的月光，好像是山鬼的眼波，在那里开闭的样子。不知是什么道理，他忽想跳入海里去死了。

他摸摸身边看，乘电车的钱也没有了。想想白天的事情看，他又不得不痛骂自己。

"我怎么会走上那样的地方去的？我已经变了一个最下等的人了。悔也无及，悔也无及。我就在这里死了罢。我所求的爱情，大约是求不到的了。没有爱情的生涯，岂不同死灰一样么？唉，这干燥的生涯，这干燥的生涯，世上的人又都在那里仇视我，欺侮我，连我自家的亲弟兄，自家的手足，都在那里挤我出去到这世界外去。我将何以为生，我又何必生存在这多苦的世界里呢！"

想到这里，他的眼泪就连连续续地滴了下来。他那灰白的面色，竟同死人没有分别了。他也不举起手来揩揩眼泪，月光射到他的面上，两条泪线倒变了叶上的朝露一样放起光来。他回转头来看看他自家的又瘦又长的影子，不觉心痛起来。

"可怜你这清影，跟了我二十一年，如今这大海就是你的葬身地了，我的身子，虽然被人家欺辱，我可不该累你也瘦弱到这地步的。影子呀影子，你饶了我罢！"

他向西面一看，那灯台的光，一霎变了红一霎变了绿的，在那里尽它的本职。那绿的光射到海面上的时候，海面就现出一条淡青的路来。再向西天一看，他只见西方青苍苍的天底下，有一颗明星，在那里摇动。

"那一颗摇摇不定的明星的底下，就是我的故国，也就是我的生地。我在那一颗星的底下，也曾送过十八个秋冬，我的乡土吓，我如今再不能见你的面了。"

他一边走着，一边尽在那里自伤自悼地想这些伤心的哀话。走了一会，再向那西方的明星看了一眼，他的眼泪便同骤雨似的落下来了。他觉得四边的景物，都模糊起来。把眼泪揩了一下，立住了脚，长叹了一声，他便断断续续地说：

"祖国呀祖国！我的死是你害我的！

"你快富起来！强起来罢！

"你还有许多儿女在那里受苦呢！"

一九二一年五月九日改作

过　去

　　空中起了凉风，树叶沙沙地同雹片似的飞掉下来，虽然是南方的一个小港市里，然而也像能够使人感到冬晚的悲哀的一天晚上，我和她，在临海的一间高楼上吃晚饭。

　　这一天的早晨，天气很好，中午的时候，只穿得住一件夹衫。但到了午后三四点钟，忽而由北面飞来了几片灰色的层云，把太阳遮住，接着就刮起风来了。

　　这时候，我为疗养呼吸器病的缘故，只在南方的各港市里流寓。十月中旬，由北方南下，十一月初到了 C 省城；恰巧遇着了 C 省的政变，东路在打仗，省城也不稳，所以就迁到 H 港去住了几天。后来又因为 H 港的生活费太昂贵，便又坐了汽船，一直地到了这 M 港市。

　　说起这 M 港，大约是大家所知道的，是中国人应许外国人来互市的最初的地方的一个，所以这港市的建筑，还带着些当时的时代性，很有一点中古的遗意。前面左右是碧油油的海湾，港市中，也有一座小山，三面滨海的通衢里，建筑着许多颜色很沉郁的洋房。

商务已经不如从前的盛了，然而富室和赌场很多，所以处处有庭园，处处有别墅。沿港的街上，有两列很大的榕树排列在那里。在榕树下的长椅上休息着的，无论中国人外国人，都带有些舒服的态度。正因为商务不盛的原因，这些南欧的流人，寄寓在此地的，也没有那一种殖民地的商人的紧张横暴的样子。一种衰颓的美感，一种使人可以安居下去，于不知不觉的中间消沉下去的美感，在这港市的无论哪一角地方，都感觉得出来。我到此港不久，心里头就暗暗地决定"以后不再迁徙了，以后就在此地住下去罢"。谁知住不上几天，却又偏偏遇见了她。

实在是意想以外的奇遇，一天细雨蒙蒙的日暮，我从西面小山上的一家小旅馆内走下山来，想到市上去吃晚饭去。经过行人很少的那条 P 街的时候，临街的一间小洋房的棚门口，忽而从里面慢慢地走出了一个女人来。她身上穿着灰色的雨衣，上面张着洋伞，所以她的脸我看不见。大约是在棚门内，她已经看见了我了——因为这一天我并不带伞——所以我在她前头走了几步，她忽而问我：

"前面走的是不是李先生？李白时先生！"

我一听了她叫我的声音，仿佛是很熟，但记不起是哪一个了，同触了电气似的急忙回转头来一看，只看见了衬映在黑洋伞上的一张灰白的小脸。已经是夜色朦胧的时候了，我看不清她的颜面全部的组织，不过她的两只大眼睛，却闪烁得厉害，并且不知从何处来的，和一阵冷风似的一种电力，把我的精神摇动了一下。

"你……？"我半吞半吐地问她。

"大约认不清了罢！上海民德里的那一年新年，李先生可还记得？"

"噢！唉！你是老三么？你何以会到这里来的？这真奇怪！这真

奇怪极了！"

　　说话的中间，我不知不觉地转过身来逼近了一步，并且伸出手来把她那只戴轻皮手套的左手握住了。

　　"你上什么地方去？几时来此地的？"她问。

　　"我打算到市上去吃晚饭去，来了好几天了，你呢？你上什么地方去？"

　　她经我一问，一时间回答不出来，只把嘴颚往前面一指，我想起了在上海的时候的她的那种怪脾气，所以就也不再追问，和她一路地向前边慢慢地走去。两人并肩默走了几分钟，她才幽幽地告诉我说：

　　"我是上一位朋友家去打牌去的，真想不到此地会和你相见。李先生，这两三年的分离，把你的容貌变得极老了，你看我怎么样？也完全变过了罢？"

　　"你倒没什么，唉，老三，我吓，我真可怜，这两三年来……"

　　"这两三年来的你的消息，我也知道一点。有的时候，在报纸上就看见过一二回你的行踪。不过李先生，你怎么会到此地来的呢？这真太奇怪了。"

　　"那么你呢？你何以会到此地来的呢？"

　　"前生注定是吃苦的人，譬如一条水草，浮来浮去，总生不着根，我的到此地来，说奇怪也是奇怪，说应该也是应该的。李先生，住在民德里楼上的那一位胖子，你可还记得？"

　　"嗯，……是那一位南洋商人不是？"

　　"哈，你的记性真好！"

　　"他现在怎么样了？"

　　"是他和我一道来此地呀！"

"噢！这也是奇怪。"

"还有更奇怪的事情哩！"

"什么？"

"他已经死了！"

"这……这么说起来，你现在只剩了一个人了啦？"

"可不是么！"

"唉！"

两人又默默地走了一段，走到去大市街不远的三岔路口了。她问我住在什么地方，打算明天午后来看我。我说还是我去访她，她却很急促地警告我说：

"那可不成，那可不成，你不能上我那里去。"

出了P街以后，街上的灯火已经很多，并且行人也繁杂起来了，所以两个人没有握一握手、笑一笑的机会。到了分别的时候，她只约略点了一点头，就向南面的一条长街上跑了进去。

经了这一回奇遇的挑拨，我的平稳得同山中的静水湖似的心里，又起了些波纹。回想起来，已经是三年前的旧事了，那时候她的年纪还没有二十岁，住在上海民德里我在寄寓着的对门的一间洋房里。这一间洋房里，除了她一家的三四个年轻女子以外，还有二楼上的一家华侨的家族在住。当时我也不晓得谁是房东，谁是房客，更不晓得她们几个姐妹的生计是如何维持的。只有一次，是我和她们的老二认识以后，约有两个月的时候，我在她们的厢房里打牌，忽而来了一位穿着很阔绰的中老绅士，她们为我介绍，说这一位是她们的大姐夫。老大见他来了，果然就抛弃了我们，到对面的厢房里去和他攀谈去了，于是老四就坐下来替了她的缺。听她们说，她们都是江西人，而大姐夫的故乡却是湖北。他和她们大姐的结合，是当他在九江当行长的时候。

我当时刚从乡下出来，在一家报馆里当编辑。民德里的房子，是报馆总经理友人陈君的住宅。当时因为我对上海情形不熟，不能另外去租房子住，所以就寄住在陈君的家里。陈家和她们对门而居，时常往来，因此我也于无意之中，和她们中间最活泼的老二认识了。

听陈家的底下人说：

"她们的老大，仿佛是那一位银行经理的小。她们一家四口的生活费，和她们一位弟弟的学费，都由这位银行经理负担的。"

她们姐妹四个，都生得很美，尤其活泼可爱的，是她们的老二。大约因为生得太美的原因，自老二以下，她们姐妹三个，全已到了结婚的年龄，而仍找不到一个适当的配偶者。

我一边在回想这些过去的事情，一边已经走到了长街的中心，最热闹的那一家百货商店的门口了。在这一个黄昏细雨里，只有这一段街上的行人还没有减少。两旁店家的灯火照耀得很明亮，反照出了些离人的孤独的情怀。向东走尽了这条街，朝南一转，右手矗立着一家名叫望海的大酒楼。这一家的三四层楼上，一间一间的小室很多，开窗看去，看得见海里的帆樯，是我到 M 港后去的次数最多的一家酒馆。

我慢慢地走到楼上坐下，叫好了酒菜，点着烟卷，朝电灯光呆看的时候，民德里的事情又重新开展在我的眼前。

她们姐妹中间，当时我最爱的是老二。老大已经有了主顾，对她当然更不能生出什么邪念来，老三有点阴郁，不像一个年轻的少女，老四年纪和我相差太远——她当时只有十六岁——自然不能发生相互的情感，所以当时我所热心崇拜的，只有老二。

她们的脸形，都是长方，眼睛都是很大，鼻梁都是很高，皮色都是很细白，以外貌来看，本来都是一样的可爱的。可是各人的性格，却相差得很远。老大和蔼，老二活泼，老三阴郁，老四——说不出什么，因为当时我并没有对老四注意过。

老二的活泼，在她的行动、言语、嬉笑上，处处都在表现。凡当时在民德里住的年纪在二十七八上下的男子，和老二见过一面的人，总没一个不受她的播弄的。

她的身材虽则不高，然而也够得上我们一般男子的肩头，若穿着高底鞋的时候，走路简直比西洋女子要快一倍。说话不顾什么忌讳，比我们男子的同学中间的日常言语还要直率。若有可笑的事情，被她看见，或在谈话的时候，听到一句笑话，不管在她面前的是生人不是生人，她总是露出她的两列可爱的白细牙齿，弯腰捧肚，笑个不了，有时候竟会把身体侧倒，扑倚上你的身来。陈家有几次请客，我因为受她的这一种态度的压迫受不了，每有中途逃席，逃上报馆去的事情。因此我在民德里住不上半年，陈家的大小上下，却为我取了一个别号，叫我作"老二的鸡娘"。因为老二像一只雄鸡，有什么可笑的事情发生的时候，总要我做她的倚柱，扑上身来笑个痛快。并且平时她总拿我来开玩笑，在众人的面前，老喜欢把我的不灵敏的动作和我说错的言语重述出来作哄笑的资料。不过说也奇怪，她像这样地玩弄我，轻视我，我当时不但没有恨她的心思，并且还时以为荣耀，快乐。我当一个人在默想的时候，每把这些琐事回想出来，心里倒反非常感激她，爱慕她。后来甚至于打牌的时候，她要什么牌，我就非打什么牌给她不可。

万一我有违反她命令的时候，她竟毫不客气地举起她那只肥嫩的手，啪啪地打上我的脸来。而我呢，受了她的痛责之后，心里反感到一种不可名状的满足，有时候因为想受她这一种施与的原因，故意地违反她的命令，要她来打，或用了她那一只尖长的皮鞋脚来踢我的腰部。若打得不够踢得不够，我就故意地说："不痛！不够！再踢一下！再打一下！"她也就毫不客气地，再举起手来或脚来踢打。我被打得两颊绯红，或腰部感到酸痛的时候，才柔柔顺顺地服从她的命令，再来做她想我做的事情。像这样的时候，倒是老大或老三每在旁边喝止她，叫她不要太过分了，而我这被打责的，反而要很诚恳地央告她们，不要出来干涉。

记得有一次，她要出门去和一位朋友吃午饭，我正在她们家里坐着闲谈，她要我去上她姐姐房里把一双新买的皮鞋拿来替她穿上。这一双皮鞋，似乎太小了一点，我捏了她的脚替她穿了半天，才穿上了一只。她气得急了，就举起手来，向我的伏在她小腹前的脸上、头上、脖子上乱打起来。我替她穿好第二只的时候，脖子上已经有几处被她打得青肿了。到我站起来，对她微笑着，问她"穿得怎么样"的时候，她说："右脚尖有点痛！"我就挺了身子，很正经地对她说：

"踢两脚吧！踢得宽一点，或者可以好些！"

说到她那双脚，实在不由人不爱。她已经有二十多岁了，而那双肥小的脚，还同十二三岁的小女孩的脚一样。我也曾为她穿过丝袜，所以她那双肥嫩皙白、脚尖很细、后跟很厚的肉脚，时常要作我的幻想的中心。从这一双脚，我能够想出许多离奇的梦境来。譬如在吃饭的时候，我一见了粉白糯润的香稻米饭，就会联想到她那双脚上去。"万一这碗里，"我想，"万一这碗里盛着的，是她那双嫩脚，那么我这样地在这里咀咽，她必要感到一种奇怪的痒痛。假如她横躺着身体，把这一双肉脚伸出来任我咀咽的时候，从她那两条很曲的口唇线里，必要发出许多真不真假不假的喊声来。或者转起身来，也许狠命地在头上打我一下的……"我一想到此地，饭就要多吃一碗。

像这样活泼放达的老二，像这样柔顺蠢笨的我，这两人中间的关系，在半年里发生出来的这两人中间的关系，当然可以想见得到了。况我当时，还未满二十七岁，还没有娶亲，对于将来的希望，也还很有自负心哩！

当在陈家起坐室里说笑话的时候，我的那位友人的太太，也曾向我们说起过："老二，李先生若做了你的男人，那他就天天可以替你穿鞋着袜，并且还可以做你的出气洞，白天晚上，都可以受你的踢打，岂不很好么？"老二听到这些话，总老是笑着，对我斜视一眼说："李先生不行，太笨，他不会伺候人。我倒很愿意受人家的踢打，只叫有一位能够命令我，叫我心服的男子就好了。"在这样的笑谈之后，我心里总满感着忧郁，要一个人跑到马路去走半天，才能把胸中的郁闷遣散。

有一天礼拜六的晚上，我和她在大马路市政厅听音乐出来。老大老三都跟了一位她们大姐夫的朋友看电影去了。我们走到一家酒馆的门口，忽而吹来了两阵冷风。这时候正是九十月之交的晚秋的时候，我就拉住了她的手，颤抖着说："老二，我们上去吃一点热的东西再回去吧！"她也笑了一笑说："去吃点热酒吧！"我在酒楼上吃了两杯热酒之后，把平时的那一种木讷怕羞的态度除掉了，向前后左右看了一看，看见空洞的楼上，一个人也没有，就挨近了她的身边对她媚视着，一边发着颤声，一句一逗地对她说："老二！我……我的心，你可能了解？我，我，我很想……很想和你长在一块儿！"她举起眼睛来看了我一眼，又曲了嘴唇的两条线在口角上含着播弄人的微笑，回问我说："长在一块便怎么啦？"我大了胆，便摆过嘴去和她亲了一个嘴，她竟劈面地打了我一个嘴巴。楼下的伙计，听了啪的这一声大响声，就急忙地跑了上来，问我们："还要什么酒菜？"我忍着眼泪，还是微微地笑着对伙计说："不要了，打手巾来！"等到伙计下去的时候，她仍旧是不改常态地对我说："李先生，不要这样！下回你若再干这些事情，我还要打得凶哩！"我也只好把这事当作了一场笑话，很不自然地把我的感情压住了。

凡我对她的这些感情，和这些感情所催发出来的行为动作，旁人大约是看得很清楚的。所以老三虽则是一个很沉郁，脾气很特别，平时说话老是阴阳怪气的女子，对我与老二中间的事情，有时却很出力地在为我们拉拢。有时见了老二那一种打得我太狠，或者嘲弄得我太难堪的动作，也着实为我打过几次抱不平，极婉曲周到地说出话来非难过老二。而我这不识好丑的笨伯，当这些时候心里头非但不感谢老三，还要以为她是多事，出来干涉人家的自由行动。

在这一种情形之下，我和她们四姐妹，对门而住，来往交际了半年多。那一年的冬天，老二忽然与一个新自北京来的大学生订婚了。

这一年旧历新年前后的我的心境，当然是惑乱得不堪，悲痛得非常。当沉闷的时候，邀我去吃饭，邀我去打牌，有时候也和我去看电影的，倒是平时我所不大喜欢，常和老二两人叫她作"阴私鬼"的老三。而这一个老三，今天却突然地在这个南方的港市里，在这一个细雨蒙蒙的秋天的晚上，偶然遇见了。

想到了这里，我手里拿着的那支纸烟，已经烧剩了半寸的灰烬，面前杯中倒上的酒，也已经冷了。糊里糊涂地喝了几口酒，吃了两三筷菜，伙计又把一盘生翅汤送了上来。我吃完了晚饭，慢慢地冒雨走回旅馆来，洗了手脸，换了衣服，躺在床上，翻来覆去，终于一夜没有合眼。我想起了那一年的正月初二，老三和我两人上苏州去的一夜旅行。我想起了那一天晚上，两人默默地在电灯下相对的情形。我想起了第二天早晨起来，她在她的帐子里叫我过去，为她把掉在地下的衣服捡起来的声气。然而我当时终于忘不了老二，对于她的这种种好意的表示，非但没有回报她一二，并且简直没有接受她的余裕。两个人终于白旅行了一次，感情终于没有接近起来，那一天午后，就匆匆地依旧同兄妹似的回到上海来了。过了元宵节，我因为胸中苦闷不过，便在报馆里辞了职，和她们姐妹四人，也没有告别，一个人连行李也不带一件，跑上北京的冰天雪地里去，想去把我的过去的一切忘了，把我的全部烦闷葬了。嗣后两三年来，东漂西泊，却还没有在一处住过半年以上。无聊之极，也学学时髦，把我的苦闷写出来，做点小说卖卖。

　　然而于不知不觉的中间，终于得了呼吸器的病症。现在漂流到了这极南的一角，谁想得到再会和这老三相见于黄昏的路上呢！啊，这世界虽说很大，实在也是很小，两个浪人，在这样的天涯海角，也居然再能重见，你说奇也不奇。我想前想后，想了一夜，到天色有点微明，窗下有早起的工人经过的时候，方才昏昏地睡着。也不知睡了几久，在梦里忽而听到几声咯咯的叩门声。急忙夹着被条，坐起来一看，夜来的细雨，已经晴了，南窗里有两条太阳光线，灰黄黄地晒在那里。我含糊地叫了一声："进来！"而那扇房门却老是不往里开。再等了几分钟，房门还是不向里开，我才觉得奇怪了，就披上衣服，走下床来。等我两脚刚立定的时候，房门却慢慢地开了。跟着门进来的，一点儿也不错，依旧是阴阳怪气，含着半脸神秘的微笑的老三。

　　"啊，老三！你怎么来得这样早？"我惊喜地问她。

　　"还早么？你看太阳都斜了啊！"

说着，她就慢慢地走进了房来，向我的上下看了一眼，笑了一脸，就仿佛害羞似的去窗面前站住，望向窗外去了。窗外头夹一重走廊，遥遥望去，底下就是一家富室的庭园，太阳很柔和地晒在那些未凋落的槐花树和杂树的枝头上。

　　她的装束和从前不同了。一件芝麻呢的女外套里，露出了一条白花丝的围巾来，上面穿的是半西式的八分短袄，裙子系黑印度缎的长套裙。一顶淡黄绸的女帽，深盖在额上，帽子的卷边下，就是那一双迷人的大眼，瞳仁很黑，老在凝视着什么似的大眼。本来是长方的脸，因为有那顶帽子深覆在眼上，所以看去仿佛是带点圆味的样子。

　　两三年的岁月，又把她那两条从鼻角斜拖向口角去的纹路刻深了。苍白的脸色，想是昨夜来打牌辛苦了的原因。本来是中等身材不肥不瘦的躯体，大约是我自家的身体缩矮了罢，看起来仿佛比从前高了一点。她背着我呆立在窗前。我看看她的肩背，觉得是比从前瘦了。

　　"老三，你站在那里干什么？"我扣好了衣裳，向前挨近了一步，一边把右手拍上她的肩去，劝她脱外套，一边就这样问她。她也前进了半尺，把我的右手轻轻地避脱，转过来笑着说：

　　"我在这里算账。"

　　"一清早起来就算账？什么账？"

　　"昨晚上的赢账。"

　　"你赢了么？"

　　"我哪一回不赢？只有和你来的那回却输了。"

　　"噢，你还记得那么清？输了多少给我？哪一回？"

　　"险些儿输了我的性命！"

"老三！"

"……"

"你这脾气还没有改过，还爱讲这些死话。"

以后她只是笑着不说话，我拿了一把椅子，请她坐了，就上西角上的水盆里去漱口洗脸。

一忽儿她又叫我说：

"李先生！你的脾气，也还没有改过，老爱吸这些纸烟。"

"老三！"

"……"

"幸亏你还没有改过，还能上这里来。要是昨天遇见的是老二哩，怕她是不肯来了。"

"李先生，你还没有忘记老二么？"

"仿佛还有一点记得。"

"你的情义真好！"

"谁说不好来着！"

"老二真有福分！"

"她现在在什么地方？"

"我也不知道，好久不通信了，前二三个月，听说还在上海。"

"老大老四呢？"

"也还是那一个样子，仍复在民德里。变化最多的，就是我吓！"

"不错，不错，你昨天说不要我上你那里去，这又为什么来着？"

"我不是不要你去，怕人家要说闲话。你应该知道，阿陆的家里，人是很多的。"

"是的，是的，那一位华侨姓陆吧。老三，你何以又会看中了这一位胖先生的呢？"

"像我这样的人，哪里有看中看不中的好说，总算是做了一个怪梦。"

"这梦好么？"

"又有什么好不好，连我自己都莫名其妙。"

"你莫名其妙，怎么又会和他结婚的呢？"

"什么叫结婚呀。我不过当了一个礼物，当了一个老大和大姐夫的礼物。"

"老三！"

"……"

"他怎么会这样的早死的呢？"

"谁知道他，害人的。"

因为她说话的声气消沉下去了，我也不敢再问。等衣服换好，手脸洗毕的时候，我从衣袋里拿出表来一看，已经是二点过了三个字了。我点上一支烟卷，在她的对面坐下，偷眼向她一看，她那脸神秘的笑容，已经看不见一点踪影。下沉的双眼，口角的深纹，和两颊的苍白，完全把她画成了一个新寡的妇人。我知道她在追怀往事，所以不敢打断她的思路，默默地呼吸了半刻钟烟。她忽而站起来说："我要去了！"她说话的时候，身体已经走到了门口。我追上去留她，她脸也不回转来看我一眼，竟匆匆地出门去了。我又追上扶梯跟前叫她等一等，她到了楼梯底下，才把那双黑漆漆的眼睛向我看了一眼，并且轻轻地说：

"明天再来吧！"

自从这一回之后，她每天差不多总抽空上我那里来。两人的感情，也渐渐地融洽起来了。可是无论如何，到了我想再逼近一步的时候，她总马上设法逃避，或筑起城堡来防我。到我遇见她之后，约莫将十几天的时候，我的头脑心思，完全被她搅乱了。听说有呼吸器病的人，欲情最容易兴奋，这大约是真的。那时候我实在再也不能忍耐了，所以那一天的午后，我怎么也不放她回去，一定要她和我同去吃晚饭。

那一天早晨，天气很好。午后她来的时候，却热得厉害。到了三四点钟，天上起了云障，太阳下山之后，空中刮起风来了。她仿佛也受了这天气变化的影响，看她只是在一阵阵地消沉下去，她说了几次要去，我拼命地强留着她，末了她似乎也觉得无可奈何，就俯了头，尽坐在那里默想。

太阳下山了，房角落里，阴影爬了出来。南窗外看见的暮天半角，还带着些微紫色。同旧棉花似的一块灰黑的浮云，静静地压到了窗前。风声呜呜地从玻璃窗里传透过来，两人默坐在这将黑未黑的世界里，觉得我们以外的人类万有，都已经死灭尽了。在这个沉默的、向晚的、暗暗的悲哀海里，不知沉浸了几久，忽而电灯像雷击似的放光亮了。我站起了身，拿了一件她的黑呢旧斗篷，从后边替她披上，再伏下身去，用了两手，向她的胛下一抱，想乘势从她的右侧，把头靠向她的颊上去的，她却同梦中醒来似的蓦地站了起来，用力把我一推。我生怕她要再跑出门，跑回家去，所以马上就跑上房门口去拦住。她看了我这一种混乱的态度，却笑起来了。虽则兀立在灯下的姿势还是严不可犯的样子，然而她的眼睛在笑了，脸上的筋肉的紧张也松懈了，口角上也有笑容了。因此我就大了胆，再走近她的身边，用一只手夹斗篷似的围抱住她，轻轻地在她耳边说：

"老三！你怕么？你怕我么？我以后不敢了，不再敢了，我们一道上外面去吃晚饭去吧！"

她虽是不响，一面身体却很柔顺地由我围抱着。我挽她出了房门，就放开了手。由她走在前头，走下扶梯，走出到街上去。

我们两人，在日暮的街道上走，绕远了道，避开那条 P 街，一直到那条 M 港最热闹的长街的中心止，不敢并着步讲一句话。街上的灯火，全都灿烂地在放寒冷的光，天风还是呜呜地吹着，街路树的叶子，"息索息索"很零乱地散落下来。我们两人走了半天，才走到望海酒楼的三楼上一间滨海的小室里坐下。

坐下来一看，她的头发已经为凉风吹乱，瘦削的双颊，尤显得苍白。她要把斗篷脱下来，我劝她不必，并且叫伙计马上倒了一杯白兰地来给她喝。她把热茶和白兰地喝了，又用手巾在头上脸上擦了一擦，静坐了几分钟，才把常态恢复。那一脸神秘的笑和炯炯的两道眼光，又在寒冷的空气里散放起电力来了。

"今天真有点冷啊！"我开口对她说。

"你也觉得冷的么？"

"怎么我会不觉得冷的呢？"

"我以为你是比天气还要冷些。"

"老三！"

"……"

"那一年在苏州的晚上，比今天怎么样？"

"我想问你来着！"

"老三！那是我的不好，是我，我的不好。"

"……"

她尽是沉默着不响，所以我也不能多说。在吃饭的中间，我只是献着媚，低着声，诉说当时在民德里的时候的情形。她到吃完饭的时候止，总共不过说了十几句话。我想把她的记忆唤起，把当时她对我的旧情复燃起来，然而看看她脸上的表情，却终于是不曾为我所动。到末了我被她弄得没法了，就半用暴力，半用含泪的央告，一定要求她不要回去，接着就同拖也似的把她挟上了望海酒楼间壁的一家外国旅馆的楼上。

夜深了，外面的风还在萧骚地吹着。五十支的电光，到了后半夜加起亮来，反照得我心里异常寂寞。室内的空气，也增加了寒冷，她还是穿了衣服，隔着一条被，朝里床躺在那里。我扑过去了几次，总被她推翻了下来，到最后的一次她却哭起来了，一边哭，一边又断断续续地说：

"李先生！我们的……我们的事情，早已……早已经结束了。那一年，要是那一年……你能……你能够像现在一样地爱我，那我……我也……不会……不会吃这一种苦的。我……我……你晓得……我……我……这两三年来……！"

说到这里，她抽咽得更加厉害，把被窝蒙上头去，索性任情哭了一个痛快。我想想她的身世，想想她目下的状态，想想过去她对我的情节，更想想我自家的沦落的半生，也被她的哀泣所感动，虽则滴不下眼泪来，但心里也尽在酸一阵痛一阵地难过。她哭了半点多钟，我在床上默坐了半点多钟，觉得她的眼泪，已经把我的邪念洗清，心里头什么也不想了。又静坐了几分钟，我听听她的哭声，也已经停止，就又伏过身去，诚诚恳恳地对她说：

"老三！今天晚上，又是我不好，我对你不起，我把你的真意误会了。我们的时期，的确已经过去了。我今晚上对你的要求，的确是卑劣得很。请你饶了我，噢，请你饶了我，我以后永也不再干这一种卑劣的事情了，噢，请你饶了我！请你把你的头伸出来，朝我转来，对我说一声，说一声饶了我吧！让我们把过去的一切忘了，请你把今晚上的我的这一种卑劣的事情忘了。噢，老三！"

我斜伏在她的枕头边上，含泪地把这些话说完之后，她的头还是尽朝着里床，身子一动也不肯动。我静候了好久，她才把头朝转来，举起一双泪眼，好像是在怜惜我又好像是在怨恨我地看了我一眼。得到了她这泪眼的一瞥，我心里也不晓怎么地起了一种比死刑囚遇赦的时候还要感激的心思。她仍复把头朝里转去，我也在她的被外头躺下了。躺下之后，两人虽然都没有睡着，然而我的心里却很舒畅，默默地直躺到了天明。

早晨起来，约略梳洗了一番，她又同平时一样地和我微笑了，而我哩，脸上虽在笑着，心里头却尽是一滴苦泪一滴苦泪地在往喉头鼻里咽送。

两人从旅馆出来，东方只有几点红云罩着，夜来的风势，把一碧的长天扫尽了。太阳已出了海，淡薄的阳光晒着的几条冷静的街上，除了些被风吹堕的树叶和几堆灰土之外，也比平时洁净得多。转过了长街送她到了她自家的门口，将要分别的时候，我只紧握了她一双冰冷的手，轻轻地对她说：

"老三！请你自家珍重一点，我们以后见面的机会，恐怕很少了。"

我说出了这句话之后，心里不晓怎么的忽儿绞割了起来，两只眼睛里同雾天似的起了一层蒙障。她仿佛也深深地朝我看了一眼，就很急促地抽了她的两手，飞跑地奔向屋后去了。

这一天的晚上，海上有一弯眉毛似的新月照着，我和许多言语不通的南省人杂处在一舱里吸烟。舱外的风声浪声很大，大家只在电灯下计算着这海船航行的速度，和到 H 港的时刻。

一九二七年一月十日在上海

春风沉醉的晚上

一

在沪上闲居了半年，因为失业的结果，我的寓所迁移了三处。最初我住在静安寺路南的一间同鸟笼似的永也没有太阳晒着的自由的监房里。这些自由的监房的住民，除了几个同强盗小窃一样的凶恶裁缝之外，都是些可怜的无名文士，我当时所以送了那地方一个 Yellow Grub Street[①] 的称号。在这 Grub Street 里住了一个月，房租忽涨了价，我就不得不拖了几本破书，搬上跑马厅附近一家相识的栈房里去。后来在这栈房里又受了种种逼迫，不得不搬了，我便在外白渡桥北岸的邓脱路中间，日新里对面的贫民窟里，寻了一间小小的房间，迁移了过去。

邓脱路的这几排房子，从地上量到屋顶，只有一丈几尺高。我住的楼上的那间房间，更是矮小得不堪。若站在楼板上伸一伸

---

① 英文：寒士街，形容潦倒文人的居住区。

懒腰，两只手就要把灰黑的屋顶穿通的。从前面的衖里踱进了那房子的门，便是房主的住房。在破布、洋铁罐、玻璃瓶、旧铁器堆满的中间，侧着身子走进两步，就有一张中间有几根横档跌落的梯子靠墙摆在那里。用了这张梯子往上面的黑黝黝的一个二尺宽的洞里一接，即能走上楼去。黑沉沉的这层楼上，本来只有猫额那样大，房主人却把它隔成了两间小房，外面一间是一个N烟公司的工女住在那里，我所租的是梯子口头的那间小房，因为外间的住者要从我的房里出入，所以我的每月的房租要比外间的便宜几角小洋。

我的房主，是一个五十来岁的弯腰老人。他的脸上的青黄色里，映射着一层暗黑的油光。两只眼睛是一只大一只小，颧骨很高，额上颊上的几条皱纹里满砌着煤灰，好像每天早晨洗也洗不掉的样子。他每日于八九点钟的时候起来，咳嗽一阵，便挑了一双竹篮出去，到午后的三四点钟总仍旧是挑了一双空篮回来的，有时挑了满担回来的时候，他的竹篮里便是那些破布、破铁器、玻璃瓶之类。像这样的晚上，他必要去买些酒来喝喝，一个人坐在床沿上瞎骂出许多不可捉摸的话来。

我与间壁的同寓者的第一次相遇，是在搬来的那天午后。春天的急景已经快晚了的五点钟的时候，我点了一支蜡烛，在那里安放几本刚从栈房里搬过来的破书。先把它们叠成了两方堆，一堆小些，一堆大些，然后把两个二尺长的装画的画架覆在大一点的那堆书上。因为我的器具都卖完了，这一堆书和画架白天要当写字台，晚上可当床睡的。摆好了画架的板，我就朝着了这张由书叠成的桌子，坐在小一点的那堆书上吸烟，我的背系朝着梯子的接口的。我一边吸烟，一边在那里呆看放在桌上的蜡烛火，忽而听见梯子口上起了响动。回头一看，我只见了一个自家的扩大的投射影子，此外什么也辨不出来，但我的听觉分明告诉我说："有人上来了。"我向暗中凝视了几秒钟，一个圆形灰白的面貌，半截纤细的女人的身体，方才映到我的眼帘上来。一见了她的容貌，我就知道她是我的间壁的同居者了。因为我来找房子的时候，那房主的老人便告诉我说，这屋里除了他一个人外，楼上只住着一个工女。我一则喜欢房价的便宜，二则喜欢这屋里没有别的女人小孩，所以立刻就租定了的。等她走上了梯子，我才站起来对她点了点头说：

"对不起，我是今朝才搬来的，以后要请你照应。"

她听了我这话，也并不回答，放了一双漆黑的大眼，对我深深地看了一眼，就走上她的门口去开了锁，进房去了。我与她不过这样地见了一面，不晓是什么原因，我只觉得她是一个可怜的女子。她的高高的鼻梁，灰白长圆的面貌，清瘦不高的身体，好像都是表明她是可怜的特征，但是当时正为了生活问题在那里操心的我，也无暇去怜惜这还未曾失业的工女，过了几分钟我又动也不动地坐在那一小堆书上看蜡烛光了。

在这贫民窟里过了一个多礼拜，她每天早晨七点钟去上工和午后六点多钟下工回来，总只见我呆呆地对着了蜡烛或油灯坐在那堆书上。大约她的好奇心被我那痴不痴呆不呆的态度挑动了罢，有一天她下了工走上楼来的时候，我依旧和第一天一样地站起来让她过去。她走到了我的身边忽而停住了脚，看了我一眼，吞吞吐吐好像怕什么似的问我说：

"你天天在这里看的是什么书？"

（她操的是柔和的苏州音，听了这一种声音以后的感觉，是怎么也写不出来的，所以我只能把她的言语译成普通的白话。）

我听了她的话，反而脸上涨红了。因为我天天呆坐在那里，面前虽则有几本外国书摊着，其实我的脑筋昏乱得很，就是一行一句也看不进去。有时候我只用了想象在书的上一行与下一行中间的空白里，填些奇异的模型进去；有时候我只把书里边的插画翻开来看看，就了那些插画演绎些不近人情的幻想出来。我那时候的身体因为失眠与营养不良的结果，实际上已经成了病的状态了。况且又因为我的唯一的财产的一件棉袍子已经破得不堪，白天不能走出外面去散步和房里全没有光线进来，不论白天晚上，都要点着油灯或蜡烛的缘故，非但我的全部健康不如常人，就是我的眼睛和脚力，也局部的非常萎缩了。在这样状态下的我，听了她这一问，如何能够不红起脸来？所以我只是含含糊糊地回答说：

"我并不在看书，不过什么也不做呆坐在这里，样子一定不好看，所以把这几本书摊放着的。"

她听了这话，又深深地看了我一眼，作了一种不解的形容，依旧地走到她的房里去了。

那几天里，若说我完全什么事情也不去找什么事情也不曾干，却是假的。有时候，我的脑筋稍微清新一点下来，也曾译过几首英法的小诗，和几篇不满四千字的德国的短篇小说，于晚上大家睡熟的时候，不声不响地出去投邮，寄投给各新开的书局。因为当时我的各方面就职的希望，早已经完全断绝了，只有这一方面，还能靠了我的枯燥的脑筋，想想法子看。万一中了他们编辑先生的意，把我译的东西登了出来，也不难得着几块钱的酬报。所以我自迁移到邓脱路以后，当她第一次同我讲话的时候，这样的译稿已经发出了三四次了。

二

在乱昏昏的上海租界里住着，四季的变迁和日子的过去是不容易觉得的。我搬到了邓脱路的贫民窟之后，只觉得身上穿在那里的那件破棉袍子一天一天地重了起来，热了起来，所以我心里想：

"大约春光也已经老透了罢！"

但是囊中很羞涩的我，也不能上什么地方去旅行一次，日夜只是在那暗室的灯光下呆坐。有一天，大约是午后了，我也是这样地坐在那里，间壁的同住者忽而手里拿了两包用纸包好的物件走了上来，我站起来让她走的时候，她把手里的纸包放了一包在我的书桌上说：

"这一包是葡萄浆的面包，请你收藏着，明天好吃的。另外我还有一包香蕉买在这里，请你到我房里来一道吃罢！"

我替她拿住了纸包，她就开了门邀我进她的房里去，共住了这十几天，她好像已经信任我是一个忠厚的人的样子。我见她初见我的时候脸上流露出来的那一种疑惧的形容完全没有了。我进了她的房里，才知道天还未暗，因为她的房里有一扇朝南的窗，太阳反射的光线从这窗里投射进来，照见了小小的一间房，由二条板铺成的一张床，一张黑漆的半桌，一只板箱，和一条圆凳。床上虽则没有帐子，但堆着有二条洁净的青布被褥。半桌上有一只小洋铁箱摆在那里，大约是她的梳头器具，洋铁箱上已经有许多油污的点子了。她一边把堆在圆凳上的几件半旧的洋布棉袄、粗布裤等收在床上，一边就让我坐下。我看了她那殷勤待我的样子，心里倒不好意思起来，所以就对她说：

"我们本来住在一处，何必这样地客气。"

"我并不客气，但是你每天当我回来的时候，总站起来让我，我却觉得对不起得很。"

这样地说着，她就把一包香蕉打开来让我吃。她自家也拿了一只，在床上坐下，一边吃一边问我说：

"你何以只住在家里，不出去找点事情做做？"

"我原是这样地想，但是找来找去总找不着事情。"

"你有朋友么？"

"朋友是有的，但是到了这样的时候，他们都不和我来往了。"

"你进过学堂么？"

"我在外国的学堂里曾经念过几年书。"

"你家在什么地方？何以不回家去？"

她问到了这里，我忽而感觉到我自己的现状了。因为自去年以来，我只是一日一日地萎靡下去，差不多把"我是什么人？""我现在所处的是怎么一种境遇？""我的心里还是悲还是喜？"这些观念都忘掉了。经她这一问，我重新把半年来困苦的情形一层一层地想了出来。所以听她的问话以后，我只是呆呆地看她，半晌说不出话来。她看了我这个样子，以为我也是一个无家可归的流浪人，脸上就立时起了一种孤寂的表情，微微地叹着说：

"唉！你也是同我一样的么？"

微微地叹了一声之后，她就不说话了。我看她的眼圈上有些潮红起来，所以就想了一个另外的问题问她说：

"你在工厂里做的是什么工作？"

"是包纸烟的。"

"一天做几个钟头工？"

"早晨七点钟起，晚上六点钟止，中午休息一个钟头，每天一共要做十个钟头的工。少做一点钟就要扣钱的。"

"扣多少钱？"

"每月九块钱，所以是三块钱十天，三分大洋一个钟头。"

"饭钱多少？"

"四块钱一月。"

"这样算起来，每月一个钟点也不休息，除了饭钱，可省下五块钱来。够你付房钱买衣服的么？"

"哪里够呢！并且那管理人又……啊啊！……我……我所以非常恨工厂的。你吸烟的么？"

"吸的。"

"我劝你顶好还是不吸。就吸也不要去吸我们工厂的烟。我真恨死它在这里。"

我看看她那一种切齿怨恨的样子，就不愿意再说下去。把手里捏着的半个吃剩的香蕉咬了几口，向四边一看，觉得她的房里也有些灰黑了，我站起来道了谢，就走回到了我自己的房里。她大约做工倦了的缘故，每天回来大概是马上就入睡的，只有这一晚上，她在房里好像是直到半夜还没有就寝。从这一回之后，她每天回来，总和我说几句话。我从她自家的口里听得，知道她姓陈，名叫二妹，是苏州东乡人，从小系在上海乡下长大的，她父亲也是纸烟工厂的工人，但是去年秋天死了。她本来和她父亲同住在那间房里，每天同上工厂去的，现在却只剩了她一个人了。她父亲死后的一个多月，她早晨上工厂去也一路哭了去，晚上回来也一路哭了回来的。她今年十七岁，也无兄弟姊妹，也无近亲的亲戚。她父亲死后的葬殓等事，是他于未死之前把十五块钱交给楼下的老人，托这老人包办的。她说：

"楼下的老人倒是一个好人，对我从来没有起过坏心，所以我得同父亲在日一样地去做工，不过工厂的一个姓李的管理人却坏得很，知道我父亲死了，就天天想戏弄我。"

她自家和她父亲的身世，我差不多全知道了，但她母亲是如何的一个人，死了呢还是活在哪里，假使还活着，住在什么地方等等，她却从来还没有说及过。

三

天气好像变了。几日来我那独有的世界，黑暗的小房里的腐浊的空气，同蒸笼里的蒸汽一样，蒸得人头昏欲晕。我每年在春夏之交要发的神经衰弱的重症，遇了这样的气候，就要使我变成半狂。所以我这几天来，到了晚上，等马路上人静之后，也常常走出去散步去。一个人在马路上从狭隘的深蓝天空里看看群星，慢慢地向前行走，一边作些漫无涯涘的空想，倒是于我的身体很有利益。当这样的无可奈何，春风沉醉的晚上，我每要在各处乱走，走到天将明的时候才回家里。我这样地走倦了回去就睡，一睡直可睡到第二天的日中，有几次竟要睡到二妹下工回来的前后方才起来。睡眠一足，我的健康状态也渐渐地恢复起来了。平时只能消化半磅面包的我的胃部，自从我的深夜游行的练习开始之后，进步得几乎能容纳面包一磅了。这事在经济上虽则是一大打击，但我的脑筋，受了这些滋养，似乎比从前稍能统一。我于游行回来之后，就睡之前，却做成了几篇 Allan Poe① 式的短篇小说，自家看看，也不很坏。我改了几次，抄了几次，一一投邮寄出之后，心里虽然起了些微细的希望，但是想想前几回的译稿的绝无消息，过了几天，也便把它们忘了。

邻住者二妹，这几天来，当她早晨出去上工的时候，我总在那里酣睡，只有午后下工回来的时候，有几次有见面的机会，但是不晓是什么原因，我觉得她对我的态度，又回到从前初见面的时候的疑惧状态去了。有时候她深深地看我一眼，她的黑晶晶、水汪汪的眼睛里，似乎是满含着责备我规劝我的意思。

我搬到这贫民窟里住后，约莫已经有二十多天的样子，一天午后我正点上蜡烛，在那里看一本从旧书铺里买来的小说的时候，二妹却急急忙忙地走上楼来对我说：

"楼下有一个送信的在那里，要你拿了印子去拿信。"

她对我讲这话的时候，她的疑惧我的态度更表示得明显，她好像在那里说："呵呵！你的事件是被发觉了啊！"我对她这种态度，心里非常痛恨，所以就气急了一点，回答她说：

"我有什么信？不是我的！"

她听了我这气愤愤的回答，更好像是得了胜利似的，脸上忽涌出了一种冷笑说：

"你自家去看罢！你的事情，只有你自家知道的！"

同时我听见楼底下门口果真有一个邮差似的人在催着说：

"挂号信！"

我把信取来一看，心里就突突地跳了几跳，原来我前回寄去的一篇德文短篇的译稿，已经在某杂志上发表了，信中寄来的是五元

---

① 爱伦·坡，19世纪美国小说家、诗人，侦探小说和恐怖小说鼻祖。

钱的一张汇票。我囊里正是将空的时候，有了这五元钱，非但月底要预付的来月的房金可以无忧，并且付过房金以后，还可以维持几天食料，当时这五元钱对我的效用的扩大，是谁也不能推想得出来的。

第二天午后，我上邮局去取了钱，在太阳晒着的大街上走了一会，忽而觉得身上就淋出了许多汗来。我向我前后左右的行人一看，复向我自家的身上一看，就不知不觉地把头低俯了下去。我颈上头上的汗珠，更同盛雨似的，一颗一颗地钻出来了。因为当我在深夜游行的时候，天上并没有太阳，并且料峭的春寒，于东方微白的残夜，老在静寂的街巷中留着，所以我穿的那件破棉袍子，还觉得不十分与节季违异。如今到了阳和的春日晒着的这日中，我还不能自觉，依旧穿了这件夜游的敝袍，在大街上阔步，与前后左右的和节季同时进行的我的同类一比，我哪得不自惭形秽呢？我一时竟忘了几日后不得不付的房金，忘了囊中本来将尽的些微的积聚，便慢慢地走上了闸路的估衣铺①去。好久不在天日之下行走的我，看看街上来往的汽车人力车，车中坐着的华美的少年男女，和马路两边的绸缎铺金银铺窗里的丰丽的陈设，听听四面的同蜂衙似的嘈杂的人声、脚步声、车铃声，一时倒也觉得是身到了大罗天②上的样子。我忘记了我自家的存在，也想和我的同胞一样地欢歌欣舞起来，我的嘴里便不知不觉地唱起几句久忘了的京调来了。这一时的涅槃幻境，当我想横越过马路，转入闸路去的时候，忽而被一阵铃声惊破了。我抬起头来一看，我的面前正冲来了一乘无轨电车，车头上站着的那

---

① 估衣铺：旧时收售旧衣服的店铺。
② 大罗天：最高最广之天；天之最高位。

肥胖的机器手，伏出了半身，怒目地大声骂我说：

"猪头三！侬（你）艾（眼）睛勿散（生）咯！跌杀时，叫旺（黄）够（狗）来抵侬（你）命噢！"

我呆呆地站住了脚，目送那无轨电车尾后卷起了一道灰尘，向北过去之后，不知是从何处发出来的感情，忽而竟禁不住哈哈哈哈地笑了几声。等得四面的人注视我的时候，我才红了脸慢慢地走向了闸路里去。

我在几家估衣铺里，问了些夹衫的价钱，还了他们一个我所能出的数目，几个估衣铺的店员，好像是一个师父教出的样子，都摆下了脸面，嘲弄着说：

"侬（你）寻萨咯（什么）凯（开心）！马（买）勿起好勿要马（买）咯！"

一直问到五马路边上的一家小铺子里，我看看夹衫是怎么也买不成了，才买定了一件竹布单衫，马上就把它换上。手里拿了一包换下的棉袍子，默默地走回家来，一边我心里却在打算：

"横竖是不够用了，我索性来痛快地用它一下罢。"同时我又想起了那天二妹送我的面包香蕉等物。不等第二次的回想，我就寻着了一家卖糖食的店，进去买了一块钱巧格力①、香蕉糖、鸡蛋糕等杂食。站在那店里，等店员在那里替我包好来的时候，我忽而想起我有一月多不洗澡了，今天不如顺便也去洗一个澡罢。

洗好了澡，拿了一包棉袍子和一包糖食，回到邓脱路的时候，马路两旁的店家，已经上电灯了。街上来往的行人也很稀少，一阵从黄浦江上吹来的日暮的凉风，吹得我打了几个冷痉。我回到了我

---

① 巧格力：今译"巧克力"。

的房里，把蜡烛点上。向二妹的房门一照，知道她还没有回来。那时候我腹中虽则饥饿得很，但我刚买来的那包糖食怎么也不愿意打开来，因为我想等二妹回来同她一道吃。我一边拿出书来看，一边口里尽在咽唾液下去。等了许多时候，二妹终不回来，我的疲倦不知什么时候出来战胜了我，就靠在书堆上睡着了。

四

二妹回来的响动把我惊醒的时候，我见我面前的一支十二盎司一包的洋蜡烛已经点去了二寸的样子，我问她是什么时候了，她说：

"十点的汽管刚刚放过。"

"你何以今天回来得这样迟？"

"厂里因为销路大了，要我们做夜工。工钱是增加的，不过人太累了。"

"那你可以不去做的。"

"但是工人不够，不做是不行的。"

她讲到这里，忽而滚了两粒眼泪出来，我以为她是做工做得倦了，故而动了伤感，一边心里虽在可怜她，但一边看她这同小孩似的脾气，却也感着了些儿快乐。把糖食包打开，请她吃了几颗之后，我就劝她说：

"初做夜工的时候不惯，所以觉得困倦，做惯了以后，也没有什么的。"

她默默地坐在我的半高的由书叠成的桌上，吃了几颗巧格力，对我看了几眼，好像是有话说不出来的样子。我就催她说：

"你有什么话说？"

她又沉默了一会，便断断续续地问我说：

"我……我……早想问你了，这几天晚上，你每晚在外边，可在与坏人做伙友么？"

我听了她这话，倒吃了一惊，她好像在疑我天天晚上在外面与小窃恶棍混在一块。她看我呆了不答，便以为我的行为真的被她看破了，所以就柔柔和和地连续着说：

"你何苦要吃这样好的东西，要穿这样好的衣服？你可知道这事情是靠不住的。万一被人家捉了去，你还有什么面目做人。过去的事情不必去说它，以后我请你改过了罢……"

我尽是张大了眼睛，张大了嘴，呆呆地在看她，因为她的思想太奇怪了，使我无从辩解起。她沉默了数秒钟，又接着说：

"就以你吸的烟而论，每天若戒绝了不吸，岂不可省几个铜子。我早就劝你不要吸烟，尤其是不要吸那我所痛恨的Ｎ工厂的烟，你总是不听。"

她讲到了这里，又忽而落了几滴眼泪。我知道这是她为怨恨Ｎ工厂而滴的眼泪，但我的心里，怎么也不许我这样地想，我总要把它们当作因规劝我而洒的。我静静儿地想了一回，等她的神经镇静下去之后，就把昨天的那封挂号信的来由说给她听，又把今天的取钱买物的事情说了一遍，最后更将我的神经衰弱症和每晚何以必要出去散步的原因说了。她听了我这一番辩解，就信了我，等我说完之后，她颊上忽而起了两点红晕，把眼睛低下去看看桌上，好像是怕羞似的说：

"噢，我错怪你了，我错怪你了。请你不要多心，我本来是没有歹意的。因为你的行为太奇怪了，所以我想到了邪路里去。你若能好好儿地用功，岂不是很好么？你刚才说的那——叫什么的——东西，能够卖五块钱，要是每天能做一个，多么好呢！"

我看了她这种单纯的态度，心里忽而起了一种不可思议的感情，我想把两只手伸出去拥抱她一回，但是我的理性却命令我说：

"你莫再作孽了！你可知道你现在处的是什么境遇，你想把这纯洁的处女毒杀了么？恶魔，恶魔，你现在是没有爱人的资格的呀！"

我当那种感情起来的时候，曾把眼睛闭上了几秒钟，等听了理性的命令以后，我的眼睛又睁了开来，我觉得我的周围，忽而比前几秒钟更光明了。对她微微地笑了一笑，我就催她说：

"夜也深了，你该去睡了罢！明天你还要上工去的呢！我从今天起，就答应你把纸烟戒下来罢。"

她听了我这话，就站了起来，很喜欢地回到她的房里去睡了。

她去之后，我又换上一支洋蜡烛，静静儿地想了许多事情：

"我的劳动的结果，第一次得来的这五块钱已经用去了三块了。连我原有的一块多钱合起来，付房钱之后，只能剩下二三角小洋来，如何是好呢！

"就把这破棉袍子去当罢！但是当铺里恐怕不要。

"这女孩子真是可怜，但我现在的境遇，可是还赶她不上，她是不想做工而工作要强迫她做，我是想找一点工作，终于找不到。

"就去做筋肉的劳动罢！啊啊，但是我这一双弱腕，怕吃不下一部黄包车的重力。

"自杀！我有勇气，早就干了。现在还能想到这两个字，足证我的志气还没有完全消磨尽哩！

"哈哈哈哈！今天的那无轨电车的机器手！他骂我什么来？

"黄狗，黄狗倒是一个好名词……"

我想了许多零乱断续的思想，终究没有一个好法子，可以救我出目下的穷状来。听见工厂的汽笛，好像在报十二点钟了，我就站了起来，换上了白天那件破棉袍子，仍复吹熄了蜡烛，走出外面去散步去。

贫民窟里的人已经睡眠静了。对面日新里的一排临邓脱路的洋楼里，还有几家点着了红绿的电灯，在那里弹罢拉拉衣加①。一声二声清脆的歌音，带着哀调，从静寂的深夜的冷空气里传到我的耳膜上来，这大约是俄国的漂泊的少女，在那里卖钱的歌唱。天上罩满了灰白的薄云，同腐烂的尸体似的沉沉地盖在那里。云层破处也能看得出一点两点星来，但星的近处，黝黝看得出来的天色，好像有无限的哀愁蕴藏着的样子。

一九二三年七月十五日

---

① 俄文音译：三弦琴。

茑萝行

　　同居的人全出外去后的这沉寂的午后的空气中独坐着的我，表面上虽则同春天的海面似的平静，然而我胸中的寂寥，我脑里的愁思，什么人能够推想得出来？现在是三点三十分了。外面的马路上大约有和暖的阳光夹着了春风，在那里助长青年男女的游春的兴致；但我这房里的透明的空气，何以会这样的沉重呢？龙华附近的桃林草地上，大约有许多穿着时式花样的轻绸绣缎的恋爱者在那里对着苍空发愉乐的清歌；但我的这从玻璃窗里透过来的半角青天，何以总带着一副嘲弄我的形容呢？啊啊，在这样薄寒轻暖的时候，当这样有作有为的年纪，我的生命力，我的活动力，何以会同冰雪下的草芽一样，一些儿也生长不出来呢？啊啊，我的女人！我的不能爱而又不得不爱的女人！我终觉得对你不起！

　　计算起来你的列车大约已经驶过松江驿了，但你一个人抱了小孩在车窗里呆看陌生行人的景状，我好像在你旁边看守着的样子。可怜你一个弱女子，从来没有单独出过门，你此刻呆坐在车里，大约在那里回忆我们两人同居的时候，我虐待你的一件件的事情了罢！啊啊，我的女人，我的不得不爱的女人，你不要在车中滴下眼泪来，我平时虽则常常虐待你，但我的心中却在哀怜你的，却在痛爱你的；不过我在社会上受来的种种苦楚、压迫、侮辱，若不向你发泄，叫我更向谁去发泄呢！啊啊，我的最爱的女人，你若知道我这一层隐衷，你就该饶恕我了。

唉，今天是旧历的二月二十一日，今天正是清明节呀！大约各处的男女都出到郊外去踏青的，你在车窗里见了火车路线两旁郊野里在那里游行的夫妇，你能不怨我的么？你怨我也罢了，你倘能恨我怨我，怨得我望我速死，那就好了。但是办不到的，怎么也办不到的，你一边怨我，一边又必在原谅我的，啊啊，我一想到你这一种优美的灵心，叫我如何能忍得过去呢！

细数从前，我同你结婚之后，共享的安乐日子，能有几日？我十七岁去国之后，一直地在无情的异国蛰住了八年。这八年中间就是暑假寒假也不回国来的原因，你知道么？我八年间不回国来的事实，就是我对旧式的、父母主张的婚约的反抗呀！这原不是你的错，也不是我的错，作孽者是你的父母和我的母亲。但我在这八年之中，不该默默地无所表示的。

后来看到了我们乡间的风习的牢不可破，离婚的事情的万不可能，又因你家父母的日日的催促，我的母亲的含泪的规劝，大前年的夏天，我才勉强应承了与你结婚。但当时我提出的种种苛刻的条件，想起来我在此刻还觉得心痛。我们也没有结婚的种种仪式，也没有证婚的媒人，也没有请亲朋来喝酒，也没有点一对蜡烛、放几声花炮。你在将夜的时候，坐了一乘小轿从去城六十里的你的家乡到了县城里的我的家里，我的母亲陪你吃了一碗晚饭，你就一个人摸上楼上我的房里去睡了。那时候听说你正患疟疾，我到夜半拿了一支蜡烛上床来睡的时候，只见你穿了一件白纺绸的单衫，在暗黑中朝里床睡在那里。你听见了我上床来的声音，却朝转来默默地对我看了一眼。啊！那时候的你的憔悴的形容，你的水汪汪的两眼，神经常在那里颤动的你的小小的嘴唇，我就是到死也忘不了的。我现在想起来还要滴眼泪哩！

在穷乡僻壤生长的你，自幼也不曾进过学校，也不曾呼吸过通都大邑的空气，提了一双纤细缠小了的足，抱了一箱家塾里念过的《列女传》《女四书》等旧籍，到了我的家里。既不知女人的娇媚是如何装作，又不知时样的衣裳是如何剪裁，你只奉了"柔顺"两字，作了你的行动的规范。

结婚之后，因为城中天气暑热的缘故，你就同我同上你家去住了几天，总算过了几天安乐的日子；但无端又遇了你侄儿的暴行，淘了许多说不出来的闲气，滴了许多拭不干净的眼泪。我与你在你侄儿闹事的第二天就匆匆地回到了城里的家中。过了两三天我又害起病来，你也疟疾复发了。我就决定挨着病离开了我那空气沉浊的故乡。将行的前夜，你也不说什么，我也没有什么话好对你说。我从朋友家里喝醉了酒回来，睡在床上，只见你呆呆地坐在灰黄的灯下。可怜你一直到第二天的早晨我将要上船的时候止，终没有横到我床边上来睡一忽儿，也没有讲一句话。第二天天刚亮的时候，母亲就来催我起身，说轮船已到鹿山脚下了。

从此一别，又同你远隔了两年。你常常写信来说家里的老祖母在那里想念我，暑假寒假若有空闲，叫我回家来探望探望祖母母亲，但我因为异乡的花草，和年轻的朋友挽留我的缘故，终究没有回来。

唉唉！那两年中间的我的生活！红灯绿酒的沉湎，荒妄的邪游，不义的淫乐。在中宵酒醒的时候，在秋风凉冷的月下，我也曾想念及你，我也曾痛哭过几次。但灵魂丧失了的那一群妖媚的游女，和她们的娇艳动人的假笑佯啼，终究把我的天良迷住了。

前年秋天我虽回国了一次，但因为朋友邀我上 A 地去了，我又没有回到故乡来看你。在 A 地住了三个月，回到上海来过了旧历的除夕，我又回东京去了。直到了去年的暑假前，我提出了卒业论文，将我的放浪生活作了个结束，方才拖了许多饥不能食寒不能衣的破书旧籍回到了中国。一踏了上海的岸，生计问题就逼紧到我的眼前来，缚在我周围的运命的铁锁圈，就一天一天地扎紧起来了。

留学的时候，多谢我们孱弱无能的政府，和没有进步的同胞，像我这样的一个生则于世无补、死亦于人无损的零余者，也考得了一个官费生的资格。虽则每月所得不能敷用，是租了屋没有食、买了食没有衣的状态，但究竟每月还有几十块钱的出息^①，调度得好也能勉强免于死亡。并且又可进了病院向家里勒索几个医药费，拿了书店的发票向哥哥乞取几块买书钱，所以在繁华的新兴国的首都里，我却过了几年放纵的生活。如今一定的年限已经到了，学校里因为要收受后进的学生，再也不能容我在那绿树阴森的图书馆里，做白昼的痴梦了。并且我们国家的金库，也受了几个磁石心肠的将军和大官的吮吸，把供养我们一班不会作乱的割势者的能力丧失了，所以我在去年的六月就失了我的维持生命的根据，那时候我的每月的进款已经没有了。以年纪讲起来，像我这样二十六七的青年，正好到社会去奋斗，况且又在外国国立大学里卒业了的我，谁更有这样厚的面皮，再去向家中年老的母亲，或狷洁自爱的哥哥，乞求养生

---

① 出息：获利。

的资料。我去年暑假里一到上海流寓了一个多月没有回家来的原因，你知道了么？我现在索性对你讲明了罢，一则虽因为一天一天地挨过了几天，把回家的旅费用完了，其他我更有这一段不能回家的苦衷在的呀，你可能了解？

啊啊，去年六月在灯火繁华的上海市外，在车马喧嚷的黄浦江边，我一边念着 Housman 的 *A Shropshire Lad*① 里的

Come you home a hero

Or come not home at all,

The lads you leave will mind you

Till Ludlow tower shall fall.

几句清诗，一边呆呆地看着江中黝黑混浊的流水，曾经发了几多的叹声，滴了几多的眼泪。你若知道我那时候的绝望的情怀，我想你去年的那几封微有怨意的信也不至于发给我了。——啊，我想起了，你是不懂英文的，这几句诗我顺便替你译出罢。

汝当衣锦归，

否则永莫回，

令汝别后之儿童

望到拉德罗塔毁。

平常责任心很重，并且在不必要的地方，反而非常隐忍持重的

---

① 英文：霍斯曼的《什罗浦郡的浪荡儿》。

我，当留学的时候，也不曾著过一书，立过一说。天性胆怯，从小就害着自卑狂的我，在新闻杂志或稠人广众之中，从不敢自家吹一点小小的气焰。不在图书馆内，便在咖啡店里、山水怀中过活的我，当那些现代的青年当作科场看的群众运动起来的时候，绝不会去慷慨悲歌地演说一次，出点无意义的风头。赋性愚鲁、不善交游、不善钻营的我，平心讲起来，在生活竞争剧烈、到处有陷阱设伏的现在的中国社会里，当然是没有生存的资格的。去年六月间，寻了几处职业失败之后，我心里想我自家若想逃出这恶浊的空气，想解决这生计困难的问题，最好唯有一死。但我若要自杀，我必须先弄几个钱来，痛饮饱吃一场，大醉之后，用了我的无用的武器，至少也要击杀一二个世间的人类——若他是比我富裕的时候，我就算替社会除了一个恶；若他是和我一样或比我更苦的时候，我就算解决了他的困难，救了他的灵魂——然后从容就死。我因为有这一种想头，所以去年夏天在睡不着的晚上，拖了沉重的脚，上黄浦江边去了好几次，仍复没有自杀。到了现在我可以老实地对你说了，我在那时候，我并不曾想到我死后的你将如何地生活过去。我的八十五岁的祖母，和六十来岁的母亲，在我死后又当如何的种种问题，当然更不在我的脑里了。你读到这里，或者要骂我没有责任心，丢下了你，自家一个去走干净的路。但我想这责任不应该推给我负的，第一我们的国家社会，不能用我去做他们的工，使我有了气力不能卖钱来养活我自家和你，所以现代的社会，就应该负这责任。即使退一步讲，第二你的父母不能教育你，使你独立营生，便是你父母的坏处，所以你的父母也应该负这责任。第三我的母亲戚族，知道我没有养活你的能力，要苦苦地劝我结婚，他们也应该负这责任。这不过是现在我写到这里想出来的话，当时原是没有想到的。

上海的Ｔ书局和我有些关系，是你所知道的。你今天午后不是从这Ｔ书局编辑所出发的么？去年六月经理的Ｔ君看我可怜不过，却为我关说了几处，但那几处不是说我没有声望就嫌我脾气太大，不善趋奉他们的旨意，不愿意用我。我当初把我身边的衣服金银器具一件一件地典当之后，在烈日蒸照、灰土很多的上海市街中，整日地空跑了半个多月。几个有职业的先辈，和在东京曾经受过我的照拂的朋友的地方，我都去访问了。他们有的时候，也约我上菜馆去吃一次饭；有的时候，知道我的意思便也陪我作了一副忧郁的形容，且为我筹了许多没有实效的计划。我于这样的晚上，不是往黄浦江边去徘徊，便是一个人跑上法国公园的草地上去呆坐，在那时候，我一个人看看天上悠久的星河，听听远远从那公园的跳舞室里飞过来的舞曲的琴音，老有放声痛哭的时候，幸亏在黄昏的时节，公园的四周没有人来往，所以我得尽情地哭泣，有时候哭得倦了，我也曾在那公园的草地上露宿过的。

阳历六月十八的晚上——是我忘不了的一晚，Ｔ君拿了一封Ａ地的朋友寄来的信到我住的地方来。平常只有我去找他，没有他来找我的，Ｔ君一进我的门，我就知道一定有什么机会了。他在我用的一张破桌子前坐下之后，果然把信里的事情对我讲了。他说：

"Ａ地仍复想请你去教书，你愿不愿意去？"

教书是有识无产阶级的最苦的职业，你和我已经住过半年，我的如何不愿意教书，教书的如何苦法，想是你所知道的，我在此处不必说了。况且Ａ地的这学校里又有许多黑暗的地方，有几个想做校长的野心家，又是忌刻心很重的。像这样的地方的教席，我也不得不承认下去的当时的苦况，大约是你所意想不到的。因为我那时候同在伦敦的屋顶下挨饿的 Chatterton^① 一样，一边虽在那里吃苦，一边我写回来的家信上还写得娓娓有致，说什么地方也在请我，什么地方也在聘我哩！

啊啊！同是血肉造成的我，我原是有虚荣心，有自尊心的呀！请你不要骂我作墙间乞食的齐人罢！唉，时运不济，你就是骂我，我也甘心受骂的。

我们结婚后，你给我的一个钻石戒指，我在东京的时候，替你押卖了，这是你当时已经知道的。我当 T 君将 A 地某校的聘书交给我的时候，身边值钱的衣服器具已经典当尽了。在东京学校的图书馆里，我记得读过一个德国薄命诗人 Grabbe^② 的传记。一贫如洗的他想上京去求职业去，同我一样贫穷的他的老母将一副祖传的银的食器交给了他，做他的求职的资斧。他到了孤冷的首都里，今日吃一个银匙，明日吃一把银刀，不上几日，就把他那副祖传的食器吃完了。我记得 Heine^③ 还嘲笑过他的。去年六月的我的穷状，可是比 Grabbe 更甚了。最后的一点值钱的物事，就是我在东京买来，预备送你的一个天赏堂^④制的银的装照相的架子，我在穷急的时候，早曾打算把它去换几个钱用，但一次一次的难关都被我打破，我决心把这一点微物，总要安安全全地送到你的手里。殊不知到了最后，我接到了 A 地某校的聘书之后，仍不得不把它去押在当铺里，换成了几个旅费，走回家来探望年老的祖母母亲，探望怯弱可怜同绵羊一样的你。

---

① 查特顿，18 世纪英国诗人。
② 格拉贝，19 世纪德国戏剧家。
③ 海涅，19 世纪德国诗人。
④ 天赏堂：东京银座 1872 年开业的老店。

去年六月，我于一天晴朗的午后，从杭州坐了小汽船，在风景如画的钱塘江中跑回家来。过了灵桥里山等绿树连天的山峡，将近故乡县城的时候，我心里同时感着了一种可喜可怕的感觉。立在船舷上，呆呆地凝望着春江第一楼前后的山景，我口里虽在微吟"近乡情更怯，不敢问来人"的二句唐诗，我的心里却在这样地默祷：

"……天帝有灵，当使埠头一个我的认识的人也不在！要不使他们知道才好，要不使他们知道我今天沦落了回来才好……"

船一靠岸，我左右手里提了两只皮箧，在晴日的底下从乱杂的人丛中伏倒了头，同逃也似的走向家来。我一进门看见母亲还在偏间的膳室里喝酒。我想张起喉音来亲亲热热地叫一声母亲的，但一见了亲人，我就把回国以来受的社会的侮辱想了出来，所以我的咽喉便哽住了。我只能把两只皮箧朝凳上一抛，马上就匆匆地跑上楼上的你的房里来，好把我的没有丈夫气、到了伤心的时候就要流泪的坏习惯藏藏躲躲。谁知一进你的房，你却流了一脸的汗和眼泪，坐在床前呜咽地暗在啜泣。我动也不动地呆看了一忽，方提起了干燥的喉音，幽幽地问你为什么要哭。你听了我这句问话反哭得更加厉害，暗泣中间却带起几声压不下去的唏嘘声来了。我又问你究竟为什么，你只是摇头不说。本来是伤心的我，又被你这样地引诱了一番，我就不得不抱了你的头同你对哭起来。喝不上一碗热茶的工夫，楼下的母亲就大骂着说：

"……什么的公主娘娘，我说着这几句话，就要上楼去摆架子。……轮船埠头谁对你这小畜生讲了，在上海逛了一个多月，走将家来，一声也不叫，狠命地把皮箧在我面前一丢……这算是什么行为！……你便是封了王回来，也没有这样的行为的呀！……两夫妻暗地里通通信，商量商量，……你们好来谋杀我的。"

我听见了母亲的骂声，反而止住不哭了。听到"封了王回来"

的这一句话，我觉得全身的血流都倒注了上来。在炎热的那盛暑的时候，我却同在寒冬的夜半似的手脚都发了抖。啊啊，那时候若没有你把我止住，我怕已经冒了大不孝的罪名，要永久地和我那年老的母亲诀别了。若那时候我和我母亲吵闹一场，那今年的祖母的死，我也是送不着的，我为了这事，也不得不重重地感谢你的呀！

那一天我的忽而从上海的回来，原是你也不知道，母亲也不知道的。后来母亲的气平了下去，你我的悲感也过去了的时候，我才知道我没有到家之先，母亲因为我久住上海不回家来的原因，在那里发脾气骂你。啊啊，你为了我的缘故，害骂害说的事情大约总也不止这一次了。也难怪你当我告诉你说我将于几日内动身到 A 地去的时候，哀哀地哭得不住的。你那柔顺的性质，是你一生吃苦的根源。同我的对于社会的虐待，丝毫没有反抗能力的性质，却是一样。啊啊！反抗反抗，我对于社会何尝不晓得反抗，你对于加到你身上来的虐待也何尝不晓得反抗，但是怯弱的我们，没有能力的我们，叫我们从何处反抗起呢？

到了痛定之后，我看看你的形容，比前年患疟疾的时候更消瘦了。到了晚上，我捏到你的下腿，竟没有那一段肥突的脚肚，从脚后跟起，到脚弯膝止，完全是一条直线。啊啊！我知道了，我知道白天我对你说我要上 A 地去的时候你就流眼泪的原因了。

我已经决定带你同往 A 地，将催 A 地的学校里速汇二百元旅费来的快信寄出之后，你我还不敢将这计划告诉母亲，怕母亲不赞成我们。到了旅费汇到的那天晚上，你还是疑惑不决地说：

"万一外边去不能支持，仍要回家来的时候，如何是好呢！"

可怜你那被威权压服了的神经，竟好像是希腊的巫女，能预知今天的劫运似的。唉，我早知道有今天的一段悲剧，我当时就不该带你出来了。

我去年暑假郁郁地在家里和你住了几天，竟不料就会种下一个烦恼的种子的。等我们同到了 A 地将房屋什器安顿好的时候，你的身体已经不是平常的身体了，吃几口饭就要呕吐，每天只是懒懒地在床上躺着。头一个月我因为不知底细，曾经骂过你几次，到了三四个月上，你的身体一天一天地重起来，我的神经受了种种激刺，也一天一天地粗暴起来了。

第一因为学校里的课程干燥无味，我天天去上课就同上刑具被拷问一样，胸中只感着一种压迫。

第二因为我在杂志上发表了一篇旧作的文字，淘了许多无聊的闲气。更有些忌刻我的恶劣分子，就想以此来作我的葬歌，纷纷地攻击我起来。

第三我平时原是挥霍惯了的，一想到辞了教授的职后，就又不得不同六月间一样，尝那失业的苦味。况且现在又有了家室，又有了未来的儿女，万一再同那时候一样地失起业来，岂不要比曩时更苦。

我前面也已经提起过了，在社会上虽是一个懦弱的受难者的我，在家庭内却是一个凶恶的暴君。在社会上受的虐待、欺凌、侮辱，我都要一一回家来向你发泄的。可怜你自从去年十月以来，竟变了一只无罪的羔羊，日日在那里替社会赎罪，做了供我这无能的暴君的牺牲。我在外面受了气回来，不是说你做的菜不好吃，就骂你是害我吃苦的原因。我一想到了将来失业的时候的苦况，神经激动起来的时候每骂着说：

"你去死！你死了我方有出头的日子。我辛辛苦苦，是为什么人在这里做牛马的呀。要只有我一个人，我何处不可去，我何苦要在这死地方做苦工呢！只知道在家里坐食的你这行尸，你究竟是为了什么目的生存在这世上的呀？……"

你被我骂不过，就暗哭起来。我骂你一场之后，把胸中的悲愤发泄完了，大抵总立时痛责我自家，上前来爱抚你一番，并且每用了柔和的声气，细细地把我的发气的原因——社会对我的虐待——讲给你听。你听了反替我抱着不平，每又哀哀地为我痛哭，到后来，终究到了两人相持对泣而后已。像这样的情景，起初不过间几日一次的，到后来将放年假的时候，变了一日一次或一日数次了。

唉唉，这悲剧的出生，不知究竟是结婚的罪恶呢，还是社会的罪恶？若是为结婚错了的原因而起的，那这问题倒还容易解决；若因社会的组织不良，致使我不能得适当的职业，你不能过安乐的日子，因而生出这种家庭的悲剧的，那我们的社会就不得不根本地改革了。

在这样的忧患中间，我与你的悲哀的继承者，竟生了下来，没有足月的这小生命，看来也是一个神经质的薄命的相儿。你看他那哭时的额上的一条青筋，不是神经质的证据么？饥饿的时候，你喂乳若迟一点，他老要哭个不止，像这样的性格，便是将来吃苦的基础。唉唉，我既生到了世上，受这样的社会的煎熬，正在求生不可、求死不得的时候，又何苦多此一举，生这一块肉在人世呢？啊啊！矛盾，惭愧，我是解说不了的了。以后若有人动问，就请你答复罢。

悲剧的收场，是在一个月的前头。那时候你的神经已经昏乱了，大约已记不清楚，但我却牢牢记着的。那天晚上，正下弦的月亮刚从东边升起来的时候。

我自从辞去了教授职后，托哥哥在某银行里谋了一个位置。但不幸的时候，事运不巧，偏偏某银行为了政治上的问题，开不出来。我闲居 A 地，日日在家中喝酒，喝醉之后，便声声地骂你与刚出生的那小孩，说你与小孩是我的脚镣，我大约要为你们的缘故沉水而死的。我硬要你们回故乡去，你们却是不肯。那一晚我骂了一阵，已经是朦胧地想睡了。在半醒半睡中间，我从帐子里看出来，好像见你在与小孩讲话。

"……你要乖些……要乖些。……小宝睡了罢……不要讨爸爸的厌……不要讨……娘去之后……要……要……乖些……"

讲了一阵，我好像看见你坐在洋灯影里揩眼泪罢，这是你的常态，我看得不耐烦了，所以就翻了一转身，面朝着了里床。我在背后觉得你在灯下哭了一忽，又站起来把我的帐子掀开了对我看了一回。我那时候只觉得好睡，所以没有同你讲话，以后我就睡着了。

我们街前的车夫，在我们门外乱打的时候，我才从被里跳了起来。我跌来碰去地走出门来的时候，已经是混乱得不堪了。我只见你的披散的头发，结成了一块，围在你的项上。正是下弦的月亮从东边升起来的时候，黄灰色的月光射在你的面上；你那本来是灰白的面色，反射出了一道冷光；你的眼睛好好地闭在那里，嘴唇还在微微地动着；你的湿透了的棉袄上，因为有几个扛你回来的车夫的黑影投射着，所以是一块黑一块青的。我把洋灯在地上一放，就抱着了你叫了几声，你的眼睛开了一开，马上就闭上了，眼角上却涌了两条眼泪出来。啊啊，我知道你那时候心里并不怨我的，我知道你并不怨我的，我看了你的眼泪，就能辨出你的心事来，但是我哪能不哭，我哪能不哭呢？我还怕什么？我还要维持什么体面？我就当了众人的面前哭出来了。那时候他们已经把你搬进了房。你床上睡着的小孩，听见了嘈杂的人声，也放大了喉咙啼泣了起来。大约是小孩的哭声传到了你的耳膜上了，你才张开眼来，含了许多眼泪对我看了一眼。我一边替你换湿衣裳，一边叫你安睡，不要去管那小孩。恰好间壁雇在那里的乳母，也听见了这杂噪声，起了床，跑了过来。

我知道你眷念小孩，所以就叫乳母替我把小孩抱了过去。奶妈抱了小孩走过床上你的身边的时候，你又对她看了一眼。同时我却听见长江里的轮船放了一声开船的汽笛声。

在病院里看护你的十五天工夫，是我的心地最纯洁的日子。利己心很重的我，从来没有感觉到这样纯洁的爱情过。可怜你身体热到四十一度的时候，还要忽而从睡梦中坐起来问我：

"龙儿，怎么样了？"

"你要上银行去了么？"

我从A地动身的时候，本来打算同你同回家去住的，像这样的社会上，谅来总也没有我的位置了。即使寻着了职业，像我这样愚笨的人，也是没有希望的。我们家里，虽则不是豪富，然而也可算得中产，养养你，养养我，养养我们的龙儿的几颗米是有的。你今年二十七，我今年二十八了。即使你我各有五十岁好活，以后还有几年？我也不想富贵功名了。若为一点毫无价值的浮名、几个不义的金钱，要把良心拿出来去换，要牺牲了他人作我的踏脚板，那也何苦哩。这本来是我从A地同你和龙儿动身时候的决心。不是动身的前几晚，我同你拿出了许多建筑的图案来看了么？我们两人不是把我们回家之后，预备到北城近郊的地里，由我们自家的手去造的小茅屋的样子画得好好的么？我们将走的前几天不是到A地的可纪念的地方，与你我有关的地方都去逛了么？我在长江轮船上的时候，这决心还是坚固得很的。

我这决心的动摇，在我到上海的第二天。那天白天我同你照了照相，吃了午膳，不是去访问了一位初从日本回来的朋友么？我把我的计划告诉了他，他也不说可，不说否，但只指着他的几位小孩说：

"你看看我，我是怎么也不愿意逃避的。我的系累，岂不是比你更多么？"

啊啊！好胜的心思，比人一倍强盛的我，到了这兵残垓下的时候，同落水鸡似的逃回乡里去——这一出失意的还乡记，就是比我更怯弱的青年，也不愿意上台去演的呀！我回来之后，晚上一晚不曾睡着。你知道我胸中的愁郁，所以只是默默地不响，因为在这时候，你若说一句话，总难免不被我痛骂。这是我的老脾气，虽从你进病院之后直到那天还没有发过，但你那事件发生以前却是常发的。

像这样的状态，继续了三天。到了昨天晚上，你大约是看得我难受了，所以当我兀兀地坐在床上的时候，你就对我说：

"你不要急得这样，你就一个人住在上海罢。你但须送我上火车，我与龙儿是可以回去的，你可以不必同我们去。我想明天马上就搭午后的车回浙江去。"

本来今天晚上还有一处请我们夫妇吃饭的地方，但你因为怕我昨晚答应你将你和小孩先送回家的事情要变卦，所以你今天就急急地要走。我一边只觉得对你不起，一边心里不知怎么的又在恨你。所以我当你在那里捡东西的时候，眼睛里涌着两泓清泪，只是默默地讲不出话来。直到送你上车之后，在车座里坐了一忽，等车快开了，我才讲了一句：

"今天天气倒还好。"

你知道我的意思，所以把头朝向了那面的车窗，好像在那里探看天气的样子，许久不回过头来。唉唉，你那时若把你那水汪汪的眼睛朝我看一看，我也许会同你马上就痛哭起来的。也许仍复把你留在上海，不使你一个人回去的。也许我就硬地陪你回浙江去的，至少我也许要陪你到杭州。但你终不回转头来，我也不再说第二句话，就站起来走下车了。我在月台上立了一忽，故意不对你的玻璃窗看。等车开的时候，我赶上了几步，却对你看了一眼，我见你的眼下左颊上有一条痕迹在那里发光。我眼见得车去远了，月台上的人都跑了出去，我一个人落得最后，慢慢地走出车站来。我不晓得是什么原因，心里只觉得是以后不能与你再见的样子，我心酸极了。啊啊！我这不祥之语，是多讲的。我在外边只希望你和龙儿的身体壮健，你和母亲的感情融洽。我是无论如何，不至投水自沉的，请你安心。你到家之后千万要写信来给我的哩！我不接到你平安到家的信，什么决心也不能下，我是在这里等你的信的。

一九二三年四月六日清明节午后

薄奠

上

一天晴朗的春天的午后，我因为天气太好，坐在家里觉得闷不过，吃过了较迟的午饭，带了几个零用钱，就跑出外面去逛去。北京的晴空，颜色的确与南方的苍穹不同。在南方无论如何晴快的日子，天上总有一缕薄薄的纤云飞着，并且天空的蓝色，总带着一道很淡很淡的白味。北京的晴空却不是如此，天色一碧到底，你站在地上对天注视一会，身上好像能生出两翼翅膀来，就要一扬一摆地飞上空中去的样子。这可是单指不起风的时候而讲，若一起风，则人在天空下眼睛都睁不开，更说不到晴空的颜色如何了。那一天的午后，空气非常澄清，天色真青得可怜。我在街上夹在那些快乐的北京人士中间，披了一身和暖的阳光，不知不觉竟走到了前门外最热闹的一条街上。踏进了一家卖灯笼的店里，买了几张奇妙的小画，重新回上大街缓步的时候，我忽而听出了一阵中国戏园特有的那种原始的锣鼓声音来。我的两只脚就受了这声音的牵引，自然而然地踏了进去。听戏听到了第三出，外面忽而起了呜呜的大风，戏园的屋顶也有些儿摇动。戏散之后，推来让去地走出戏园，扑面就来一阵风沙。我眼睛闭了一忽，走上大街来雇车，车夫都要我七角六角大洋，不肯按照规矩折价。那时候天虽则还没有黑，但因为风沙飞满在空中，所以沉沉的大地上，已经现出了黄昏前的急景。店家的电灯，也都已上火，大街上汽车马车洋车挤塞在一处。一种车铃声叫唤声，并不知从何处来的许多杂音，尽在那里奏错乱的交响乐。大约是因为夜宴的时刻逼近，车上的男子定是去赴宴会，奇装的女子想来是去陪席的。

一则因为大风，二则因为正是一天中间北京人士最繁忙的时刻，所以我雇车竟雇不着，一直地走到了前门大街。为了上举的两种原因，洋车夫强索昂价，原是常有的事情，我因零用钱花完，袋里只有四五十枚铜子，不能应他们的要求，所以就下了决心，想一直走到西单牌楼再雇车回家。走下了正阳桥边的步道，被一辆南行的汽车喷满了一身灰土，我的决心，又动摇起来，含含糊糊地向道旁停着的一辆洋车问了一句："嗳！四十枚拉巡捕厅儿胡同拉不拉？"那车夫竟然恭恭敬敬地向我点了点头说：

"坐上罢，先生！"

坐上了车，被他向北地拉去，那么大的风沙，竟打不上我的脸来，我知道那时候起的是南风了。我不坐洋车则已，若坐洋车的时候，总爱和洋车夫谈闲话，想以我的言语来缓和他的劳动之苦；因为平时我们走路，若有一个朋友和我们闲谈着走，觉得不费力些。我从自己的这种经验着想，老是在实行浅薄的社会主义，一边高踞在车上，一边向前面和牛马一样地在奔走的我的同胞攀谈些无头无尾的话。这一天，我本来不想开口，但看看他的弯曲的背脊，听听他嘿嘿的急喘，终觉得心里难受，所以轻轻地对他说：

"我倒不忙，你慢慢地走罢，你是哪儿的车？"

"我是巡捕厅胡同西口儿的车。"

"你在哪儿住家吓？"

"就在那南顺城街的北口，巡捕厅胡同的拐角儿上。"

"老天爷不知怎么的，每天刮这么大的风。"

"是啊！我们拉车的也苦，你们坐车的老爷们也不快活，这样的大风天气，真真是招怪吓！"

这样地一路讲，一路被他拉到寄住的寓舍门口的时候，天已经快黑了。下车之后，我数铜子给他，他却和我说起客气话来，他一边拿出了一条黑黝黝的手巾来擦头上身上的汗，一边笑着说：

"您带着罢，我们是街坊，还拿钱么？"

被他这样地一说，我倒觉得难为情了，所以虽只应该给他四十枚铜子的，而到这时候却不得不把尽我所有的四十八枚铜子都给了他。他道了谢，拉着空车在灰黑的道上向西边他的家里走去，我呆呆地目送了他一程，心里却在空想他的家庭。——他走回家去，他的女人必定远远地闻声就跑出来接他。把车斗里的铜子拿出，将车交还了车行，他回到自己屋里打一盆水洗洗手脸，吸几口烟，就可在洋灯下和他的妻子享受很健康的夜膳。若他有兴致，大约还要喝一二个铜子的白干。喝了微醉，讲些东西南北的废话，他就可以抱了他的女人小孩，钻进被去醋睡。这种醋睡，大约是他们劳动阶级的唯一的享乐。

"啊啊！……"

空想到了此地，我的伤感病又发了。

"啊啊！可怜我两年来没有睡过一个整整的全夜！这倒还可

以说是因病所致，但是我的远隔在三千里外的女人小孩，又为了什么，不能和我在一处享受吃苦呢？难道我们是应该永远隔离的么！难道这也是病么？……总之是我不好，是我没有能力养活妻子。啊啊，你这车夫，你这向我道谢，被我怜悯的车夫，我不如你吓，我不如你！"

我在门口灰暗的空气里呆呆地立了一会，忽而想起了自家的身世，就不知不觉地心酸起来，红润的眼睛，被我所依赖的主人看见，是大不好的，因此我就复从门口走了下来，远远地跟那洋车走了一段。跟它转了弯，看那车夫进了胡同拐角上的一间破旧的矮屋，我又走上平则门大街去跑了一程，等天黑了，才走回家来吃晚饭。

自从这一回后，我和他的洋车，竟有了缘分，接连地坐了它好几次。他和我渐渐地熟起来了。

中

平则门外，有一道城河。河道虽比不上朝阳门外的运河那么宽，但春秋雨雾，绿水粼粼，也尽可以浮着锦帆，乘风南下。两岸的垂杨古道，倒影入河水中间，也大有板渚随堤的风味。河边隙地，长成一片绿芜，晚来时候，老有闲人在那里调鹰放马。太阳将落未落之际，站在这城河中间的渡船上，往北望去，看得出西直门的城楼，似烟似雾的，融化成金碧的颜色，飘扬在两岸垂杨夹着的河水高头。春秋佳日，向晚的时候，你若一个人上城河边上来走走，好像是在看后期印象派的风景画，几乎能使你忘记是身在红尘十丈的北京城外。西山数不尽的诸峰，又如笑如眠，带着紫苍的暮色，静躺在绿荫起伏的春野西边；你若叫它一声，好像是这些远山，都能慢慢地走上你身边来的样子。西直门外有几处养鹅鸭的庄园，所以每天午后，城河里老有一对一对的白鹅在那里游泳。夕阳最后的残照，从杨柳荫中透出一两条光线来，射在这些浮动的白鹅背上时，愈能显得这幅风景的活泼鲜灵，别饶风致。我一个人渺焉一身，寄住在人海的皇城里，衷心郁郁，老感着无聊。无聊之极，不是从城的西北跑往城南，上戏园茶楼，娼寮酒馆，去夹在许多快乐的同类中间，忘却我自家的存在，和他们一样地学习醉生梦死，便独自一个跑出平则门外，去享受这本地的风光。玉泉山的幽静，大觉寺的深邃，并不是对我没有魔力，不过一年有三百五十九日穷的我，断没有余钱，去领略它们的高尚的清景。五月中旬的有一天午后，我又无端感着了一种悲愤，本想上城南的快乐地方，去寻些安慰的，但袋里连几个车钱也没有了，所以只好走出平则门外，去坐在杨柳荫中，尽量地呼吸呼吸西山的爽气。我守着西天的颜色，从浓蓝变成了淡紫，一忽儿，天的四周围又染得深红了，远远的法国教会堂的屋顶和许多绿树梢头，刹那间反射了一阵赤赭的残光，又一忽儿空气就变得澄苍静肃，视野内召唤我注意的物体，什么也没有了。四周的物影，渐渐散乱起来，我也感着了一种日暮的悲哀，无意识地滴了几滴眼泪，就慢慢地真是非常缓慢，好像在梦里游行似的，走回家来。进平则门往南一拐，就是南顺城街，南顺城街路东的第一条胡同便是巡捕厅胡同。我走到胡同的西口，正是进胡同的时候，忽而从角上的一间破屋里漏出几声大声来。这声音我觉得熟得很，稍微用了一点心力，回想了一想，我马上就记起那个身材瘦长、脸色黝黑、常拉我上城南去的车夫来。我站住静听了一会，听得他好像在和人拌嘴。我坐过他许多次数的车，他的脾气是很好的，所以听到他在和人拌嘴，心里倒很觉得奇怪。看他的样子，好像有五十多岁的光景，但他自己说今年只有四十二岁。他平常非常沉默寡言，不过你和他说话的时候，他却总来回答你一句两句。他身材本来很高，但是不晓是因为社会的压迫呢，还是因他天生的病症，背脊却是弯着，看去好像不十分高。他脸上浮着的一种谨慎的劳动者特有的表情，我怎么也形容不出来，他好像是在默想他的被社会虐待的存在是应该的样子，又好像在这沉默的忍苦中间，在表示他的无限的反抗，和不断的挣扎的样子。总之，他那一种沉默忍受的态度，使人家见了便能生出无限的感慨来。况且是和他社会的地位相去无几，而受的虐待又比他更甚的我，平常坐他的车，和他谈话的时候，总要感着一种抑郁不平的气，横上心来；而这种抑郁不平之气，他也无处去发泄，我也无处去发泄，只好默默地闷受着，即使闷受不过，最多亦只能向天长啸一声。

有一天我在前门外喝醉了酒，往一家相识的人家去和衣睡了半夜，醒来的时候，已经是下弦月上升的时刻了。

我从韩家潭雇车雇到西单牌楼，在西单牌楼换车的时候，又遇见了他。半夜酒醒，从灰白死寂，除了一乘两乘汽车飞过搅起一阵灰来，此外别无动静的长街上，慢慢被拖回家来。这种悲哀的情调，已尽够我消受的了，况又遇着了他，一路上听了他许多不堪再听的话……他说这个年头儿真叫人生存不得。他说洋车价涨了一个两个铜子，而煤米油盐，都要各涨一倍。他说洋车出租的东家，真会挑剔，一根骨子弯了一点，一个小钉不见了，就要赔很多钱。他说他一天到晚拉车，拉来的几个钱还不够供洋车租主的绞榨，皮带破了，弓子弯了的时候，更不必说了。他说他的女人不会治家，老要白花钱。他说他的大小孩今年八岁，二小孩今年三岁了。……我默默地坐在车上，看看天上惨澹的星月，经过了几条灰黑静寂的狭巷，细听着他的一条条的诉说，觉得这些苦楚，都不是他一个人的苦楚。我真想跳下车来，同他抱头痛哭一场，但是我着在身上的一件竹布长衫，和盘在脑里的一堆教育的绳矩，把我的真率的情感缚住了。自从那一晚以后，我心里就存了一种怕与他相见的思想，所以和他不见了半个多月。这一天日暮，我自平则门走回家来，听了他在和人吵闹的声音，心里竟起了一种自责的心思，好像是不应该躲避开这个可怜的朋友，至半月之久的样子。我静听了一忽，才知道他吵闹的对手，是他的女人。一时心情被他的悲惨的声音所挑动，我竟不待回思，一脚就踏进了他住的那所破屋。他的住屋，只有一间小屋，小屋的一半，却被一个大炕占据了去。在外边天色虽还没有十分暗黑，但在他矮小的屋内，却早已黑影沉沉，辨不出物体来了。他一手叉在腰里，一手指着炕上缩成一堆、坐在那里的一个妇人，一声两声地在那里数骂。两个小孩爬在炕的里边。我一进去时，只见他自家一个站着的背影，他的女人和小孩都看不出来。后来招呼了他，向他手指着的地方看去，才看出了一个女人，又站了一忽，我的眼睛在黑暗里经惯了，重复看出了他的两个小孩。我进去叫了他一声，问他为什么要这样地动气，他就把手一指，指着炕沿上的那女人说：

"这臭东西把我辛辛苦苦积下来的三块多钱，一下子就花完了，去买了这些捆尸体的布来。……"说着他用脚一踢，地上果然滚了一包白色的布出来。他一边向我问了寒暄话，一边就蹙紧了眉头说：

"我的心思，他们一点儿也不晓得，我要积这几块钱干什么？我不过想自家去买一辆旧车来拉，可以免掉那车行的租钱呀！天气热了，我们穷人，就是光着脊肋儿，也有什么要紧？她却要去买这些白洋布来做衣服。你说可气不可气啊？"

我听了这一段话，心里虽则也为他难受，但口上只好安慰他说：

"做衣服倒也是要紧的，积几个钱，是很容易的事情，你但须忍耐着，三四块钱是不难再积起来的。"

我说完了话，忽而在沉沉的静寂中，从炕沿上听出了几声暗泣的声音来。这时候我若袋里有钱，一定要全部拿出来给他，请他息怒。但是我身边一摸，却摸不出一个铜银的货币。呆呆地站着，心里打算了一会，我觉得终究没有方法好想。正在着恼的时候，我里边小褂袋里唧唧响着的一个银表的针步声，忽而敲动了我的耳膜。我知道若在此时，当面把这银表拿出来给他，他是一定不肯受的。迟疑了一会，我想出一个主意，趁他不注意的时候，悄悄地把表拿了出来；和他讲着些慰劝他的话，一边我走上前去了一步，顺手把表搁在一张半破的桌上。随后又和他交换了几句言语，我就走出来了。我出到了门外，走进胡同，心里感得的一种沉闷，比午后上城外去的时候更甚了。我只恨我自家太无能力，太没有勇气。我仰天看看，在深沉的天空里，只看出了几颗星来。

第二天的早晨，我刚起床，正在那里刷牙漱口的时候，听见门外有人打门，出去一看，就看见他拉着车站在门口。他问了我一声好，手向车斗里一摸，就把那个表拿出来，问我说：

"先生，这是你的罢？你昨晚上掉下的罢？"

我听了脸上红了一红，马上就说：

"这不是我的，我并没有掉表。"

他连说了几声奇怪，把那表的来历说了一阵，见我坚不肯认，就也没有方法，收起了表，慢慢地拉着空车向东走了。

下

夏至以后，北京接连下了半个多月的雨。我因为一天晚上，没有盖被睡觉，惹了一场很重的病，直到了二礼拜前才得起床。起床后第三天的午后，我看看久雨新霁，天气很好，就拿了一根手杖踏出门去。因为这是病后第一次的出门，所以出了门就走往西边，依旧想到我平时所爱的平则门外的河边去闲行。走过那胡同角上的破屋的时候，我只看见门口立了一群人，在那里看热闹。屋内有人在低声啜泣。我以为那拉车的又在和他的女人吵闹了，所以也就走了过去，去看热闹，一边我心里却暗暗地想着：

"今天若他们再因金钱而争吵，我却可以解决他们的问题。"

因为那时候我家里寄出来为我作医药费的钱还没有用完，皮包里还有几张五元钱的钞票收藏着在哩。我踏近前去一看，破屋里并没有拉车的影子，只有他的女人坐在炕沿上哭，一个小一点的小孩，坐在地上他母亲的脚跟前，也在陪着她哭。看了一会，我终摸不着头脑，不晓得她为什么要哭。和我一块儿站着的人，有的唧唧地在那里叹息，有的也拿出手巾来在擦眼泪说："可怜哪，可怜哪！"我向一个立在我旁边的中年妇人问了一番，才知道她的男人，前几天在南下洼的大水里淹死了。死了之后，她还不晓得，直到第二天的傍晚，由拉车的同伴认出了他的相貌，才跑回来告诉她。她和她的两个儿子，得了此信，冒雨走上南横街南边的尸场去一看，就大哭了一阵。后来她自己也跳在附近的一个水池里自尽过一次，经她儿子的呼救，附近的居民，费了许多气力，才把她捞救上来。过了一会，由那地方的慈善家，出了钱把她的男人埋葬完毕，且给了她三十斤面票，八十吊铜子，方送她回来。回来之后，她白天晚上只是哭，已经哭了好几天了。我听了这一番消息，看了这一场光景，心里只是难受。同一两个月前头，半夜从前门回来，坐在她男人的车上，听他的诉说时一样，觉得这些光景，绝不是她一个人的。我忽而想起了我的可怜的女人，又想起了我的和那在地上哭的小孩一样大的儿女，也觉得眼睛里热起来痒起来了。我心里正在难受，忽而从人丛里挤来了一个八九岁的小孩赤足袒胸地跑了进来。他小手里拿了几个铜子蹑手蹑脚地对她说：

"妈，你瞧，这是人家给我的。"

看热闹的人，看了他那小脸上的严肃的表情，和他那小手的滑稽的样子，有几个笑着走了，只有两个以手巾擦着眼泪的老妇人，还站在那里。我看看周围的人数少了，就也踏近去问她说：

"你还认得我么？"

她举起肿红的眼睛来，对我看了一眼，点了一点头，仍复伏倒头在哀哀地哭着。我想叫她不哭，但是看看她的情形，觉得是不可能的，所以只好默默地站着，眼睛看见她的瘦削的双肩一起一缩地在抽动。我这样地静立了三五分钟，门外又忽挤出许多人拢来看我。我觉得被他们看得不耐烦了，就走出了一步对他们说：

"你们看什么热闹？人家死了人在这里哭，你们有什么好看？"

那八岁的孩子，看我心里发了恼，就走上门口，把一扇破门关上了。"喀丹"一响，屋里忽而暗了起来。他的哭着的母亲，好像也为这变化所惊动，一时止住哭声，擎起眼来看她的孩子和离门不远呆立着的我。我趁此机会，就劝她说：

"看养孩子要紧，你老是哭也不是道理，我若可以帮你的忙，我总没有不为你出力的。"

她听了这话，一边啜泣，一边断断续续地说：

"我……我……别的都不怪，我……只……只怪他何以死得那么快。也……也不知他……他是自家沉河的呢，还是……"

她说了这一句又哭起来了，我没有方法，就从袋里拿出了皮包，取了一张五块钱的钞票递给她说：

"这虽然不多，你拿着用罢！"

她听了这话，又止住了哭，啜泣着对我说：

"我……我们……是不要钱用，只……只是他……他死得……死得太可怜了。……他……他活着的时候，老……老想自己买一辆车，但是……但是这心愿儿终究没有达到。……前天我，我到冥衣铺去订一辆纸糊的洋车，想烧给他，那一家掌柜的要我六块多钱，我没有定下来。你……你老爷心好，请你，请你老爷去买一辆好，好的纸车来烧给他罢！"

说完她又哭了。我听了这一段话，心里愈觉得难受，呆呆地立了一忽，只好把刚才的那张钞票收起，一边对她说：

"你别哭了罢！他是我的朋友，那纸糊的洋车，我明天一定去买了来，和你一块去烧到他的坟前去。"

又对两个小孩说了几句话，我就打开门走出来。我从来没有办过丧事，所以寻来寻去，总寻不出一家冥衣铺来订那纸糊的洋车。后来直到四牌楼附近，找定了一家，付了他钱，要他赶紧为我糊一辆车。

二天之后，那纸洋车糊好了，恰巧天气也不下雨，我早早吃了午饭，就雇了四辆洋车，同她及两个小孩一道去上她男人的坟。车过顺治门内大街的时候，因为我前面的一乘人力车上只载着一辆纸糊的很美丽的洋车和两包锭子，大街上来往的红男绿女，只是凝目地在看我和我后面车上的那个眼睛哭得红肿、衣服褴褛的中年妇人。我被众人的目光鞭挞不过，心里起了一种不可抑遏的反抗和诅咒的毒念，只想放大了喉咙向着那些红男绿女和汽车中的贵人狠命地叫骂着说：

"猪狗！畜生！你们看什么？我的朋友，这可怜的拉车者，是为你们所逼死的呀！你们还看什么？"

一九二四年八月十四日作于北京

杨梅烧酒

　　病了半年，足迹不曾出病房一步，新近起床，自然想上什么地方去走走。照新的说法，是去转换转换空气；照旧的说来，也好去拔除拔除邪孽的不祥。总之久蛰思动，大约也是人之常情，更何况这气候，这一个火热的土王用事的气候，实在在逼人不得不向海天空阔的地方去躲避一回。所以我首先想到的，是日本的温泉地带、北戴河、威海卫、青岛、牯岭等避暑的处所。但是衣衫褴褛、饘粥不全的近半年来的经济状况，又不许我有这一种模仿普罗大家的阔绰的行为。寻思的结果，终觉得还是到杭州去好些：究竟是到杭州去的路费来得省一点，此外我并且还有一位旧友在那里住着，此去也好去看他一看，在灯昏酒满的街头，也可以去和他叙一叙七八年不见的旧离情。

　　像这样决心以后的第二天午后，我已经在湖上的一家小饭馆里和这位多年不见的老朋友在吃应时的杨梅烧酒了。

　　屋外头是同在赤道直下的地点似的伏里的阳光，湖面上满泛着微温的泥水和从这些泥水里蒸发出来的略带腥臭的汽层儿。大道上车夫也很少，来往的行人更是不多。饭馆的灰尘积得很厚的许多桌子中间，也只坐有我们这两位点菜要先问一问价钱的顾客。

他——我这一位旧友——和我已经有七八年不见了。说起来实在话也很长，总之，他是我在东京大学里念书时候的一位预科的级友。毕业之后，两人东奔西走，各不往来，各不晓得各的住址，已经隔绝了七八年了。直到最近，似乎有一位不良少年，在假了我的名氏向各处募款，说："某某病倒在上海了，现在被收留在上海的一个慈善团体的 ×× 病院里。四海的仁人君子，诸大善士，无论和某某相识或不相识的，都希望惠赐若干，以救某某的死生的危急。"我这一位旧友，不知从什么地方，也听到了这一个消息，在一个月前，居然也从他的血汗的收入里割出了两块钱来，慎重其事地汇寄到了上海的 ×× 病院。在这 ×× 病院内，我本来是有一位医士认识的，所以两礼拜前，他的那两元义捐和一封很简略的信终于由那一位医士转到了我的手里。接到了他这封信，并据另外更发现了有几处有我署名的未完稿件发表的事情之后，向远近四处去一打听，我才原原本本地晓得了那一位不良少年所做的在前面已经说过的把戏。而这一曲实在也是滑稽得很的小悲剧，现在却终于成了我们两个旧友的再见的基因。

他穿的是肩头上有补缀的一件夏布长衫，进饭馆之后，这件长衫却被两个纽扣吊起，挂上壁上去了。所以他和我，都只剩了一件汗衫、一条短裤的野蛮形状。当然他的那件汗衫比我的来得黑，而且背脊里已经有两个小孔了，而我的一件哩，却正是在上海动身以前刚花了五毫银币新买的国货。

他的相貌，非但同七八年前没有丝毫的改变，就是同在东京初进大学预科的那一年，也还是一个样儿。嘴底下的一簇绕腮胡，还是同十几年前一样，似乎是刚剃过了三两天的样子，长得正有一二分厚，远看过去，他的下巴像一个倒挂在那里的黑漆小木鱼。说也奇怪，我和他同学了四五年，及回国之后又不见了七八年的中间，他的这一簇绕腮胡，总从没有过长得较短一点或较长一点的时节。仿佛是他娘生他下地来的时候，这胡须就那么地生在那里，以后直到他死的时候，也不会发生变化似的。他的两只似乎是哭了一阵之后的肿眼，也仍旧是同学生时代一样，只是朦胧地在看着鼻尖，淡含着一味莫名其妙的笑影。额角仍旧是那么宽，颧骨仍旧是高得很，颧骨下的脸颊部仍旧是深深地陷入，窝里总有一个小酒杯好摆的样子。他的年纪，也仍旧是同学生时代一样，看起来，从二十五岁到五十二岁止的中间，无论哪一个年龄都可以看的。

当我从火车站下来，上离车站不远的一个暑期英算补习学校——这学校也真是倒霉，简直是像上海的专吃二房东饭的人家的两间阁楼——里去看他的时候，他正在那里上课。一间黑漆漆的矮屋里，坐着八九个十四五岁的呆笨的小孩，眼睛呆呆地在注视着黑板。他老先生背转了身，伸长了时时在起痉挛的手，尽在黑板上写数学的公式和演题。屋子里声息全无，只充满着滴滴答答的他的粉笔的响声。因此他那一个圆背和那件有一大块被汗湿透的夏布长衫，就很惹起了我的注意。我在楼下向他们房东问他的名字的时候，他在楼上一定是听见的，同时在这样静寂的授课中间，我的一步一步走上楼去的脚步声，他总也不会听不到的，当我上楼之后，他的学生全部向我注视的一层眼光，就可以证明。但是向来神经就似乎有点麻木的他，竟动也不动一动，仍在继续着写他的公式，所以我只好静静地在后一排学生的一个空位里坐落。他把公式演题在黑板上写满了，又从头至尾地看了一遍，看有没有写错，又朝黑板空咳了两三声，又把粉笔放下，将身上的粉末打了一打干净，才慢慢地旋转身来。这时候他的额上嘴上，已经盛满了一颗颗的大汗。他的红肿的两眼，大约总也已满被汗水封没了罢，他竟没有看到我而若无其事地又讲了一阵，才宣告算学课毕，叫学生们走向另一间矮屋里去听讲英文。楼上起了动摇，学生们争先恐后地奔往隔壁的那间矮屋里去了，我才徐徐地立起身来，走近了他，把手伸出向他的黏湿的肩头上拍了一拍。

"噢，你是几时来的？"

终于他也表示出了一种惊异的表情，举起了他那两只朦胧的老在注视鼻尖的眼睛。左手捏住了我的手，右手他就在袋里摸出了一块黑而且湿的手帕来揩他头上的汗。

"因为教书教得太起劲了，所以你的上来，我竟没有听到。这天气可真了不得。你的病好了么？"

他接连着说出了许多前后不接的问我的话，这是他的兴奋状态的表示，也还是学生时代的那一种样子。我略答了他一下，就问他以后有没有课了。他说：

"今天因为甲班的学生，已经毕业了，所以只剩了这一班乙班，我的数学教完，今天是没有课了。下一个钟头的英文，是由校长自己教的。"

"那么我们上湖滨去走走，你说可以不可以？"

"可以，可以，马上就去。"

于是乎我们就到了湖滨，就上了这一家大约是第四五流的小小的饭馆。

在饭馆里坐下，点好了几盘价廉可口的小菜，杨梅烧酒也喝了几口之后，我们才开始细细地谈起别后的天来。

"你近来的生活怎么样？"开始头一句，他就问起了我的职业。

"职业虽则没有，穷虽则也穷到可观的地步，但是吃饭穿衣的几件事情，总也勉强地在这里支持过去。你呢？"

"我么？像你所看见的一样，倒也还好。这暑期学校里教一个月书，倒也有十六块大洋的进款。"

"那么暑期学校完了就怎么办哩？"

"也就在那里的完全小学校里教书，好在先生只有我和校长两个，十六块钱一月是不会没有的。听说你在做书，进款大约总还好罢？"

"好是不会好的，但十六块或六十块里外的钱是每月弄得到的。"

"说你是病倒在上海的养老院里的这一件事情，虽然是人家的假冒，但是这假冒者何以偏又要来使用像你我这样的人的名义哩？"

"这大约是因为这位假冒者受了一点教育的毒害的缘故。大约因为他也是和你我一样的有了一点知识而没有正当的地方去用。"

"嗳，嗳，说起来知识的正当的用处，我到现在也正在这里想。我的应用化学的知识，回国以后虽则还没有用到过一天，但是，但是，我想这一次总可以成功的。"

谈到了这里，他的颜面转换了方向，不再向我看了，而转眼看向了外边的太阳光里。

"嗳，这一回我想总可以成功的。"

他简直是忘记了我，似乎在一个人独语的样子。

"初步机械二千元，工厂建筑一千五百元，一千元买石英等材料和石炭，一千元人夫①广告，嗳，广告却不可以不登，总计五千五百

---

① 人夫：旧时指受雇用的人。

元。五千五百元的资本。以后就可以烧制出品，算它只出一百块的制品一天，那么一三得三，一个月三千块，一年么三万六千块，打一个八折，三八两万四，三六一千八，总也还有两万五千八百块。以六千块还资本，以六千块做扩张费，把一万块钱来造它一所住宅，嗳，住宅，当然公司里的人是都可以来住的。那么，那么，只教一年，一年之后，就可以了……"

我只听他计算得起劲，但简直不晓得他在那里计算些什么，所以又轻轻地问他：

"你在计算的是什么？是明朝的演题么？"

"不，不，我说的是玻璃工厂，一年之后，本利偿清，又可以拿出一万块钱来造一所共同的住宅，吓，你说多么占利啊！嗳，这一所住宅，造好之后，你还可以来住哩，来住着写书，并且顺便也可以替我们做点广告之类，好不好？干杯，干杯，干了它这一杯烧酒。"

莫名其妙，他把酒杯擎起来了，我也只得和他一道，把一杯杨梅已经吃了剩下来的烧酒干了。他干下了那半杯烧酒，紧闭着嘴，又把眼睛闭上，陶然地静止了一分钟，随后又张开了那双红肿的眼睛，大声叫着茶房说：

"堂倌，再来两杯！"

两杯新的杨梅烧酒来后，他紧闭着眼，背靠着后面的板壁，一只手拿着手帕，一次一次地揩拭面部的汗珠，一只手尽是一个一个地拿着杨梅在往嘴里送。嚼着靠着，眼睛闭着，他一面还尽在哼哼地说着：

"嗳，嗳，造一间住宅，在湖滨造一间新式的住宅。玻璃，玻璃么，用本厂的玻璃，要斯断格拉斯①。一万块钱，一万块大洋。"

这样地哼了一阵，吃杨梅吃了一阵了，他又忽而把酒杯举起，睁开眼叫我说：

"喂，老同学，朋友，再干一杯！"

我没有法子，所以只好又举起杯来和他干了一半，但看看他的那杯高玻璃杯的杨梅烧酒，却是杨梅与酒都已吃完了。喝完酒后，一面又闭上眼睛，向后面的板壁靠着，一面他又高叫着堂倌说：

"堂倌！再来两杯！"

堂倌果然又拿了两杯盛得满满的杨梅与酒来，摆在我们的面前。他又同从前一样地闭上眼睛，靠着板壁，在一个杨梅、一个杨梅地往嘴里送。我这时候也有点喝得醺醺地醉了，所以什么也不去管它，只是沉默着在桌上将两手叉住了头打瞌睡，但是在还没有完全睡熟的耳旁，只听见同蜜蜂叫似的他在哼着说：

"啊，真痛快，痛快，一万块钱！一所湖滨的住宅！一个老同学，一位朋友，从远地方来，喝酒，喝酒，喝酒！"

我因为被他这样地在那里叫着，所以终于睡不舒服。但是这伏天的两杯杨梅烧酒，和半日的火车旅行，已经弄得我倦极了，所以很想马上去就近寻一个旅馆来睡一下。这时候正好他又睁开眼来叫我干第三杯烧酒了，我也顺便清醒了一下，睁大了双眼，和他真真地干了一杯。等这杯似甘非甘的烧酒落肚，我却也有点支持不住了，所以就叫堂倌过来算账。他看见了堂倌过来，我在付账了，就同发了疯似的突然站起，一只手叉住了我那只捏着纸币的右手，一只左手尽在裤腰左近的皮袋里乱摸。等堂倌将我的纸币拿去，把找头的

---

① 英文 steel glass 音译：钢化玻璃。

铜圆角子拿来摆在桌上的时候，他脸上一青，红肿的眼睛一吊，顺手就把桌上的铜圆抓起，"锵丁丁"地掷上了我的面部。"扑嗒"地一响，我的右眼上面的太阳穴里就凉阴阴地起了一种刺激的感觉，接着就有点痛起来了。这时候我也被酒精激刺着发了作，呆视住他，大声地喝了一声：

"喂，你发了疯了么，你在干什么？"

他那一张本来是畸形的面上，弄得满面青青，涨溢着一层杀气。

"操你的，我要打倒你们这些资本家，打倒你们这些不劳而食的畜生，来，我们来比比腕力看。要你来付钱，你算在卖富么？"

他眉毛一竖，牙齿咬得紧紧，捏起两个拳头，狠命地就扑上了我的身边。我也觉得气极了，不管三七二十一就和他扭打了起来。

"白丹，叮当，扑落扑落"地桌椅杯盘都倒翻在地上了，我和他两个就也滚跌到了店门的外头。两个人打到了如何的地步，我简直不晓得了，只听见四面哗哗哗哗地赶聚了许多闲人车夫巡警拢来。

等我睡醒了一觉，渴想着水喝，支着鳞伤遍体的身体在第二分署的木栅栏里醒转来的时候，短短的夏夜，已经是天将放亮的午夜三四点钟的时刻了。

我睁开了两眼，向四面看了一周，又向栅栏外刚走过去的一位值夜的巡警问了一个明白，才朦胧地记起了白天的情节。我又问我的那位朋友呢，巡警说，他早已酒醒，两点钟之前回到城站的学校里去了。我就求他去向巡长回禀一声，马上放我回去。他去了一刻之后，就把我的长衫草帽并钱包拿还了我。我一面把衣服穿上，出去解了一个小解，一面就请他去倒一碗水来给我止渴。等我将五元纸币私下塞在他的手里，戴上草帽，由第二分署的大门口走出来的时候，天已经完全亮了。被晓风一吹，头脑清醒了一点，我却想起了昨天午后的事情全部，同时在心坎里竟同触了电似的起了一层淡淡的忧郁的微波。

"啊啊，大约这就是人生罢！"

我一边慢慢地向前走着，一边不知不觉地从嘴里却念出了这样的一句独白来。

一九三〇年七月作

东梓关

　　一夜北风，院子里的松泥地上，已结成了一层短短的霜柱，积水缸里，也有几丝冰骨凝成了。从长年漂泊的倦旅归来，昨晚上总算在他儿时起居惯的屋栋底下，享受了一夜安眠的文朴，从楼上起身下来，踏出客堂门，上院子里去一看，陡然间地感到了一身寒冷。

　　"这一区江滨的水国，究竟要比半海洋性的上海冷些。"

　　瞠目呆看着晴空里的阳光，正在这样凝想着的时候，从厨下刚走出客堂来的他那年老的娘，却忽而大声地警告他说：

　　"朴，一侵早起来，就站在院子里去干什么？今天可冷得很哩！快进来，别遭了凉！"

　　文朴听了她这仍旧是同二十几年前一样的告诫小孩子似的口吻，心里头便突然间起了一种极微细的感触，这正是有些甜苦的感触。眼角上虽渐渐带着了潮热，但面上却不能自已地流露出了一脸微笑，他只好回转身来，文不对题地对他娘说：

　　"娘！我今天去就是，上东梓关徐竹园先生那里去看一看来就是，省得您老人家那么地为我担心。"

"自然啦，他的治吐血病是最灵也没有的，包管你服几帖药能痊愈。那两张钞票，你总收藏好了吧？要是不够的话，我这里还有。"

"哪里会得不够呢。我自己也还有着，您放心好了，我吃过早饭，就上轮船局去。"

"早班轮船怕没有这么早。你先进来吃点点心，回头等早午饭烧好，吃了再去，也还来得及哩。你脸洗过了没有？"

洗了一洗手脸，吃了一碗开水冲蛋，上各处儿时走惯的地方去走了一圈回来，文朴的娘已经摆好了四碗蔬菜，在等他吃早午饭了。短促的冬日，在白天的时候也实在短不过。文朴满以为还是早晨的此刻，可是一坐下来吃饭，太阳却早已经晒到了那间朝南的客堂的桌前，看起来大约总也约莫有了十点多钟的样子了。早班轮船是早晨七点从杭州开来的，到埠总在十一点左右，所以文朴的这一顿早午饭，自然是不能吃得十分从容。倒是在上座和他对酌的他那年老的娘，看他吃得太快了，就又宽慰他说：

"吃得这么快干什么？早班轮船赶不着，晚班的总赶得上的，当心别噎隔起来！"依旧是同二十几年前对小孩子说话似的那一种口吻。

刚吃完饭，擦了擦脸，文朴想站起来走了，他娘却又对他叮嘱着说：

"我们和徐竹园先生，也是世交，用不着客气的。你虽则不认得他，可是到了那里，今天你就可以服一帖药，就在徐先生的春和堂里配好，托徐先生家里的人代你煎煎就对。……"

"好，好，我晓得的。娘，您慢用吧，我要走了。"

正在这个时候，轮船报到的汽笛声，也远远地从江面上传了过来。

这小县城的码头上，居然也挤满了许多上落的行旅客商和自乡下来、上城市购办日用品的农民，在从码头上挤上船去的一段浮桥上，文朴也遇见了许多儿时熟见的乡人的脸。汽笛重叫了一声，轮船离埠开行之后，文朴对着渐渐退向后去的故乡的一排城市人家，反吐了一口如释重负似的深长的气。因为在外面漂泊惯了，他对于小时候在那儿生长、在旅途中又常在想念着的老巢，倒在感到一种莫名其妙的压迫。一时重复身入了舟车逆旅的中间，反觉得是回到了熟习的故乡来的样子。更况且这时候包围在他坐的那只小轮船的左右前后的，尽是些蓝碧的天、澄明的水，和两岸的青山红树、江心的暖日和风；放眼向四周一望，他觉得自己譬如是一只在山野里飞游惯了的鸟，又从狭窄的笼里飞出，飞回到大自然的怀抱里来了。

东梓关在富春江的东岸，钱塘江到富阳而一折，自此以上，为富春江，已经将东西的江流变成了南北的向道。轮船在途中停了一二处，就到了东梓关的埠头。东梓关虽则去县城只有三四十里路程，但文朴因自小就在外面漂流，所以只在极幼小的时候因上祖坟来过一次之外，自有确实的记忆以后却从来还没有到过这一个在他们的故乡也是很有名的村镇。

江上太阳西斜了，轮船在一条石砌的码头上靠了岸。文朴跟着几个似乎是东梓关附近土著的农民上岸之后，第一就问他们，徐竹园先生是住在哪里的。

"徐竹园先生吗？就是那间南面的大房子！"

一个和他一道上岸来的农民在岸边站住了，用了他那只苍老曲屈的手指，向南指点了一下。

文朴以手遮着日光，举头向南一看，只看出了几家疏疏落落的人家和许多树叶脱尽的树木来。因稻已经收割尽了，空地里草场上，只堆着一堆一堆的干稻草在那里反射阳光。一处离埠头不远的池塘里，游泳着几只家畜的鸭，时而一声两声地在叫着。池塘边上水浅的地方，还浸着一只水牛，在水面上擎起了它那个两角峥嵘的牛头，和一双黑沉沉的大眼，静静儿地在守视着从轮船上走下来的三五个行旅之人。村子里的小路很多，有些是石砌的，有些是黄泥的，只有一条石板砌成的大道，曲折横穿在村里的人家和那池塘的中间，这大约是官道了。文朴跟着了那个刚才教过他以徐先生的住宅的农夫，就朝南顺着了这一条大道走向前去。

东梓关的全村，大约也有百数家人家，但那些乡下的居民似乎个个都很熟识似的。文朴跟了农夫走不上百数步路，却听他把自哪里来为办什么事去的历史述说了一二十次，因为在路上遇见他的人，个个都以同样的话问他一句，而他总也一边前进，一边以同样的话回答他们。直到走上了一处有四五条大小的岔路交接的地方，他的去路似乎和文朴的不同了，高声一喊，他便喊住了一位在一条小路上慢慢向前行走的中老农夫，自己先说了一遍自何处来为办什么事而去的历史，然后才将文朴交托了他，托他领到徐先生的宅里，他自己就顺着大道，向前走了。

徐竹园先生的住宅，果然是近邻中所少见的最大的一所，但墙壁梁栋，也都已旧了，推想起来，大约总也是洪杨战后所筑的旧宅无疑。文朴到了徐家屋里，由那中老农夫进去告诉了一声，等了一会，就走出来了一位面貌清秀、穿长衫作学生装束的青年。听取了文朴的自己介绍和来意以后，他就很客气地领他进了一间光线不十分充足的厢房。这时候的时刻虽则已进了午后，可是门外面的晴冬的空气，干燥得分外鲜明，平面的太阳光线，也还照耀得辉光四溢，而一被领进到了这一间分明是书室兼卧房的厢房的中间，文朴觉得好像是寒天日暮的样子了。厢房的三壁，各摆满了许多册籍图画，一面靠壁的床上陈设着有一个长方的紫檀烟托和一盏小小的油灯。文朴走到了床铺的旁边，躺在床上刚将一筒烟抽完的徐竹园先生也站起来了。

"是朴先生么？久仰久仰。令堂太太的身体近来怎么样？请躺下去歇歇吧，轮船里坐得不疲乏么？彼此都不必客气，就请躺下去歇歇，我们可以慢慢地谈天。"

竹园先生总约莫有五十岁左右了，清癯的面貌，雅洁的谈吐，绝不像是一个未见世面的乡下先生。文朴和他夹着烟盘躺下去后，一边在看他烧装捏吸，一边也在他停烧不吸的中间，听取了许多关于他自己当壮年期里所以要去学医的由来。

东梓关的徐家，本来是世代著名的望族，在前清嘉道之际，徐家的一位豪富，也曾在北京任过显职，嗣后就一直没有脱过科甲。竹园先生自己年纪轻的时候，也曾做过救世拯民的大梦，可是正当壮年时期，大约是因为用功过了度，在不知不觉的中间，竟染上了吐血的宿疾，于是大梦也醒了，意志也灰颓了，幡然悔悟，改变方针，就于求医采药之余，一味地看看医书，试试药性，像这样的生活，到如今已经过了二十多年了。

"就是这一口烟……"

徐竹园先生继续着说：

"就是这一口烟，也是那时候吸上的。病后上的瘾，真是不容易戒绝，所以我劝你，要根本的治疗，还是非用药石不行。"

世事看来，原是塞翁之马，徐竹园先生因染上疾病，才绝意于仕进；略有余闲，也替人家看看病，自己读读书，经管经管祖上的遗产；每年收入，薄有盈余，就在村里开了一家半施半卖的春和堂药铺。二十年来大局尽变，徐家其他的各房，都因为宦途艰险，起落无常之故，现在已大半中落了，可是徐竹园先生的一房，男婚女嫁，还在保持着旧日的兴隆，他的长子，已生下了孙儿，三代见面了。

文朴静躺在烟铺的一旁，一边在听着徐竹园先生的述怀，一边也暗自在那里下这样的结论；忽而前番引领他进来的那位青年，手里拿了一盏煤油灯走进了房来，并且报告着说：

"晚饭已经摆上了！"

徐竹园先生从床上立了起来，整整衣冠，陪文朴走上厅去的中间，文朴才感到了乡下生活的悠闲，不知不觉，在烟盘边一躺却已经有三四个钟头飞驰过去了。丰盛的一餐夜饭吃完之后，自然地就又走回到了烟铺。竹园先生的兴致愈好了，饭后的几筒烟一抽，谈话就转到了书版掌故的一方面去。因为文朴也是喜欢收藏一点古书骨董①之类的旧货的，所以一谈到了这一方面，他的精神，也自然而然地振作了一下。

竹园先生便取出了许多收藏的砖砚、明版的书籍，和傅青主②手写的道情卷册来给文朴鉴赏。文朴也将十几年来在外面所见过的许多珍彝古器的大概说给了徐先生听。听到了欧战期间巴黎博物院里保藏古物的苦心的时候，竹园先生竟以很新的见解，发表了一段反对战争的高论。为证明战争的祸患无穷，与只有和平的老百姓受害独烈的实际起见，他最后又说到了这东梓关地方的命名的出处。

东梓关本来是叫作"东指关"的，吴越行军，到此暂驻，顺流直下，东去就是富阳山嘴，是一个天然的关险，是以行人到此，无

---

① 骨董：古玩、古董的旧称。
② 傅青主：即傅山，明清之际思想家、书法家。

不东望指关，因而有了这一个名字。但到了明末，倭寇来侵，江浙沿海一带，处处都遭了蹂躏，这儿一隅，虽然处在内地，可是烽烟遍野，自然也民不安居。忽而有一天晚上，大兵过境，将此地土著的一位农民强拉了去。他本来是一个独子，父母都已经去世了，只剩下两位弱妹，全要凭他的力田所入来养活三人的。哥哥被拉了去后的两位弱妹，当然是没有生路了，于是只有朝着东方她们哥哥被拉了去的方向，举手狂叫，痛哭悲号，来减轻她们的忧愁与恐怖。这样地哭了一日一夜，眼睛里哭出血来了，突然间天上就起了狂风，将她们的哭声送到了她们哥哥的耳里。她们的哥哥这时候正被铁链锁着，在军营里服牛马似的苦役。大风吹了一日一夜，他流着眼泪，远听她们的哭声也听了一日一夜。直到第三天的天将亮的时候，他拖着铁链，爬到了富春江下游的钱塘江岸，纵身一跳，竟于狂风大雨之中跳到了正在涨潮的大江心里。同时他的两位弱妹，也因为哭了二日二夜，眼睛里的血也流完了之故，于天将亮的时候在东指关的江边，跳到水里去了。第三天天晴风息，东指关的住民早晨起来一看，附近地方的树头，竟因大风之故，尽曲向了东方。当时这里所植的都是梓树，所以以后，地名就变作了"东梓关"。过了几天，潮退了下去，在东梓关西面的江心里，忽然现出了两大块岩石来。在这两大块岩石旁边，他们兄妹三人的尸体却颜色如生地静躺在那里，但是三人的眼睛，都是哭得红肿不堪的。

"那两大块岩石，现在还在那里，可惜天晚了，不能陪你去看……"

徐竹园先生慢慢地说：

"我们东梓关人，以后就把这一堆岩石称作了'姐妹山'。现在岁时伏腊，也还有人去顶礼膜拜哩！战争的毒祸，你说厉害不厉害？"

将这一大篇故事述完之后，竹园先生就又大口地抽了两口烟，咕地喝了一口浓茶，点上一支雪茄，放到嘴里衔上了，他就坐了起来对文朴说：

"现在让我来替你诊脉吧！看你的脸色，你那病还并没有什么不得了的。"

伏倒了头，屏绝住气息，他轻一下重一下地替文朴按了约莫三十分钟的脉，又郑重地看了一看文朴的脸色和舌苔，他却好像已经得到了把握似的欢笑了起来：

"不要紧，不要紧，你这病还轻得很呢！我替你开两个药方，一个现在暂时替你止血，一个你以后可以常服的。"

说了这几句话后，他又凝神展气地向洋灯注视了好几分钟，然后伸手磨墨，预备写下那两张药方来了。

这时候时间似乎已经到了夜半，沉沉的四壁之内，文朴只听见竹园先生磨墨的声音响得很厉害。时而窗外面的风声一动，也听得见一丝一丝远处的犬吠之声，但四面却似乎早已经是睡尽了。文朴一个人坐在竹园先生的背后，在这深夜的沉寂里静静地守视着他这种聚精会神的神气，和一边咳嗽一边伸纸吮笔的风情，心里头却自然而然地起了一种畏敬的念头。

"啊啊，这的确是名医的风度！"

文朴在心里想：

"这的确是名医的样子，我的病大约是有救药了。"

竹园先生把两个药方开好了，搁下了笔，他又重将药方仔细检点了一遍。文朴立起来走向了桌前，接过药方，就躬身道了个谢，旋转身又和竹园先生躺下在烟盘的两旁。竹园先生又抽了几口之后，厅上似乎起了一点响动，接着就有人送点心进来了，是热烘烘的一壶酒，四碟菜，两碗面。文朴因为食欲不佳，所以只喝了一杯酒就搁下了筷。在陪着竹园先生进用饮食的当中，他却忍不住打了两个呵欠。竹园先生看见了，向房外叫了一声，白天的那位青年就走了进来，执着灯陪文朴进了一间小小的客房。

文朴睡不上几个钟头，窗外面已经有早起的农人起来了。一睡醒后，他第二觉是很不容易睡着的，撩起帐子来一看，窗外面似乎依旧是干燥的晴天。他张开眼想了一想，就匆匆地披衣着袜，起身走出了卧床。徐家的上下，除打洗脸水来的佣人之外，当然是全家还在高卧。文朴问佣人要了一副纸笔，向竹园先生留下了一张打扰告罪的字条，便从徐家走了出来。因为下水的早班轮船，是于八点前后经过东梓关埠头的，他就想乘了这班早船，重回到他老母的身边去，在徐家服药久住，究竟觉得有点不便。

屋外面的空气着实有点尖寒得难受，可是静躺在晴冬的朝日之下的这东梓关的村景，却给予了文朴以不能忘记的印象。

一家一家的瓦上，都盖上了薄薄的晨霜。枯树枝头，也有几处似金刚石般地在反射着刚离地平线不远的朝阳光线。村道上来往的人，并不见多，但四散着的人家烟突①里，却已都在放出同天的颜色一样的炊烟来了。隔江的山影，因为日光还没有正射着的缘故，浓黑得可怕，但朝南的一面旷地里，却已经洒满了金黄的日色和长长的树影之类。文朴走到了江边，埠头还不见有一个候船的人在等着，向一位刚自江里挑了一担水起来的工人问了一声，知道轮船的到来，总还有一个钟头的光景。

文朴呆呆地在埠头立了几分钟，举头便向徐竹园先生的那所高大

----

① 烟突：即烟囱。

的房屋一望，看见他们的朝东的一道白墙头上，也已经晒上太阳了。

"大约像他老先生那样舒徐浑厚的人物，现在总也不多了吧？这竹园先生，也许是旧时代的这种人物的最后一个典型！"

心里这样地想着，他脑里忽而想起了昨晚上所谈的一宵闲话。

"像这一种夜谈的情景，却也是不可多得的。龚定庵①所说的'小屏红烛话冬心'，趣味哪里有这样悠闲隽永。"

"小屏——红烛——话——冬心！""小屏——红烛——话——冬心！"茫然在口里这样轻轻念了几句，他的面前，却忽而又闪出了一个年纪很轻的挑水的人来。那少年对他望了几眼，他倒觉得有点难为情起来了，踏上了一步，就只好借点话头来遮盖遮盖自己的那一种独立微吟的蠢相。

"小弟弟，要看姐妹山，应该是怎么样地走的？"

"只教沿着岸边，朝上直跑上去就对。"

"谢谢你。"

文朴说了这一句谢词，沿江在走向姐妹山去的中间，那少年还呆立在埠头的朝阳里，在默视着这位疯不像疯、痴不像痴的清瘦的中年人的背影。

一九三二年九月

---

① 龚定庵：即龚自珍，清代思想家、文学家。

蜃　楼

一

　　十二月初旬的一天晴暖的午后，沪杭特别快车误了钟头，直到两点多钟，才到杭州城站。这时候节季虽则已经进了寒冬，但江南一带的天气，还依旧是晴和可爱，所以从车站西边的栅门里走下来的许多旅客中间，有一位仿佛新自北方来的，服饰穿得很浓厚的中年绅士竟惹起了一般人的注意。他的身材瘦而且高，面貌清癯，头上戴着海龙皮帽，半开半扣地披在身上的，是一件獭皮圆领的藏青大氅。随着了许多小商人、闲惰阶级的妇女男子下了车，走下天桥，走出栅门的时候，他的皮帽皮衣，就招引了一群车夫和旅馆的接客者把他团团地围住。他操的是北方口音，右手提着一个黄色大皮箧，皮箧的面上底上，贴着许多张的外国轮船公司和旅馆的招纸，一见就可以知道他是经过海陆几千里路来的。

　　他立在车站前面的空地上，受了这一群人的包围，几乎一时决不定主意，究竟去投哪一家旅馆好。举起左手来遮住阳光，向四面瞭望了一周，他才叫一位立在他右侧的车夫，拉他上西湖边上去。

正是午后杭州市民上市的时候，街上来往的行人很多很杂，他躺在车上，行过荐桥大街，心里尽在替车夫担忧，怕冲倒了那些和平懒弱的居民。斜西的太阳，晒得厉害，天上也没有云翳，车正过青年会附近的一块地方，他觉得太暖了，随把大氅的纽扣解开，承受着自西北湖面上吹来的微风。

经过了浣纱路，要往西走向湖面上去了，车夫就问他究竟想上哪一家旅馆去。他迟疑了一会，便反问车夫，哪一家旅馆最好。车夫告诉他说：

"顶大的旅馆是西湖饭店和新新旅馆。"

"这两家旅馆中间，算哪一家好些？"

"西湖饭店不过是新开咯，两家的价钱，是差不多的。"

"那么就上西湖饭店去罢！"

在饭店门前下了车，他看看门外挂在那里的旅客一览表，知道这饭店里现在居停的客人并不多。他的孤寂的面上，不知不觉竟流露了一种很满足的表情出来。被招待进去，在一间靠西边对湖面开窗的房间里住下之后，茶房就拿了一张旅人单来叫他填写。他拿起那张单子，匆匆看了一遍，提起笔来便顺手把他的姓名籍贯年龄职业等写下了。陈逸群，北京，年三十岁，自上海来，为养病，职业无。茶房拿了出去，走不上几步，他忽而若有所思地皱眉想了一想，就立刻叫他回来，告诉他说：

"我这一回是来西湖养病的，若把名字写出去，怕有朋友来找我，麻烦不过，最好请你别把名字写在一览表上，知道么？"他说话的神气虽则很柔和，但当他说话时候的态度，却很有威严，所以茶房只答应了一声"是"就出去了。

洗了手脸，喝了几口茶，他把西面的窗子打开，随着和风映进来的，是午后阳光里的西湖山水。西北南三面，回环着一带的青山，山上有一点一丛的别墅禅林，很静寂、很明显地缀在那里。山下的树林，木叶还没有脱尽，在浅淡之中，就写出了一片江南的冬景。长堤一道，横界在湖心，堤前的矮树、村里的环桥，都同月下似的隐隐约约薄印在波头荡漾。湖面上有几只散漫的小艇，在那里慢慢地游行。近旁沿着湖塍，紧排着许多大小的游湖船只。大约是因为一年将尽了，游客萧条，几个划船者，拖长了颜面，仿佛都只在太阳光里，作懒噪的闲谈。他独自一个，懒懒地向窗外看了一眼，就回到床前的桌子上来，把他带来的皮箧打开来检点东西了。

皮箧里除平常更换的衣服之外，还有几册洋书，斜夹在帕拉多耳和牙膏牙刷等杂品的中间。他把一件天青的骆驼毛的棉袍拿出来换上，就把脱下来的大氅和黑羔皮的袍子，挂入东边靠墙的着衣镜柜里去，回头来又将房里桌上床上的东西整理了一下，拿了一本红色皮面的洋书，走向西边窗口坐下，正想开始阅读的时候，短促的冬日，已经贴近天竺山后的高峰，湖上的景物，也都带起日暮的浓紫色来了。

二

是上弦新月半规未满的时候，湖滨路上的行人车辆，在这黄昏影里，早已零落得同深宵一样，隔一条路的马路两旁，因为有几家戏园酒馆的原因，电灯光下，倒还呈着些许活气。市民来往的杂唤声，车铃声，间或听得出来的汽车声，混合在一处，仿佛在替杭州市民的无抵抗、不自觉的态度代鸣不平的样子。

陈逸群一个人踏着黄昏的月影，走出旅馆来，在马路上走了一回，觉得肚子有点饥饿了，就走上一条横路里的酒家去吃夜饭。

一入酒店，他就闻着了一种油炸鱼肉和陈酒的香味。自从得病以来，烟酒是应该戒绝的，但他的素来的轻生的癖性，总不能使他安然接受这医生的告诫，所以一经坐定，他就命伙计烫了一斤陈酒。当他一个人在慢慢独酌的中间，他的瘦削的面上，渐渐地带起红色来了。他举起潮润的两只大眼，呆呆向街心空处看了一阵，眉头锁紧，"唉"地叹了一口气，忽而面上笼罩了一层愤怒的形容。他仿佛是在回忆什么伤心的事迹，提起拳头，向街心擎了一擎，就咚地打向桌子上来。这时候幸亏伙计不在，身旁的几张桌子上，也没有人在吃饭，向四面一看，他倒自家觉得好笑了起来。在这回忆里停留不久，他平时的冷淡的枯寂的表情，又回上他的脸来了。

一个人在异乡的酒店里的独酌，终是无聊之至，他把那一斤陈酒喝完，吃了半碗多饭，就慢慢地步出店来，在马路上绕了几个圈，无情无绪地走上湖滨的堤路。月亮已高挂在正空的头上，湖上只蒙着一层凄冷的银纱。远远的市声，仿佛在嘲弄这天涯的孤客。湖滨的沉寂，湖上的空明，都变了铅铁，重重叠叠压上他的心来。他摇了几摇头，叹了几口气，似乎再也不能忍耐了，就咬紧了上下的嘴唇，放大了脚步，带怒似的奔回到旅馆中去。

这一种孤独的悲怀，本来是写在他的面上，态度上，服饰上的，不过今宵酒后，他的悲感似乎比平时更深了。一进旅馆，叫茶房打开了门窗，他脸也不洗一把，茶也不喝一口，就和衣横倒在床上，吁吁地很急促地在那里吐气。茶房在房里迟疑了一阵，很想和他说话，但见了他这一种情形，也不敢作声，就慢慢地退出门外去了。他的眼睛紧紧地闭着，然而从这两条密缝里偷漏出了几行热泪。他不知躺了多久，忽而把眼睛张开了。桌上两尺高的空处，有一盏红玻璃罩的电灯在那里照他的孤独。西边窗里吹进了一阵寒风，电灯摇了一摇，他也觉得有点冷了，就立起身来，走向西面的窗口去。没有把窗关上之前，他又伸长脖子，向湖面凝望了一回。他的视线扫回窗下的时候，忽而看见了两乘人力车在马路上向北地奔跑，前面车上坐着一位年轻的妇人，后面车上，仿佛坐着一个男子。他的视线，在月光里默送了他们一程，把窗关上，回转身来见了房里的冷灰灰的桌椅，东面墙下的衣橱，和一张白洁的空床，他的客感愈深，他的呼吸也愈急促了。

背了两手，俯伏了头，在房里走来走去地绕了半天，他忽而举起头来，向他的那只黄皮箧默视了几分钟。他的两眼忽而放起光来了，把身体一跳，就很急速地将那皮箧打开，从盖子的夹袋里，取出了几封信来。这几封信的内容大小，都是一样，发信人分明是一个人，而且信封都已污损了。他翻了一封出来展读的，封面上写着"锦州大本营呈陈参谋，名内具"的几个字，字迹纤丽。谁也认得出是女子的手笔。

　　逸群吾友：

　　　　得你出京的信，是在陈家席上。你何以去得这样匆忙？连我这里字条儿也不来一个，难道在怪我么？和你相交两载，自问待你也没有什么错处，你何以这一次的出京，竟这样地不念旧交，不使人知道呢？

　　　　你若知道我那一天在陈家席上的失神的态度，回来后的心里的怨愤不安，天天早晨的盼望你的来信和新闻纸的焦躁，恨不得生出两翼翅膀，飞到关外来和你们共同奋战的热情，那么我想你一定要向郭军长告个短假，假一架飞机回到北京来和我说明白你心中堆积在那里的牢骚了。

胡子们的凶暴，奉军的罪恶，是谁也应该声讨的，你和陈家伯伯的参与反戈的计划，我在事前也已经知道，然而平时那样柔顺的你，对我是那样忠诚的你，何以这一回的出京，竟秘而不宣，不使我预先知道呢？

天天报上，只载着你们的捷讯。今早接陈家伯伯从高梁宿打来的电报，知道两三日内，大本营可移往锦州，陈家的家人送冬衣用具北来，我也托他带这一封信去，叫他亲交给你。

天气寒冷，野营露宿，军队里的生活，你如何过得惯？

肉汁味精，及其他用品一包，是好几天前在哈达门里那家你我常去的洋行里买就的，还有新到的两本小说，也是在他们那里买得的。

这几天京津间谣传特甚，北京也大不安，陈家的老家人是附着国际车出去的，不晓得这封信要什么时候才能到你那里。

心里有千言万语，想写又写不出。昨天一天饭也没有吃，晚上曾做了许多噩梦。我只希望你们直捣沈阳，快回北京来再定大局。

有人来催了，就此搁笔，只希望你们，只希望你早早战胜了回来。

诒孙上

他在电灯底下读了一遍，就把信纸拿上嘴上去，闭了两眼深深地吻了半天。又把这几封信狠命地向胸前一压，仿佛是在紧抱着什么东西似的，但他再张开眼睛来看的时候，电灯光里照出来的四面的陈设，仍旧是一间客店的空房。

三

早晨醒来的时候，朝南的廊下，已经晒遍了可爱的日光。他开窗看看湖面，晴空下的山水，却是格外的和平，格外的柔嫩，一瞬间回想起昨天晚上酒后的神情，仿佛是一场噩梦。他呆呆地向窗外看了好久，叫茶房来倒上脸水，梳洗之后，又把平时的那一种冷淡的心境恢复了。喝了几口茶，吃了一点点心，他就托茶房为他雇一只艇子去游湖。等了半天，划船的来了，他问明了路径，说定了游湖的次序，便跟了那半老的船户，走下楼来。

户外的阳光，溟濛和暖，简直把天气烘得同春天一样。沿湖的马路上，也有些车辆行人，在那里点缀这故都的残腊，堤下的连续的湖船，前后衔接，紧排着在等待游人。许多船户，游散在湖岸的近旁，此地一群、那边一队地在争抢买卖。远处有一位老妇人，且在高声叫搭客，说是要开往岳坟去的。

逸群跟了那中年船户，往南迎阳光走上埠头去，路上就遇了几次的抢买卖的袭击。他坐上船后，往西南摇动开去，将喧嚷的城市，丢在背后，看看四围的山色，看看清淡的天空，看看水边的寂静的人家，觉得自家的身体，已经是离开了现实世界了。几礼拜前的马背上的生活，炮弹的鸣声，敌军的反攻，变装的逃亡，到大连后才看见的自家的死报，在上海骤发的疾病等等，当这样晴快的早晨，又于这样和平的环境之中回忆起来，好像是很远很远，一直是几年前头的事情。他一时把杂念摒除，静听了一忽船的划子击水的清音。回头来向东北一望，灵奇的保俶塔，直插在晴天暖日的中间，第一就映入了他的眼帘，此外又见了一层葛岭的山影和几丛沿岸的洋楼。

大约是因为年关近了，游湖的人不多的原因，他在白云庵门口上了岸，踏着苔封的石砌路进去，一直到了月下老人的祠前，终没有一个管庵的人出来招呼他。向祠的前后看了一遍，他想找出签筒来求一张签的，但找了半天，签诗签筒终于找不出来。向那玻璃架里的柔和的老人像呆看了几分钟，他忽而想起了北京的诒孙和诒孙的男人。

"唉！这一条红线，你总拉不成了罢！"这样地在心里转了一下，他忽觉得四边的静默，可怕得很。那老人像也好像变了脸色，本来是在作微笑的老人，仿佛是摇起头来了。他急忙回转了身子，一边寻向原路走回船来，一边心里也在责备自家：

"诒孙不是已经结了婚了么？

"诒孙的男人不是我的朋友么？

"她不是答应我永久做她的朋友的么？

"不该不该，真正不该！"

下了船，划向三潭印月去的途中，他的沉思的连续，还没有打断。生来是沉默的他，脸上的表情就有点冷然使人畏敬的地方，所以船户屡次想和他讲话，终于空喀了一声就完事。他一路默坐在船上，不是听风听水，尽量地吸收湖上的烟霞，就在沉思默考，想他两年来和诒孙的关系。总而言之，诒孙还可以算得是一个理想的女子。她的活泼的精神，处处在她的动作上流露出来。对一般男人体贴和细密，同时又不忘记她自己的主张。对于什么人，她都知道她所应取的最适当最柔美的态度。种种日常的嗜好，起居的服饰，她也知道如何能够使她的周围的人，都不知不觉地为她所吸引。若硬要寻她的不是，那只有她的太想赢得各异性者的好感这一点。并不是逸群一个人的嫉妒，实在她对于一般男子，未免太泛爱了。善意地解释起来，这也许是她的美德。不过无论如何，由谨严的陈逸群看来，这终是女人的一个极大的危险。他想起了五六个月前头，在北戴河的月下和她两人的散步，那一天晚上的紧紧的握手，但是自北戴河回来以后，他只觉得她对于她自己的男人太情热了。女人竭忠诚于自家的男人，本来是最善的行为，就是他在冷静的时候，也只在祷祝他们夫妇的和好。他自家可以老在他们家庭里做一个常客，可是她当他的面前，对于她男人和其他各人所表示的种种爱热的动作，由抱了偏见的他看来，终于是对他的一种侮辱。这一次的从军的决心，出京前的几天的苦闷，和陆续接到她的信后的一种后悔之情，又在他的心中复活起来。他和昨天晚上在酒店里的时候一样，又捏起拳头来向船沿上狠命地打了一下。

"船户！你怎么不出点气力划一划呀？划了这么半天，怎么三潭印月都还没有到？"

他带怒声地问了，船户倒被他骇了一跳。

"先生！您不要太性急了，前面不就是三潭印月的南堤了么？"

他仰起头来看看，果然前面去船不远，有一道环堤和许多髡柳掩映在水上。太阳也将当午了，三潭印月的亭台里，寂然听不见什么人的声音。他仰天探望了一回，微微地叹了一口气，心里想了一想："啊，这悠久的长空，这和平的冬日！"不知不觉地又回复了他平时的安逸的心情。船到了堤前的石阶边上，他吩咐船户把空船划到后面去等，就很舒徐地走上石栏桥去，看池里的假山碑石去了。

四

在三潭印月吃了一点点心，又坐船到岳庙前杏花村的时候，太阳早已西斜，他觉得很饥饿了。吃了几碗酒菜，命船户也吃了一个醉饱，他一个人就慢慢地踏出店门，走向西泠桥去。毕竟是残冬的十二月，一路上遇着的，只是几个挑年货的乡下人，平时的那些少年男女，一个也没有见到。踏着自家的影子，打凫山别墅门前过去，他看见一湖湖水斜映着阳光，颜色是青紫的。东南岸的紫阳山城隍山上，有一层金黄的浮彩罩着，近山顶的天空里，淡拖着一抹黄白的行云。湖中心也有几只倦游归去的湖船，然而因湖面之大，船影的渺小，并且船里坐着的游客的不多，这日斜的午后，深深地给了他一个萧条的印象。他走过了苏小①的坟亭，在西泠堤上杨柳树的跟前站了一忽，湖面的一带青山，在几处山坳深处，作起蓝浓的颜色来了。

进了西泠印社的小门，一路走上去，他只遇见了几个闲惰阶级的游人。在石洞边上走一回，刚想进宝塔南面的茶亭去的时候，他的冷静的心境，竟好像是晴天里起了霹雳，一霎时就大大地摇动了起来。茶亭里本坐有二三座客人在的，但是南面靠窗坐着的一个着

① 苏小：即苏小小，南朝时期著名歌伎，钱塘（今浙江杭州）第一名伎。

黑缎子旗袍的女人背影，和诒孙的形状简直是一样。双眼盯住了这女人的背形，他在门口出神呆立了一瞬间，忽而觉得二三座座上茶客的眼睛，一齐射上他的脸来了。他颊上起了红潮，想不走进去，觉得更不好意思，要是进去呢，又觉得自己是一个闯入者，生怕搅乱了里面大家的和平，很急速地在脑里盘旋回复地忖度了一下，他终于硬挺了胸腰走进去了。那窗口的女人听了他对茶房命茶的北方口音，把头掉转了来看他，他也不由自主地向她贪视了一眼。漆黑的头发，是一片向后梳上去的。皮色是半透明的乳白色，眼睛极大，瞳神黑得很。脸形长圆瘦削，颧骨不高，鼻梁是很整洁的。总体是像鹅蛋的半面，中间高突，而左右低平。嘴唇苍白，上下唇的曲线的弯度并不十分强。上面的头发，中间的瞳神，和下面的黑色旗袍，把她那张病的乳白色的面影，映衬得格外的深刻，格外的迷人。他虽则觉得不好意思，然而拿起茶碗来喝茶的时候，竟不知不觉地偷看了她好几眼。现在她又把头回转，看窗外的假山去了。看了她的背影，他又想起了诒孙。

坐在她对面的，是一位四十岁左右的穿洋服的绅士，嘴上有几根疏淡的须影，时常和她在说话，可是她回答他的时候，却总不把头掉过对他的面。茶桌是挨着南窗，她坐在西面，这一位绅士是坐在东面的。

逸群一个人坐在茶亭北面的一张空桌上，去她的座位约有一丈多远，中间隔着两张空桌。他表面上似乎在看茶亭东面窗外的树木青空，然而实际上他的注意力的全部，却只倾注在她的身上。她分明是这一位绅士的配偶，但年龄又似乎差得太多。姨太太么？不是不是，她并没有姨太太的那一种轻佻的习气。父女么？又有些不对。男人对她的举止，却有几分在献媚的样子。逸群一边喝茶，一边总想象不出她的根底来。忽而东边窗下的一座座客大声地笑了起来，逸群倒骇了一跳，注意一看，原来他们在下围棋。那女人也被这笑声所引，回转头来看了一眼。她的男人似乎对她讲了一句滑稽的话，逸群在她的侧面上看出了一个小小的笑窝，但是这是悲寂的微笑，是带病的笑容。

逸群被她迷住了。他竟忘了天涯的岁暮，忘了背后的斜阳，更忘了自己是为人在客，当然想不到门外头在那里候他等他等得不耐烦的舟子了。他几次想走想走，但终究站不起身来，一直等到她和那男子，起来从他的桌子前头经过，使他闻到了一阵海立奥屈洛泊①的香气的时候，他的幻梦，方才惊醒。举目向门外他们去的方向看看，他才知道夕阳快要下山了，因为那小小的山岭，只剩下几块高处的残阳，平地上已被房屋宝塔山石等的黑影占领了去。

急忙付过茶钱，走下山来，湖面上早就铺满了冷光，只有几处湖水湖烟，还在那里酝酿暮景。三贤祠的军队，吹出了一段凄冷的喇叭，似在促他归去的样儿。他在门外长堤路上站立住脚，向前后左右探望了一回，却看不见了她和那男子的踪迹，湖面上也没有归船。门前的艇子，除了他那一只以外，只有两艘旧而且小的空船在候着，这当然是那些下围棋的客人们的。他又觉得奇怪起来了，她究竟是往哪一方面去的呢？

迎着东天的半月，慢慢儿地打桨归来，旗营的灯火，已经在星星摇闪了。他从船头上转眼北望，看见了葛岭山下一带的山庄。尖着嘴吹了几声口笛，他心里却发现了一宗秘密：

"她一定是过西泠桥回向里湖去的，她一定是住在葛岭的附近

---

① 原文如此，应为化妆品牌名音译。

无疑！"

回到了旅馆，在电灯底下把手面一洗，因为脑里头还萦回着那不知去向的如昙花似的黑衣女影，所以一天游湖的劳顿，还不能使他的心身颓减下来。命茶房拿了几册详细的西湖图志与游览指南来后，他伏在桌上尽在搜查里湖沿山一带的禅房别墅与寄寓的人家。一面在心里暗想，他却同小孩子似的下了一个好奇赌咒的决心说：

"你这一个不知去向的黑衣少妇，我总有法子来寻出你的寓居，探清你的根底，你且瞧着吧！"

<h1 align="center">五</h1>

湖心的半月西沉了，湖上的冷光，也加上了一层黝黝的黑影。白天的热度，似乎向北方去诱入了些低压气层来，晴空里忽而飞满了一排怕人的云阵，白云堆的缺处，偶尔射出来的几颗星宿的光芒和几丝残月的灰线，更照出了这寒宵湖面的凄清落寞。一股寒风，自西北徐徐地吹落，飞过湖头，打上孤灯未灭的陈逸群的窗面的时候，他也感到了一点寒冷，拿出表来一看，已经是午夜的时刻了。

为了一个同风也似的捉摸不定的女性，竟这样热心地费去了半宵的心血！逸群从那一堆西湖图志里立起身来回想及此，倒也自家觉得有点好笑。向上伸了一伸懒腰，张嘴打了一个呵欠，一边拿了一支烟卷在寻火柴，一边他嘴里却轻轻地辩解着说：

"啊啊，不做无聊之事，何以遣有涯之生？"

点上了烟，离开书桌，重在一张安乐椅上坐下的时候，他觉得今天一天的疲劳袭上身来了。又打了一个呵欠，眼睛里红红地浮漾着了两圈酸泪，呆呆对灯坐着吸去了半支烟卷，正想解衣就寝，走上床去，他忽又觉得鼻孔里绞刺了起来，肩头一缩，竟哈啾哈啾地打出了几个喷嚏。

"啊呀，不对，又遭了凉啦！"

这样一想，他就匆匆和着里边的丝绵短袄，躺到被里去睡觉去了。

本来是神经质的他，又兼以一天的劳瘁，半夜的不眠，上床之后，更不得不在杂乱的回忆和矛盾的恐惧里想，一想起那一个黑衣的女影而画些幻象，所以逸群这一宵的睡眠，正像是夏天残夜里的短梦，刚睡着又惊醒刚睡着又惊醒地安定不下来。有时候他勉力地摒去了脑里的一切杂念，想把神经镇压一下而酣甜地睡去，可是已经受过激荡的这些纤细的组织，终于不能听他的命令。他愈是凝神屏气地在努力，弥漫在这深夜大旅馆中的寂静，愈要突入他的听觉中来，终致很远很远挂在游廊壁上的一架挂钟的针步，和窗面上时时拂来的一两阵同叹息似的寒风，就能够把他的静息状态搅乱得零零落落。在长时间的焦躁之后，等神经过了一度极度的紧张，重陷入极度的疲乏状态去后，他才昏沉地合下了眼去；但这时候窗外面的浮云，已带起灰沉沉的白色，环湖上的群山，也吐起炊烟似的云雾来了。

湖上的晨曦，今天却被灰暗的云层吞没了去，一天昙色，遮印得湖波惨淡无光，又加之以四围的山影和西北的尖风，致弄得湖面上寒空黯黯，阴气森森，从早晨起就酿成了一种欲雪未成的天气。逸群一个人曲了背侧卧在旅馆的薄棉被里，被茶房的脚步声惊醒转来，听说已经是快近中午了。开口和茶房谈了这一句话，他第一感觉到的，便是自己的喉咙的嘶哑。等茶房出门去替他去冲茶泡水的中间，他还不肯相信自己是感染了风寒。为想试一试喉咙，看它究竟有没有哑的原因，他从被里坐起，就独自一个放开喉咙来叫了两声：

"诒孙！诒孙！"

钻到他自己的耳朵里去的这一个很熟的名字的音色，却仍旧是那一种敲破铁罐似的哑音。

"唉，糟糕，这才中了医生的预言了！"

这样一想，他脑里头就展开了一幅在上海病卧当时的景象。从大连匆促搭上外国邮船的时候，因为自己的身体已经入了安全地带了，所以他的半月以来同弓弦似的紧张着的心状，一时弛散了开来。紧张一去，他在过去积压在那里的过度的疲劳便全部苏复转来了，因而一到上海，就出其不意地咯了几次鲜血。咯血的前后，身体更是衰弱得不堪，凡肺病初期患者的那些症候，他都饱尝遍了：睡眠中的盗汗，每天午后一定要发的无可奈何的夜热，腰脚的酸软，食欲的毫无，等等。幸亏在上海有一位认识的医生，替他接连打了几支止血针，并且告诉了他一番如何疗养的心得，吐血方才止住。又静养了几天，因为医生劝他可以不必久住在空气恶浊的上海，他才下了上杭州来静养的决心。

"你这一种病，最可怕而也最易染上的是感冒。因为你的气管和肺尖不好，伤风是很容易上身的。一染了感冒，咳嗽一发，那你的血管就又要破裂了，咯血病马上就又要再发。所以你最要小心的是在这一着。凡睡眠不足，劳神过度，运动太烈等，都是这病的诱因。你上杭州去后，这些地方都应该注意，体热尤其不可使它增高起来。平常能保住三十六至三十七度的体热就顶好，不过你也不要神经过敏，不到三十八度，总还不算发热。有刺激性的物事总应该少吃！"

这些是那位医生告诫他的话，可是现在果真被这医生说中了，竟在他自己不觉得的中间感染了风寒。身上似乎有点在发热的样子，但是咳嗽还没有出来，赶快去医吧，今天马上就去大约总还来得及。他想到了这里，却好那茶房也拿了茶水进房来了，他问了他些杭州的医生及医院的情形，茶房就介绍了一个大英医院给他。

洗过了手面，刷过了牙齿，他茶也不喝一口，换上衣服，就一个人从旅馆中踱了出来。阴冷的旅馆门前，这时候连黄包车也没一乘停在那里。他从湖滨走过，举头向湖上看了一眼，觉得这灰沉沉的天色和怪阴惨的湖光，似乎也在那里替他担忧。昨天的那一种明朗的风情，和他自己在昨天感到的那一种轻快的心境，都不知道消失到哪里去了。

六

沿湖滨走了一段，在这岁暮天寒的道上，也不曾遇到几多的行人，直等走上了斜贯东西的那条较广的马路，逸群才叫到了一乘黄包车，坐向俗称大英医院的广济医院中去。

医院里已经是将近中午停诊的时候了，幸而来求诊的患者不多，所以逸群一到，就并没有什么麻烦而被领入了一间黑漆漆的内科诊疗室里。穿着白色作业服的那位医士，年纪还是很轻，他看了逸群的这种衣饰神气，似乎也看出了这一位患者的身份，所以寻问病源症候的时候，他的态度也很柔和。体热测验之后，逸群将过去的症状和这番的打算来杭州静养，以及在不意之中受了风寒的情形详细说了一遍，医生就叫他躺下，很仔细地为他听了一回。前前后后、上上下下约莫听了有十多分钟的样子，医生就显示着一种严肃的神气，跟逸群学着北方口音对他说：

"你这肺还有点儿不行，伤风倒是小事，最好你还是住到我们松木场的肺病院里去吧？那儿空气又好，饮食也比较有节制，配药诊视也便利一点，你以为怎么样？"

逸群此番，本来就是为养病而来，这医院既然有这样好的设备，那他当然是愿意的，所以听了医生的这番话，他立刻就答应了去进病院。问明了种种手续，请医生写了几张说明书之后，他就寻到会计处去付钱，来回往复了好几次，将一切手续如式办好的时候，午后也已经是很迟，他的身体也觉得疲倦得很了，这一晚就又在湖滨的饭店里留了一宵宿。

一宵之内，西湖的景色完全变过了。在半夜里起了几阵西北风，吹得门窗房屋都有点儿摇动。接着便来了一天霏微的细雨，在不声不响的中间，这冷雨竟化成了小雪。早晨八点钟的光景，逸群披衣起来，就觉得室内的光线明亮得很，虽然有点冷得难耐，但比较起昨天的灰暗来，却舒爽得多了。将西面的玻璃窗推开一望，劈面就来了一阵冷风，吹得他不由自主地打了几个寒痉。向湖上的四围环视了一周，他竟忘掉了自己的病体，在窗前的寒风里呆立住了，这实在是一幅灵奇的中国水墨画景。

南北两高峰的斜面，各洒上了一层薄薄的淡粉，介在其中的湖面被印成了墨色。还有长堤上，小山头，枯树林中，和近处停泊在那里的湖船身上，都变得全白，在反映着低云来去的灰色的天空。湖塍上远远地在行走的几个早起的船家，只像是几点狭长的黑点，默默地在这一块纯白的背景上蠕动。而最足以使人感动的，却是弥散在这白茫茫打成一片的天地之间的那种沉默，这真是一种伟大而又神秘的沉默，非要在这样的时候和这样的地方是永也感觉不到的。

逸群呆立在窗前看了一回，又想起了今天的马上要搬进病院去的事情，嘴角上就微微地露出了一痕自己取笑自己的苦笑。

"这总不是天公送我进病院去的眼色罢？"因为他看到了雪，忽而想起了一段小说里说及金圣叹临刑那一日的传说。这一段传说里说，金圣叹当被绑赴刑场去的那一天，雪下得很大；他从狱里出来，看见了满街满巷的白雪，就随口念出了一首诗来说："天公丧父地丁忧，万户千门尽白头，明日太阳来作吊，家家檐下泪珠流。"病院和刑场，虽则意义全然相反，但是在这两所地方的间壁，都有一个冷酷的死在那里候着的一点，却是彼此一样的，从这一点上说来，逸群觉得他的联想，也算不得什么不合情理。

那位中年的茶房冻红了鼻尖寒缩着腰走进他的房里来的时候，逸群还是呆呆鹄立在窗口，在凝望着窗外的雪景。

"陈先生，早呵，打算今天就进松木场的肺病院去么？"茶房叫着说。

逸群回过身来只对他点了点头，却没有回答他一句话，一面看见了这茶房说话的时候从口里吐来的白气，和面盆里水蒸气的上升，他自己倒同初次感得似的才觉着了这早晨的寒冷，皮肤上忽而起了一层鸡栗，随手他就把开着的那扇房门关上了。

在房间里梳洗收拾了下，付过了宿账，又吃了一点点心，等黄包车夫上楼来替他搬取皮篓的时候，时间已经不早了。坐在车上，沿湖滨向北地被拉过去，逸群的两耳，也感到了几阵犀利的北风。雪是早已不下了，可是太阳还没有破云出现，风也并不算大，但在户外走着总觉得有刀也似的尖风刺上身来，这正是江南雪后，阴冻不开的天气。逸群默默坐在车上，眼看着周围的雪中山水，却想起了有一次和诒孙在这样的小雪之中，两人坐汽车上颐和园去的事情。把头摇了几摇，微微地叹了一口气，他的满腔怀忆，只缩成了柳耆卿[①] 的半截清词，在他的哑喉咙里轻轻念了出来：

> 一场寂寞凭谁诉！
> 算前言，总经负。
> 早知恁地难拼，悔不当初留住。
> 其奈风流端正外，更别有，系人心处。
> 一日不思量，也攒眉千度。

七

松木场在古杭州城的钱塘门外，去湖滨约有二三里地的间隔。远引着苕溪之水的一道城河，绕松木场而西去，驾上扁舟，就可以从此地去西溪，去留下，去余杭等名胜之区。在往昔汽车道未辟之前，这松木场原是一个很繁盛的驿站码头，现在可日渐衰落了。松木场之南，是有无数青山在起伏的一块棋盘高地，正南面的主岭，是顽石冲天的保俶塔山——宝石山，西去是葛岭、栖霞岭、仙姑、灵隐诸山，游龙宛转，群峰西向，直接上北高峰的岭脊，为西湖北面的一道屏障。宝石山后，小岗石壁，更是数不胜数。在这些小山之上，仰承葛岭宝石山的高岗，俯视松木场古荡等处的平地，有许

---

① 柳耆卿：即柳永。

多结构精奇的洋楼小筑，散点在那里。这就是由一位英国宣教师募款来华、经营建造的广济医院的隔离病院。

陈逸群坐在黄包车上，由石塔儿头折向北去，车轮顺着坂道，在直冲下去的中间，一阵寒风，吹进了他的本没有预防着的口腔鼻孔。冷风触动了肺管，他竟"曷吓曷吓"地咳了起来，喉头一痒，用手卷去一接，在白韧的痰里，果然有几丝血痕混入了。这一阵咳，咳得他眼睛里都出了眼泪。浑茫地向手卷上看了一眼，他闭上眼睛，就把身体靠倒在洋车背上，一边在他的脑里又乱杂地起起波涛来了。

"这一个前兆，真有点可怕。漫大的雪白，痰里的微红，难道我真要葬在这西湖的边上了不成？……唉，人谁能够不死，死得迟早，又有什么相干，我岂是个贪生怕死的小丈夫！……可是，可是，像我这样地死去，造物也未免有点浪费，我到今日非但事业还一点儿也没有做成，就是连生的享乐，生的真正的意味都还没有尝到过。……啊，回想当时从军出发的那一腔热忱，那一种理想，现在到了生死之际量衡起来，却都只等于幻薄的云烟了！……本来也就是这样的，我们要改革社会，改革制度，岂不是也为了'生'么？岂不是也为了想增进自我及大众的生的福裕么？'生'之不存，'革'将焉用？……罢了罢了，啊啊，这些事情还去想它做甚？我还是先求生罢，然后再来求生之享乐……"

许多自相冲突的乱杂的思想，正在脑里统结起来的时候，他的那乘车子，也已经到了松木场肺病院山下的门口了。车夫停住了车，他才睁开眼来，向大门一望，原来是一座两面连接着蜿蜒的女墙的很雅致的门楼。从虚掩在那里的格子门里望去，一层高似一层是一堆高低连亘的矮矮的山岗。在这中间，这儿一座那儿一点的许多红的绿的灰色的建筑物，映着了满山的淡雪和半透明的天空在向他点头俯视。他下车来静立了一会，看了一看这四周的景物，一种和平沉静的空气，已经把他的昏乱的头脑镇抚得清新舒适了。向门房告知了来意，叫车夫背着皮篋在后面跟着，他就和一位领导者慢慢地走上山去，去向住在这分院内的主治医生，探问他所应住的病室之类。这分院内的主治医生，也是一位年轻的医士，对逸群一看，也表示了相当的敬意。不多一忽，办完了种种手续，他就跟着一位十四五岁的练习护士，走上西面半山中的一间特等病室里去住下了。

这病室是一间中西折合的用红砖造就的洋房，里面包含着的病房数目并不见多，但这时候似乎因为年关逼近的缘故，住在那里的患者竟一个也没有。所以逸群在东面朝南的那间一号室里安顿住下，护士与看护下男退出去后，只觉得前后左右只充满了一层沁人心脾的静寂。一个人躺睡在床上，他觉得仿佛是连玻璃窗外的淡雪在湖里融解的声音都听得出来的样子。因为太静寂了，他张着眼向头上及四面的白壁看看，在无意中却感到了一种莫名其妙的恐怖，觉得仿佛在这些粉白的墙壁背后，默默地埋伏着一些怪物，在那里守视着他的动静的样子。

将近中午的时候，主治医生来看了他一次，在他的胸前背后听了一阵，医生就安慰他说：

"这病是并不要紧的，只叫能安心静养就对了。今天热度太高，等明后天体热稍退之后，我就可以来替你打针，光止止血是很容易的，不过我们要从根本的治疗上着想，所以你且安息一下，先放宽你的心来。"

主治医来诊视过后不多一忽，先前领他来的那位护士送药来了。这一位眉目清秀的少年护士，对逸群仿佛也抱有十分的好感似的，他料理逸群把药服后，又在床前的一张沙发上坐下了。

"陈先生，你一个人睡在床上，觉得太寂寞么？"他说。

"嗳，寂寞得很。你有空的时间没有？有空请你时常来谈谈，好陪陪我。"

一边说着逸群就把半闭的眼睛张了开来，对少年注视了一下。看到了这少年的红红的双颊，墨样的瞳神，和正在微笑的那一双弯曲的细眼，他似乎把服药后正在嘴里感到的那一种苦味忘记了。这一张可爱的小小的面形，他觉得是很亲很熟的样子，可是究竟是在什么地方看见过的呢，他却想不起来了。看了这少年的无邪的微笑，他也马上受了他的感染，脸上露出了一脸孤寂的笑容来。

"你叫什么名字？"他笑着问他。

"名字叫作志道，可是他们都叫我小李的。"

"你姓李么？"

"是的。"

"那么我也就叫你小李，行不行？"

"可以的，陈先生，你觉得饿了没有？"

"饿倒不饿，可是刚服过药，嘴里是怪难受的，有什么牛奶之类，我倒很想要一杯喝。"

"好，我就去叫看护下男为你去煮好了来。"这少年护士出去之后，房里头又全被沉默占领了去。这一回逸群可不感到恐怖了，因为他在脑里有了一种思索的材料，就是这位少年仿佛是在什么地方看见过的那一个问题。想了半天，然而脸上红了一红，眼睛里放出了一阵害臊的微光，他却把这护士的容貌想出来了，原来中学时代的他的一位好友，是和这小李的面形一样的。

八

　　小雪之余，接着就是几天冬晴的好天气，日轮绕大地回走了几圈，包围在松木场一带的空气，又被烘得暖和和同小春天一样。逸群在进病院后的第八天上完全退了热，痰里的血丝也已止住。近来假着一支手杖的力，他已经能够走出床来向回廊上及屋外面去散步了。病院生活的单调，也因过惯了而反觉得舒适，一种极沉静的心境，一种从来也没有感到过的寂灭的心境，徐徐地征服了他的焦躁，在帮扶他走向日就痊快的坦道上去，他自己也觉得仿佛已经变成了一位遁世的修道士的样子。

　　早晨一睁开眼，东窗外及前室的回廊上就有嫩红洁静的阳光在那里候他，铃儿一按，看护他的下男就会进来替他倒水起茶。梳洗之后，慢慢地走上南面的回廊，走来走去走一二遍，脚力乏了，就可以在太阳光里，安乐椅上坐躺下去。前面是葛岭的高丘和宝石山的石垒；阳台上，这时候已经晒满了暖和的朝日；宝石山后的开凿石块的地方，也已经有早起的工人在那里做工了。澄清的空气里，会有"丁丁笃笃"的石斧之声传来，脚下面在这病院的山地与葛岭山中间的幽谷里，间或有一二个采樵的小孩子过去，此外就是寂静的长空，寂静的日脚，他坐在椅上，连自己的呼吸都可以听得清清楚楚。不多一忽，欢乐轻松的小李的脚步声便会从后面进出的通用门里响近前来，替他量过热度，换过药水，谈一阵闲天，就是吃早餐的时刻了。早餐过后，在回廊上走一二遍，他可以动也不动地在那张安乐椅上坐躺到中午。吃完午饭，量过热度，服过药，便上床去试两三小时的午睡。午睡醒来，日脚总已西斜，前前后后的山色又变了样子，他若有兴，也可以扶杖走出病室，向病院界内的山道上去试一回小步；若觉得无力，便仍在那张安乐椅上坐下，慢慢地守着那铜盘似的红日的西沉。晚饭之后，在回廊上灰暗的空气里坐着，看看东面松木场镇上的人家的灯火，数数苍空里摇闪着的明星，也很可以过一二个钟头的极闲适极快活的时间，不到八点钟就上床去睡了。

这就是逸群每日在病院里过着的周而复始的生活。因为外面的生活方式这样地单调刻板化了，所以他的对外界的应付观察的注意全部，就转向了内。在日暖风和的午后，在澄明清寂的午前，沉埋在回廊上的安乐椅里，他看山景看得倦了，总要寻根究底地解剖起自家过去的生活意思来。

"自己的一生，实在是一出毫无意义的悲剧，而这悲剧的酿成，实在也只可以说是时代造出来的恶戏。自己终竟是一个畸形时代的畸形儿，再加上以这恶劣环境的腐蚀，那就更加不可收拾了。第一不对的，是既做了中国人，而偏又去受了些不彻底的欧洲世纪末的教育。将新酒盛入了旧皮囊，结果就是新旧两者的同归于尽。世纪末的思想家说：你先要发现你自己，自己发现了以后，就应该忠实地守住着这自我，彻底地主张下去，扩充下去。环境若要来阻挠你，你就应该直冲上前，同他拼一个你死我活，All or Nothing！ ① 不能妥协，不能含糊，这才是人的生活。可是到了这中国的社会里，你这唯一的自我发现者，就不得不到处碰壁了。你若真有勇气，真有比拿破仑更坚忍的毅力，那么英雄或者真能造得成时势也说不定，可是对受过三千年传统礼教的系缚，遵守着尧舜禹汤文武周公孔子一

---

① 英文：全部或没有。

脉相传的狡诈的中庸哲学的中国人，怕要十个或二十个的拿破仑打成在一起才可以说话。我总算发现了一个自以为的自我了，我也总算将这自我主张扩充过了，我并且也可以算冲上前去，与障碍物拼过死活了，但是所得到的结果是什么？……大约就是在这太阳光里的这半日的静坐罢？……啊啊，空，空，空，人生万事，终究是一个空！"

想来想去，想到了最后的结论，他觉得还是这一个虚无最可靠些。尤其是前天的早晨，正当坐在这回廊上享太阳的时候，他看见东面的三等病室里有两三个人抬出了一个用棉被遮盖好的人体来，走向了山下的一间柴棚似的小屋。午饭前小李来替他量过热度诊过脉搏后，在无意中对他说：

"又是一个患者 dead① 了，他昨天晚上还吃两碗饭哩！"这一句在小李是一点儿也不关紧要，于谈笑之间说出来的戏言，倒更证实了他每次所下的那个断案。

"唉，空，空，空，人生万事终究是一个空！"

这一天午后，他坐在回廊上，也同每次一样正想到了这一个结论的时候，忽而听见小李在后边门外喊着说：

"梅先生来了！"

接着他就匆匆跑进了逸群的病室，很急速地把他的房间收拾得整整洁洁。原来这梅先生就是广济医院的主宰者，自己住在城里，当天气晴快的午后，他每坐着汽车跑到这分院里来看他的患者的。

不多一会，一位须发全白的老人，果然走到逸群的病室里来了。他老先生也是一位机会与时代偶尔产下来的幸运儿，以传教行医，

---

① 英文：死亡。

消磨了半生的岁月，现在是已经在这半开化的浙江省境内，建造起了他的理想的王国，很安稳快乐地在过度他的暮年余日了。一走进房，他就笑着问逸群说：

"陈先生，身体可好？今天觉得怎么样？"逸群感谢了一番他垂问的盛意，就立起身来走入了起坐室里请他去坐。他在书桌上看见了几册逸群于暇时在翻读的红羊皮面的洋书，就同发现了奇迹似的向逸群问说：

"陈先生，你到过外国的么？"

"嗳，在奥克司福特①住了五年，后来就在欧洲南部旅行了两年的光景。"

听了逸群的这一个学历，他就立刻将那种应付蛮地的小孩子似的态度改过，把他的那个直挺挺有五尺多高的身体向沙发上坐了下去。寻问了一回逸群的身世和回国后任事的履历，又谈了些疾病疗养上的极普通的闲天，他就很满足似的立起身来告辞了。临行的时候，握住了逸群的手，他又很谦虚地招请他说：

"前面葛岭山上，我也有几间房屋起在那里，几时有空的时候，我要来请你过去吃茶去。像这一个样子下去，那不消多少时候，你的身体就完全可以复原的，让我们预备着你退院的时候的祝贺大会罢！"

说着他又回顾了一眼立在廊下恭候着他的那位主治医生，三人就合起来大笑了一阵。

逸群自从受了这一回院主的过访以后，他的履历就传遍了这一区山上的隔离病院，上上下下的人大家都晓得这陈先生是一位北洋道台的公子，他是到过外国，当过大学堂的教师，做过官的。于是

---

① 奥克司福特：应是英文 oxford 音译，今译"牛津"。

在这山上的几处隔离病室里住着的练习护士们，拿了英文读本文法书来问字求教的人，也渐渐地多了起来；听他们谈谈，逸群对这病院里的情形内幕也一天一天地熟悉起来了。

九

关于这病院的内幕消息里面，有一件最挑动逸群的兴味的，是山顶最高处的那间妇女肺病疗养处清气院的创立事件。这清气院地方最高，眺望得也最广，虽然是面南的，但在东西的回廊上及二层楼的窗里远看出去，看得见杭州半城的迷离的烟火，松木场的全部的人家，和横躺在松木场与古荡之间的几千亩旷野；秦亭山的横空一线，由那里望过去，更近在指顾之间①；山头圣帝庙的白墙头当承受着朝阳熏染的时候，看起来真像是一架西洋的古画。这风景如此之美的清气院，却完全是由一位杭州的女慈善家出资捐造的。听他们说，她为造这一间清气院，至少总也花去了万把两的银子。

有一天午后，天气仍旧是那么的晴快，逸群午睡醒来，很想走上山顶，到这一间清气院的附近去看看北面旷野里的风景，正好小李也因送药到他那里来了，他们两人就慢慢地走出了病室，走上了那条曲折斜通山顶的小道。太阳已经西斜到和地面成一只锐角的光景，松木场的人家瓦上，有几处已经有炊烟在钻起来了。两人在一处空亭里立了一会，看了些在后面山下野道上走路的乡民和远处横躺着的许多洁净的干田，就走入了一条侧路，走向了清气院的门前。

---

① 指顾之间：形容时间十分短促。

一到了清气院的门口，小李就很急速地抽出了他那只被逸群捏住的手，三脚两步地跨上了这女病室的台阶，走入了有许多青年妇女围立在那里的那间楼下的大厅。逸群在半路上立定了脚，朝这一群妇女围立着的中心处一看，也不知不觉地呆住了。靠近桌子立在这些妇女们的中间，手里拿着了许多衣料罐头食物之类，在分送给大家的那位女主人公，原来就是那一天他在西泠印社里看见过的那个不知去向的黑衣少妇。她对黑的颜色，似乎是特别喜欢的样子，今天穿的仍旧是一件黑色天鹅绒的长褂。

小李从人丛中挤了进去，向她恭恭敬敬地行了一个鞠躬礼，向一位中老的看护妇长也打了一个招呼，似乎很轻很轻地说了几句什么话，就把目光掉转，回头来向外面立在夕阳影里的逸群看了一眼。那位黑衣少妇，也和小李一道地把目光注向了外面，同时围立在那里的许多妇女也都掉转了头，看向了逸群的身上。他倒一霎时不由自主地害起羞来了，一转瞬间竟把他那张苍白的脸涨得通红。正在进退维谷，想举起脚步来走开的时候，那位少妇却拉了小李的手走出到了大厅外的回廊上面，和他微笑着点了点头说：

"是陈先生么？我已经听见梅先生说起过了，等一会我就来看你，那间病室里我从前也住过的。"

不知所措的逸群只觉得听到了一段异常柔和异常谐合的音乐，头脑昏得厉害，耳根烧得火热。她说的究竟是几句什么话，和自己对她究竟回答了几句什么等，全都记不起了。伏倒了头从小道上一个人慢慢走回病室来的中间，在他的眼前摇映着的只是一双冷光四射同漆皮似的黑晶晶发亮的眼睛，与从这眼睛里放出来的一痕同水也似的微波。他一个人像这样昏乱地走了不久，后面小李又跑着追上来了。小李的面色，也因兴奋之故涨得红红，一面拉住了逸群的手走着，一面他就同急流似的说出了一大堆话来。

"她就是那位大慈善家康太太呀！每年冬天过年的时候，她总要来施舍一次的，不但对男女老幼的贫苦患者，就是对我们也都有得分到的。她家里很有钱，在上海杭州开着十几家银行哩。我不是同你说过了么？清气院就是由她一个人出资捐造的，她自家也曾患过肺病来着，住的就是你现在住的那一间房，所以她对肺痨病者是特别的有同情，特别的肯帮助的。每年她在我们这里捐助的药钱和分送的东西，合算起来怕也得要几千块钱一年哩。在葛岭山上她还有一间很好的庄子在那里，陈先生，几时我同你去玩去，从这里的后门走出，过栖霞岭走上去是很近的。她说她还要上你这边来看你哩。我们快回去把房间收拾收拾，叫下男去烧好茶来等着罢。陈先生，我们快走，快走，快走回去！"

被他这么一催，逸群倒也自然而然地放快了脚步。回到了病室，把散乱的东西收拾了一下，叫下男预备好了一点茶水，他就在沙发上坐下，在那里细细地咀嚼起那天和她初次见面时候的事迹来了。小李看了逸群的沉默的样子，看了他那种呆呆的似在沉思的神气，却觉得有点奇怪起来，所以也把自己的兴奋状态压了下去，镇静地问他说：

"陈先生，你又在那里想什么了？她怕就要来了呢！"

逸群听了这小孩的一种似在责备他的口气，倒不觉微微地笑破了脸。对小李看了一眼，他就有点羞缩似的问他说：

"小李，你晓得这一位康太太的男人，是干什么的？"

"说起康承裕这三个字，杭州还有哪一个不知道他是一位银行老板呢！"

"你看见他过的么？"

"怎么会没看见过啊。"

"他多大年纪了？"

"那我可不晓得。"

"有胡须么？"

"嘴上是有几根的，可是并不多。"

"是穿洋服的么？"

"有时候也穿，尤其是当他从上海回来的时候。"

"噢，那么我倒也看见过他了。"

"嗳，你怎么会看见他呢？"

"我是在西湖上遇见他的。"

两人坐在沙发上这样地谈了半天，那位康太太却终究没有到来。小李倒等得心急起来了，就立起了脚跳了出去，说是打算上麻疯院及主治医室等处去探问她究竟是走上了什么地方去的。

十

松木场广济分院的房屋，统共有一二十栋。山下进门是一座小小的门房，上山北进，朝东南是一所麻疯院兼礼拜堂的大楼。沿小路向西，是主治医师与护士们的寄宿所。再向西，是一间灰色的洋房，系安置猩红热、虎列刺等患者的隔离病室。直北是厨房，及看护下男等寄宿之所。再向西南，是一所普通的肺病男子居住的三等病房。向西偏北的半山腰里，有一间红砖面南的小筑，就是当时陈逸群在那里养病的特等病室。再西是一所建筑得很精致很宽敞的别庄式的住屋，系梅院长来松木场时所用的休息之处。另外还有几间小筑，杂介在这些房屋的中间。西面直上，当山顶最高的一层，就是那间为女肺病患者所建的清气院了。全山的地面约有二百余亩，外面环以一道矮矮的女墙，宛然是一区与外界隔绝的小共和国。

逸群一个人在那间山腰病室的起坐室里守候着康夫人的来谒，时间已经挨得很久了，小李走出去后，他更觉得时间过去得悠长。正候得有些不耐烦起来的时候，小李的那双轻脚却又从后面门里跳跑了进来。还没有跑到逸群的那间病室门口，他右手擎着一只银壳手表，就高声叫着说：

"陈先生，你瞧你瞧，这是康太太给我的！"笑红了脸，急喘着气，走到了逸群的身边，他的左手又拿出了一张名片来。名片上面印着"康叶秋心"的一行小号宋字，在名片的背后，用自来水笔纤细地写着说：

今天因为还要上麻疯院去分送东西，怕时间太晚，不能来拜访了。明天下午三时，请你和小李同来舍间喝茶，我们可以来细谈谈病中的感想。

小李把名片交给逸群看后，脸上满堆着欢笑，还在一心玩弄那只手表。等逸群问他康太太另外还有什么话没有的时候，他才举起头来对逸群说：

"康太太请你明天去喝茶，叫我陪了你同去，她已经向主治医生为我请好假了。她说今天因为还要上麻疯院去，怕是来不成的。"

"康太太的家里，你喜欢去么？"

"为什么不喜欢呢？那儿景致又好，吃的东西又多，还有留声机器听。"

"那么明天你就非去不可，我可是有点怕，怕走多了路。"

"怕走多了路？从后门出去是很近的，并且路也好走，并不是山路。康太太明天在候着你的，你不去可不行哪。"

"好，到了明天再说罢。"

这时候太阳已经在清气院的西边隐没了下去，天上四周只充满了一圈日暮的红霞，晚风凉冷，吹上了逸群的兴奋得微红的两颊，病室里的景象也灰颓萧索起来了。听逸群止住了口，小李骤然举起头来向四边一看，也觉着了时候的不早，重定了一遍明天一定同去的口约，他就又拔起双脚，轻轻快快地跳了出去。

被剩落在孤独与暮色里的逸群，一个人在病室里为沉默所包围住的逸群，静听着小李的脚步声幽幽地幽幽地远了下去，消逝了下去，最初的一瞬间他忽而感到了一种内心的冲动，想马上赶出去和小李一道地上麻疯院去探视一回，可是天色晚了，即使老了脸皮走到了麻疯院里，她也未必会还在那里。况且还有明朝的约会，明朝岂不是可以舒舒服服地上她那里去接近着她，和她去谈谈笑笑了么？但是但是，到明朝的午后为止，中间还间着一个钟漏绵绵的长夜，还间着一个时间悠久的清晨，这二十几个钟头将如何地度过去呢？啊啊，那一双深沉无底的眼睛，那一对盈盈似水的瞳神！你这一个踏破铁鞋也无觅处的黑衣女影，今天却会这样偶然地闯到这枯干清秘得同僧院似的病院里来，真想不到，真想不到。一个人在黑沉沉的沙发上坐着，像这样地想想这里，想想那里，一直地想了下去。他正同热病患者似的在开着了眼睛做梦，门外面无声无息地逼近前来的夜色，天空里一层一层渐渐地浅淡下去的空明，和四围山野里一点一滴地在幽息下去的群动，他都忘记了。直到朝东南的两面玻璃窗里有灼烁的星光和远远的灯火投映进来的时候，他才感到了自己身边的现实世界而在黑暗里睁开了两眼。像在好梦醒后还有点流连不舍似的，他在黑暗里清醒转来以后，还是兀兀地坐着不动，不想去开亮电灯来照散他的幻梦。在这柔和甘美与周围的静悄悄的夜阴很相称的回忆里沉浸得不久，后面的门"呀"的一响，回廊上却有几声笨重的脚步声到了。

"陈先生，陈先生，你怎么电灯都还没有点上？"

与这几句话同时走进他的病室里来的，是送晚饭来的看护下男。在这松木场的广济分院的别一个天地里，又是一天单调和平的日子过去了。

十一

十二月二十四日的晓阴，在松木场的山坳里破亮了。空阔的东天，和海湾相接之处，孕怀着一团赭色。微风不起，充塞在天地之间的那层乳样的烟岚，迟迟地，迟迟地，沉淀了下去。大气一澄清，黝苍的天际，便透露出了晴冬特有的它那种晨装毕后的娇羞的脸色。深蓝无底的黛眉青，胭脂浴后的红薇晕，更还有几缕，微明细散，薄得同蝉翼似的粉条云。

觅恨寻愁，在一尺来厚的钢丝软垫上辗转了半夜的陈逸群，这时候也从期待和焦躁的乱梦里醒过来了。一睁开眼，他就感到了一种晴天侵早所给予我们的快感。举头向粉刷得洁白的四壁望了一周，又从床头玻璃窗的窗帷缝里，看取了一线室外的快晴的烟景，他的还没有十分恢复平时清醒状态的脑里，也就记起了昨夜来的记忆——在不意之中忽而遇到的那一位黑衣的神女，她含着微笑走出到回廊上来招呼他的风情，同音乐似的柔和谐整的她的声气，他自己的那种窘急羞臊得同小学生似的心状，在暮色苍然的病室鹄候她来访的几刻钟中间的焦急，听说她不来了以后的那一种失望和衷心感到的淡淡的哀愁，随后又是半夜的不眠和从失眠的境里产生出来的种种离奇的幻想——这许许多多昨夜来的记忆，很快很快地同电影场面似的又在他的刚醒过来的脑里重新排演了一回。因为这前后的情节，实在来得太变幻奇突，而他自己的感情起伏，也实在来得波浪太大了，所以回想起来，他几乎疑信自己还在那里做梦，这一切的一切，都还不免是梦里的悲欢。然而伸出手向枕头边上一摸，一张凉阴阴的长方小片，却触着了他的手指，拿将起来一看，正面还是黑黑的"康叶秋心"的四个宋字，反面仍旧是几行纤丽的约他于今天午后去茶叙的传言。

"还好还好，这一次的这一位黑衣神女，倒还不是梦里的昙花！"

这样地在脑里一转，他的精神也就抖擞起来了，四肢伸了一伸，又纵身往上一跳，他那瘦长的病后的躯体，便从鸭绒被里起立到了病室的当中。按铃叫了一声看护下男，换上衣服，匆匆梳洗了一下，他拿起立在屋角的那支白藤手杖，便很轻快地从病室走上了回廊，从回廊走出到了晴光四溢的天空的底下。

这时候太阳已经升高了。薄薄的晨霜，早已化成了万千的水滴，把山中的泥路，湿润得酥软可人。带点辛辣味的尖寒空气，刺激着他的露出在衣外的面部手部，皮肤上起了一种恰到好处的紧缩感觉。飕溜溜一股阴凉的清气，直从他的额头脑顶，贯穿了他的全身。他从低处的山道渐渐地走上山去，朝阳所照射着的地域因而也渐在他的周围扩大了开来，而他的心神全部，也觉得一步一步慢慢地在镇静下去。到了一处耸立在一个小峰之上的茅亭里立定，放眼向山后北面的旷野瞭望了几分钟，他的在一夜之中为爱欲情愁所搅乱得那么不安的心灵思虑，竟也自然而然地化入了本来无物的菩提妙境。他的欲念，他的小我，都被这清新纯洁的田园朝景吞没下去了。

面对着了这大自然的无私的怀抱，肩背上满披着了行程刚开始的健全的阳光，呼吸了几口深呼吸后，他的恢复了平时的冷静的头脑，却使他取得了一种对自己的纯客观的批评的态度。

以自己的经历来论，风花雪月，离合悲欢，也着实经过了不少了。即以对女性的经验来讲罢，远的姑且不论，单讲近的，回国之后在北京游散着的几年之中，除诒孙之外，新的旧的、已婚的未婚的、美的智的、高贵的温柔的女性，也不知曾经接触过了几多，可是自己却从没有颠倒昏乱，完全忘却过自己，何以这一回的与这一个漠不相关的女性，偶尔在歧路上的匆匆的一遇，便会发生出这许多幻想来的呢？难道是自己的病的结果？然而据主治医生之所说，则不久之后，就可以完全恢复健康，安然出院去了。难道是这康叶秋心的财富在诱惑着自己么？可是自己父祖的遗产还未荡尽，虽然称不得巨富，但也尽可以养活自己的一生而有余，并且自己所有的教养，绝不会使自己的心性堕落到这一个地步的。那么大约是她的美丽罢，大约是她的肉体的美在挑拨引诱着自己罢？然而这康夫人之美，却又并不是这一类玩弄男子、挑引肉感的妖妇式的美，况且对于这一层自己是曾经受过试验，觉得很有把握的。

对自己的心理的批评分析，到了这里，他却漫然地想起了从欧洲回国的途中的一段浪漫史来。不自觉地再举目向远近四周的田园清景望了一望，他的对于这一段 episode[①] 的回忆，尤其是觉得生动而

---

① 英文：插曲。

活现了，因为那时候的背景，是热烈浓艳的地中海里的炎夏三伏夜，而眼前的景致，却是和平清静的故国的晴冬。

十二

正当那只法国定期船将到苏彝士①河口 Port Said②的前夜，在回国的途上的陈逸群和许多其他的乘客，却在船上逢迎了法国革命纪念的那一天七月十四日。自从马赛出发以来，就招呼认识的那位同船的美国少女，对逸群的态度表情，简直是旁若无人，宛然像从小就习熟的样子。有时候倒弄得饱受着英国的保守的绅士式的教育的陈逸群，反不得不故意寻出口实来避掉她的大胆的袭击。

她的父母本来是德国北部的犹太系的移民，五六十年前跟了他们的祖父移住到蜜士西毕河③上流去开垦的时候，那一块北美的沃地，还是森林密聚，人烟稀少的，冷僻到不可思议的地方，而现在却不同了，水陆的交通，文明的利器，都市的美观，农村的建设，无一处不在夸示着它的殷富了。因而贝葛曼（Bergman）的一家，也就成了米西根④地方的豪富。然而巨富之家，族种不繁，似乎是天公裁断定的制度，是以由贝葛曼两代的辛苦经营而积下来的几千万财产，只有这一个今年才二十一岁的如花少女冶妮（Jennie）来继承相续。雄心勃勃的她的父亲爱杜华（Edward）·贝葛曼自己，近年来也

---

① 苏彝士：今译"苏伊士"。
② 英文：塞得港，埃及城市。
③ 蜜士西毕河：今译"密西西比河"。
④ 米西根：今译"密歇根"。

感到了老之将至了，将所有的事业都交给了可托的管理人后，他自己就带了妻儿，走上了世界漫游的旅途。他们三人的这一回的和陈逸群的同船，原是因为已经看厌了欧洲各大都会的颓废文明的结果，想上埃及内部、非洲蛮地去寻点新奇，冒点小险的。

　　冶妮·贝葛曼，今年二十一岁了。不长不短的她的肥艳的身上，处处都密生着由野外运动与自由教育而得来的结实的肌肉。长圆形的面部，红白相间到恰好的地步，而使她的处女美尤其发挥到极致的，却是那一双瞳神蓝得像海洋似的大眼，与两条线纹弯曲得很的红润的樱唇。本来就把全身的曲线透露得无微不至的欧罗巴的女装，更因为是炎夏半裸的单衣的缘故，她穿在身上的服饰，简直可以把她的肉色都映照得出来。而更是风情别样，不得不叫人恼杀的，是在她那顶银丝夏帽下偷逃出来的几圈条顿民族①所特有的，金发的丝儿，因为当她举起手来整发的时候，在嫩红的腋下与肉乳的峰旁，时时可以看得出来的，也就是与此同样的几缕浅软的金毛。

　　大约是因为从小就生长在富庶的环境里的结果罢，到了这一个年龄，按理也应该是稍知稼穑，博通世故的时候了，可是她却还同在大学学窗下的女青年一样，除了寻欢作乐，学媚趋时而外，仿佛是社会的礼义，世间的生活，和她都绝不相干的样子。

　　在微风邀醉的餐室外面的回廊阴处，举起两手枕抱了头，深深地斜躺上安乐的摇椅，朦胧地远视着地中海里的白日青天，大约映写到她的脑里来的风物人群，总还是那些由好莱坞的明星等所模制出来的东方众香之国，和又年轻又勇敢、又多情又美貌的

_____

①　条顿民族：古代日耳曼人的一个分支。常被泛指日耳曼人及其后裔，或者直接以此称呼德国人。

印度皇子，或老大帝国的最富华最伟大的贝勒与亲王。所以也曾饱受过欧洲近代的教育，面貌也并不十分丑陋，行动举止却又非常娴雅的陈逸群的出现，大约是正适合了她的妖幻的梦境，满足了她的浪漫的嗜好。故而自从马赛出发以来，短短的几日地中海里的行程，竟成了她的演习幻梦里的操练的疆场，而生来就有点胆怯，体格也不十分强健的陈逸群，倒变作了文王囿内，在被追逐的小兔麋鹿了。

太阳在船尾西北的地中海里沉没了下去，深蓝的海面和浅碧的天空，同时都烘染上了一层银红的彩色。从东南面吹上船来的微风阵阵，暗暗地都带着些海水的辛咸，和热带地方特有的那一种莫名其妙的浓香酽味，船上的七月十四日，又这样地慢慢地晚了。

这一天，冶妮从点心时候起，就拖住了逸群不肯放他走开，直到两人在船栏边看完了落日，她的暴露在外面的臂上胸上微有点感到了凉意。船上头庆祝法国革命纪念的夜宴将就开始的时候，她和他坚约定了今晚的跳舞，眼角唇边满含着了招引他来吮吸的微笑，低回踌躇，又紧握了一回长时不放的手，才匆匆地分头别去，各回到了自己的舱室里去梳洗更衣，预备赴宴。

在灯光灿烂、肉色衣香交混着的聚餐室里，冶妮当然是坐在逸群的上手，于欢呼健啖之余，他们俩也不晓得干尽了几多杯的葡萄香槟。冷红茶、米果、冰麒麟过后，就是小息的时间了。休息二十分钟之后，跳舞的音乐马上就要开始的。

当小息的中间，逸群也因为多喝了几杯酒的原因，被冶妮的眼角一挑，竟不由自主，大着胆跟她走出了众人还在狂欢大笑的聚餐兼跳舞的厅室，到了清凉洁白的一处离餐室稍远的前甲板的回廊角里。

是旧历的初八九的晚上的样子，半弓将满的新月，正悬挂在船楼西南面的黝苍的天际。轮机仍在继续着前行，不断的海风摇拂在他们的微红的脸上。穿巴黎最新式的、上半身差不多是全裸的夜会服的冶妮，走在他的前面，肩上背上满受了月光的斜照。由他的醉眼看去，她的整个的身体，竟变作了凡尔赛皇宫园里的白石的人儿。他慢慢地走着看着，到后来终于立住了脚，不再前进了。在他的心里真恨不得把这一个在前面蠕动，正满含着烂熟的青春的肉体，生生地吞下肚去。冶妮似乎也自觉到了她在月光下的自己的裸体的魔力了，回头来向他微微地一笑，又很妖媚地点了点头。这一刹那贯流在逸群的血脉里的冷静的血液都被她煽热了，同醉汉似的踉跄向前冲了几步，当他还没有立定的时候，一个柔软得同无骨动物似的微温的肉体就倒进了他的怀里。冶妮向后一靠，她的肥突的后部便紧贴上了他的腹下，一阵浓褒得难耐的亚媲贡特制的香味红濛地喷进了他的鼻孔，麻醉了他的神志。注目向自己的鼻下一看，他只看见了一张密闭着眼睛、嘴唇抽动、向后倒粘在他颊下的冶妮的脸。

"冶——妮——……我的可爱——的冶——妮——……"

紧抱住了她的腰部，这样很细很细地拖长叫了一声，他就觉得两条微带着酒气的，同火也似的热烈的嘴唇往上一耸，竟吸上他的嘴边来了。

在月光底下，在海浪高头，保住了这样的一个姿势，吸着吻着，他们俩不晓得躅立了多少时候，忽而朦胧的幽远的 orchestra① 的乐音就波渡过来了。冶妮突然狠命地勾舌吸了他一口，旋转了身子，捏住了他的右手，张大了眼盯视住他的两眼，就开始移动了起来，

---

① 英文：管弦乐队。

逸群也便顺势对抱住了她的腰围，和她半走半跳地走回到了跳舞的厅里。

　　这一晚的酣歌醉舞，一直闹到了午前两三点钟的样子。贝葛曼老夫妇早已回到了自己的舱室里去睡了，而冶妮当跳到了舞兴阑珊的夜半，又引诱着逸群出来，重到了月落星繁、人影全空的那一角回栏的曲处。她献尽了万种的媚态，一定要逸群于明朝也和他们一道，同在 Port Said 上陆，也和他们同上埃及内部去旅行。她一定要逸群答应她永远地和她在一处，做她的伴侣。但这时候。逸群的酒意，也已经有七八分醒了，当他靠贴住冶妮的呼吸起伏得很急的胸腰，在听取她娓娓地劝诱他降伏的细语的中间，终于想起了千疮百孔，还终不能和欧美列强处于对等地位的祖国；他又想起了亨利·詹姆斯也曾经描写过的那一种最喜玩弄男子，而行为性格却完全不能捉摸的美国的妇人型。

　　第二天船到了埠头，他虽则也曾送他们上了岸，和他们一起在岸上的大旅馆里吃了一次丰盛的大晚餐，两人之间可终没有突破那最后的一道防线。晚餐之后，她和他同来到了埠头月下，重送她上船去的时候，虽则也各感到了一重隐隐的伤感，虽则也曾交换了几次热烈的拥抱与深吻，但到后来却也终只坚约了后会，高尚纯洁地在岸边各分了手。

一九三一年三月至五月 ①

---

①　此日期为本文在《青年界》连载的时间，连载未完。

迟桂花

××兄：

突然间接着我这一封信，你或者会惊异起来，或者你简直会想不出这发信的翁某是什么人。但仔细一想，你也不在做官，而你的境遇，也未见得比我的好几多倍，所以将我忘了的这一回事，或者是还不至于的。因为这除非是要贵人或境遇很好的人才做得出来的事情。前两礼拜为了采办结婚的衣服家具之类，才下山去。有好久不上城里去了，偶尔去城里一看，真是像丁令威①的化鹤归来，触眼新奇，宛如隔世重生的人。在一家书铺门口走过，一抬头就看见了几册关于你的传记评论之类的书。再踏进去一问，才知道你的著作竟积成了八九册之多了。将所有的你的和关于你的书全买将回来一读，仿佛是又接见了十余年

---

① 丁令威：中国道教崇奉的古代仙人。传说为西汉辽东人，学道于灵虚山，后成仙化鹤归来，落城门华表柱上。

不见的你那副音容笑语的样子。我忍不住了，一遍两遍地尽在翻读，愈读愈想和你通一次信，见一次面。但因这许多年数的不看报，不识世务，不亲笔砚的缘故，终于下了好几次决心，而仍不敢把这心愿来实现。现在好了，关于我的一切结婚的事情的准备，也已经料理到了十之七八，而我那年老的娘，又在打算着于明天一侵早就进城去，早就上床去躺下了。我那可怜的寡妹，也因为白天操劳过度，这时候似乎也已经坠入了梦乡，所以我可以静静儿地来练这久未写作的笔，实现我这已经怀念了有半个多月的心愿了。

提笔写将下来，到了这里，我真不知将如何地从头写起。和你相别以后，不通闻问的年数，隔得这么的多，读了你的著作以后，心里头触起的感觉情绪，又这么的复杂。现在当这一刻的中间，汹涌盘旋在我脑里想和你谈谈的话，的确，不止像一部"二十四史"那么的繁而且乱，简直是同将要爆发的火山内层那么的热而且烈，急速寻不出一个头来。

我们自从房州海岸别来，到现在总也约莫有十多年光景了罢！我还记得那一天晴冬的早晨，你一个人立在寒风里送我上车回东京去的情形。你那篇《南迁》的主人公，写的是不是我？我自从那一年后，竟为这胸腔的恶病所压倒，与你再见一次面和通一封信的机会也没有，就此回国了。学校当然是中途退了学，连生存的希望都没有了的时候，哪里还顾得到将来的立身处世？哪里还顾得到身外的学艺修能？到这时候为止的我的少年豪气，我的绝大雄心，是你所晓得的。同级同乡的同学，只有你和我往来得最亲密。在同一公寓里同住得最长久的，也只有你一个人；时常劝我少用些功，多保养身体，预备将来为国家为人类致大用的，也就是你。每于风和日朗的晴天，拉我上多摩川上井之头公园及武藏野等近郊去散走闲游的，除你以外，更没有别的人了。那几年高等学校时代的愉快的生活，我现在只教一闭上眼，还历历透视得出来。看了你的许多初期的作品，这记忆更加新鲜了。我的所以愈读你的作品，愈想和你通一次信者，原因也就在对这些过去的往事的追怀。这些都是你和我两人所共有的过去，我写也没有写得你那么好，就是不写你总也还记得的，所以我不想再说。我打算详详细细向你来作一个报告的，就是从那年冬天回故乡以后的十几年光景的山居养病的生活情形。

那一年冬天咯了血，和你一道上房州去避寒，在不意之中，又遇见了那个肺病少女——是真砂子罢？连她的名字我都忘了——无端惹起了那一场害人害己的恋爱事件。你送我回东京之后，住了一个多礼拜，我就回国来了。我们的老家在离城市有二十来里地的翁家山上，你是晓得的。回家住下，我自己对我的病，倒也没什么惊奇骇异的地方，可是我痰里的血丝，脸上的苍白，和身体的瘦削，却把我那已经守了好几年寡的老母急坏了，因为我那短命的父亲，也是患这同样的病而死去的。于是她就四处地去求神拜佛，采药求医，急得连粗茶淡饭都无心食用，头上的白发，也似乎一天一天地加多起来了。我哩！恋爱已经失败了，学业也已辍了，对于此生，原已没有多大的野心，所以就落得去由她摆布，积极地虽尽不得孝，便消极地尽了我的顺。初回家的一年中间，我简直门外也不出一步，各色各样的奇形的草药，和各色各样的异味的单方，差不多都尝了一个遍。但是怪得很，连我自己都满以为没有希望的这致命的病症，一到了回国后所经过的第二个春天，竟似乎有神助似的忽然减轻了，夜热也不再发，盗汗也居然止住，痰里的血丝早就没有了。我的娘的喜欢，当然是不必说，就是在家里替我煮药缝衣，代我操作一切的我那位妹妹，也同春天的天气一样，时时展开了她的愁眉，露出了她那副特有的真真是讨人欢喜的笑容。到了初夏，我药也已经不服，有兴致的时候，居然也能够和她们一道上山前山后去采采茶，摘摘菜，帮她们去服一点小小的劳役了。是在这一年的——回家后第三年的——秋天，在我们家里，同时候发生了两件似喜而又可悲，说悲却也可喜的悲喜剧。第一，就是我那妹妹的出嫁；第二，就是我定在城里的那家婚约的解除。妹妹那年十九岁了，男家是只隔一支山岭的一家乡下的富家。他们来说亲的时候，原是因为我们祖上是世代读书的，总算是来和诗礼人家攀婚的意思。定亲已经定过了四五年了，起初我娘却嫌妹妹年纪太小，不肯马上准他们来迎娶，后来就因为我的病，一搁就又搁起了两三年。到了这一回，我的病总算已经恢复，而妹妹却早到了该结婚的年龄了。男家来一说，我娘也就应允了他们，也算完了她自己的一件心事。至于我的这家亲事呢，却是我父亲在死的前一年为我定下的，女家是城里的一家相当有名的旧家。那时候我的年纪虽还很小，而我们家里的不动产却着实还有一点可观。并且我又是一个长子，将来家里要培植我读书处世是无疑的，所以那一家旧家居然也应允了我的婚事。以现在的眼光看来，这门亲事，当然是我们去竭力高攀的，因为杭州人家的习俗，是吃粥的人家的女儿，非要去嫁吃饭的人家不可的。还有乡下姑娘，嫁往城里，倒是常事，城里的千金小姐，却不大会下嫁到乡下来的，所以当时的这个婚约，起初在根本上就有点儿不对。后来经我父亲的一死，我们家里，丧葬费用，就用去了不少。嗣后年复一年，母子三人，只吃着家里的死饭。亲族戚属，少不得又要对我们孤儿寡妇，时时加以一点剥削。母亲又忠厚无用，在出卖田地山场的时候，也不晓得市价的高低，大抵是任凭族人在从中勾搭。就因这种种关系的结果，到我考取了官费，上日本去留学的那一年，我们这一家世代读书的翁家山上的旧家，已经只剩得一点仅能维持衣食的住屋山场和几块荒田了。当我初次出国的时候，承蒙他们不弃，我那未来的亲家，还送了我些赆仪路费。后来于寒假暑假回国的期间，也曾央原媒来催过完姻。可是接着就是我那致命的病症的发生，与我的学业的中辍，于是两三年中，他们和我们的中间，便自然而然地断绝了交往。到了这一年的晚秋，当我那妹妹嫁后不久的时候，女家忽而又央了原媒来对母亲说："你们的大少爷，有病在身，婚娶的事情，当然是不大相宜的，而他家的小姐，也已经下了绝大的决心，立志终身不嫁了，所以这一个婚约，还是解除了的好。"说着就打开包裹，将我们传红①时候交去的金玉如意、红绿帖子等，拿了出来，退还了母亲。我那忠厚老实的娘，人虽则无用，但面子却是死要的，一听了媒人的这一番话，目瞪口僵，立时就滚下了几颗眼泪来。幸亏我在旁边，做好做歹地对娘劝慰了好久，她才含着眼泪，将女家的回礼及八字全帖等检出，交还了原媒。媒人去后，她又上山后我父亲的坟边去大哭了一场。直到傍晚，我和同族邻人等一道去拉她回来，她在路上，还流着满脸的眼泪鼻涕，在很伤心地呜咽。这一出赖婚的怪剧，在我只有高兴，本来是并没有什么大不了的，可是由头脑很旧的她看来，却似乎是翁家世代的颜面家声都被他们剥尽了。自此以后，一直下来，将近十年，我和她母子二人，就日日地寡言少笑，相对茕茕，直到前年的冬天，我那妹夫死去，寡妹回来为止，两人所过的，都是些在炼狱里似的沉闷的日子。

说起我那寡妹，她真也是前世不修。人虽则很长大，身体虽则很强壮，但她的天性，却永远是一个天真活泼的小孩子。嫁过去那一年，来回郎②的时候，她还是笑嘻嘻地如同上城里去了一趟回来了的样子，但双满月之后，到年下边回来的时候，从来不晓得悲泣的她，竟对我母亲掉起眼泪来了。她夫家的公公虽则还好，但婆婆的繁言吝啬、小姑的刻薄尖酸和男人的放荡凶暴，使她一天到晚过不到一刻安闲自在的生活。工作操劳本系她在家里的时候

---

① 传红：旧时订婚男女两家互送约书和信物。
② 回郎：即回门，新婚夫妇婚后探视女方父母的习俗，各地名称不一，杭州称"回郎"。

所惯习的，倒并不以为苦，所最难受的，却是多用一支火柴，也要受婆婆责备的那一种俭约到不可思议的生活状态。还有两位小姑，左一句尖话，右一句毒语，仿佛从前我娘的不准他们早来迎娶，致使她们的哥哥染上了游荡的恶习，在外面养起了女人这一件事情，完全是我妹妹的罪恶。结婚之后，新郎的恶习，仍旧改不过来，反而是在城里他那旧情人家里过的日子多，在新房里过的日子少。这一笔账，当然又要写在我妹妹的身上。婆婆说她不会侍奉男人，小姑们说她不会劝，不会骗。有时候公公看得难受，替她申辩一声，婆婆就尖着喉咙，要骂上公公的脸去："你这老东西！脸要不要，脸要不要，你这扒灰①老！"因我那妹夫，过的是这一种不自然的生活，所以前年夏天，就染了急病死掉了，于是我那妹妹又多了一个克夫的罪名。妹妹年轻守寡，公公少不得总要对她客气一点，婆婆在这里就算抓住了扒灰的证据，三日一场吵，五日一场闹，还是小事，有几次在半夜里，两老夫妇还会大哭大骂地喧闹起来。我妹妹于有一回被骂被逼得特别厉害的争吵之后，就很坚决地搬回到了家里来住了。自从她回来之后，我娘非但得到了一个很大的帮手，就是我们家里的沉闷的空气，也缓和了许多。

　　这就是和你别后，十几年来，我在家里所过的生活的大概。平时非但不上城里去走走，当风雪盈途的冬季，我和我娘简直有好几个月不出门外的时候。我妹妹回来之

---

① 扒灰：指公公与儿媳通奸。

后，生活又约略变过了。多年不做的焙茶事业，去年也竟出产了一二百斤。我的身体，经了十几年的静养，似乎也有一点把握了。从今年起，我并且在山上的晏公祠里参加入了一个训蒙①的小学，居然也做了一位小学教师。但人生是动不得的，稍稍一动，就如滚石下山，变化便要接连不断地簇生出来。我因为在教书，而家里头又勉强地干起了一点事业，今年夏季居然又有人来同我议婚了。新娘是近邻乡村里的一位老处女，今年二十七岁，家里虽称不得富有，可也是小康之家。这位新娘，因为从小就读了些书，曾在城里进过学堂，相貌也还过得去——好几年前，我曾经在一处市场上看见过她一眼的——故而高不凑，低不就，等闲便度过了她的锦样的青春。我在教书的学校里的那位名誉校长——也是我们的同族——本来和她是旧亲，所以这位校长就在中间做了个传红线的冰人②。我独居已经惯了，并且身体也不见得分外强健，若一结婚，难保得旧病的不会复发，故而对这门亲事，当初是断然拒绝了的。可是我那年老的母亲，却仍是雄心未死，还在想我结一头亲，生下几个玉树芝兰③来，好重振重振我们的这已经坠落了很久的家声，于是这亲事就又同当年生病的时候服草药一样，勉强地被压上我的身上来了。我哩，本来也已经入了中年了，百事原都看得很穿，又加以这十几年的疏散和无为，觉得在这世上任你什么也没甚大不了的事

---

① 训蒙：教导初入学的人或孩童。

② 冰人：旧时用来代称媒人。

③ 玉树芝兰：玉树：用玉做的树；芝兰：香草。比喻有出息的子弟。

情，落得随随便便地过去，横竖是来日也无多了。只叫我母亲喜欢的话，那就是我稍稍牺牲一点意见也使得。于是这婚议，就在很短的时间里，成熟得妥妥帖帖，现在连迎娶的日期也已经拣好了，是旧历九月十二。

是因为这一次的结婚，我才进城里去买东西，才发现了多年不见的你这老友的存在，所以结婚之日，我想请你来我这里吃喜酒，大家来谈谈过去的事情。你的生活，从你的日记和著作中看来，本来也是同云游的僧道一样的。让出一点工夫来，上这一区僻静的乡间来住几日，或者也是你所喜欢的事情。你来，你一定来，我们又可以回顾回顾一去而不复返的少年时代。

我娘的房间里，有起响动来了，大约天总就快亮了罢。这一封信，整整地费了我一夜的时间和心血，通宵不睡，是我回国以后十几年来不曾有过的经验，你单只看取了我的这一点热忱，我想你也不好意思不来。

啊，鸡在叫了，我不想再写下去了，还是让我们见面之后再来谈罢！

一九三二年九月　翁则生上

刚在北平住了个把月，重回到上海的翌日，和我进出的一家书铺里，就送了这一封挂号加邮托转交的厚信来。我接到了这信，捏在手里，起初还以为是一位我认识的作家，寄了稿子来托我代售的。但翻转信背一看，却是杭州翁家山的翁某某所发，我立时就想起了那位好学不倦，面容妩媚，多年不相闻问的旧同学老翁。他的名字叫翁矩，则生是他的小名。人生得矮小娟秀，皮色也很白净，因而看起来总觉得比他的实际年龄要小五六岁。在我们的一班里，算他的年纪最小，操体操的时候，总是他立在最后的，但实际上他也只不过比我小了两岁。那一年寒假之后，和他同去房州避寒，他的左肺尖，已经被结核菌损蚀得很厉害了。住不上几天，一位也住在那近边养肺病的日本少女，很热烈地和他要好了起来，结果是那位肺病少女因兴奋而病剧，他也就同失了舵的野船似的迂回到了中国。以后一直十多年，我虽则在大学里毕了业，但关于他的消息，却一向还不曾听见有人说起过。拆开了这封长信，上书室去坐下，从头至尾细细读完之后，我呆视着远处，茫茫然如失了神的样子，脑子里也触起了许多感慨与回思。我远远地看出了他的那种柔和的笑容，听见了他的沉静而又清澈的声气。直到天将暗下去的时候，我一动也不动，还坐在那里呆想，而楼下的家人却来催吃晚饭了。在吃晚饭的中间，我就和家里的人谈起了这位老同学，将那封长信的内容约略说了一遍。家里的人，就劝我落得上杭州去旅行一趟，像这样的秋高气爽的时节，白白地消磨在煤烟灰土很深的上海，实在有点可惜，有此机会，落得去吃吃他的喜酒。

第二天仍旧是一天晴和爽朗的好天气，午后二点钟的时候，我已经到了杭州城站，在雇车上翁家山去了。但这一天，似乎是上海各洋行与机关的放假的日子，从上海来杭州旅行的人，特别的多。城站前面停在那里候客的黄包车，都被火车上下来的旅客雇走了，不得已，我就只好上一家附近的酒店去吃午饭。在吃酒的当中，问了问堂倌以去翁家山的路径，他便很详细地指示我说：

"你只教坐黄包车到旗下的陈列所，搭公共汽车到四眼井下来走上去好了。你又没有行李，天气又这么的好，坐黄包车直去是不上算的。"

得到了这一个指教，我就从容起来了，慢慢地喝完了半斤酒，吃了两大碗饭，从酒店出来，便坐车到了旗下。恰好是三点前后的光景，湖六段的汽车刚载满了客人，要开出去。我到了四眼井下车，从山下稻田中间的一条石板路走进满觉陇去的时候，太阳已经平西到了三五十度斜角度的样子，是牛羊下山、行人归舍的时刻了。在满觉陇的狭路中间，果然遇见了许多中学校的远足归来的男女学生的队伍。上水乐洞口去坐了喝了一碗清茶，又拉住了一位农夫，问了声翁则生的名字，他就晓得得很详细似的告诉我说：

"是山上第二排的朝南的一家，他们那间楼房顶高，你一上去就可以看得见的。则生要讨新娘子了，这几天他们正在忙着收拾。这时候则生怕还在晏公祠的学堂里哩。"

谢过了他的好意，付过了茶钱，我就顺着上烟霞洞去的石级，一步一步地走上了山去。渐走渐高，人声人影是没有了，在将暮的晴天之下，我只看见了许多树影。在半山亭里立住歇了一歇，回头向东南一望，看得见的，只是些青葱的山和如云的树，在这些绿树丛中又是些这儿几点、那儿一簇的屋瓦与白墙。

"啊啊，怪不得他的病会得好起来了，原来翁家山是在这样的一个好地方。"

烟霞洞我儿时也曾来过的，但当这样晴爽的秋天，于这一个西下夕阳东上月的时刻，独立在山中的空亭里，来仔细赏玩景色的机会，却还不曾有过。我看见了东天的已经满过半弓的月亮，心里正在羡慕翁则生他们老家的处地的幽深，而从背后又吹来了一阵微风，里面竟含满着一种说不出的撩人的桂花香气。

"啊……"

我又惊异了起来：

"原来这儿到这时候还有桂花？我在以桂花著名的满觉陇里，倒不曾看到，反而在这一块冷僻的山里面来闻吸浓香，这可真也是奇事了。"

这样的一个人独自在心中惊异着，闻吸着，赏玩着，我不知在那空亭里立了多少时候。突然从脚下树丛深处，却幽幽的有晚钟声传过来了，"东嗡、东嗡"的这钟声实在真来得缓慢而凄清。我听得耐不住了，拔起脚跟，一口气就走上了山顶，走到了那个山下农夫曾经教过我的烟霞洞西面翁则生家的近旁。约莫离他家还有半箭路远时候，我一面喘着气，一面就放大了喉咙向门里面叫了起来：

"喂，老翁！老翁！则生！翁则生！"

听见了我的呼声，从两扇关在那里的腰门里开出来答应的却不是被我所唤的翁则生自己，而是我从来也没有见过面的，比翁则生略高三五分的样子，身体强健，两颊微红，看起来约莫有二十四五的一位女性。

她开出了门，一眼看见了我，就立住脚惊疑似的略呆了一呆。同时我看见她脸上却涨起了一层红晕，一双大眼睛眨了几眨，深深地吞了一口气。她似乎已经镇静下去了，便很腼腆地对我一笑。在这一脸柔和的笑容里，我立时就看到了翁则生的面相与神气，当然她是则生的妹妹无疑了，走上了一步，我就也笑着问她说：

"则生不在家么？你是他的妹妹不是？"

听了我这一句问话，她脸上又红了一红，柔和地笑着，半俯了头，她方才轻轻地回答我说：

"是的，大哥还没有回来，你大约是上海来的客人罢？吃中饭的时候，大哥还在说哩！"

这沉静清澈的声气，也和翁则生的一色而没有两样。

"是的，我是从上海来的。"

我接着说：

"我因为想使则生惊骇一下，所以电报也不打一个来通知，接到他的信后，马上就动身来了。不过你们大哥的好日也太逼近了，实在可也没有写一封信来通知的时间余裕。"

"你请进来罢，坐坐吃碗茶，我马上去叫了他来。怕他听到了你来，真要惊喜得像疯了一样哩。"

走上台阶，我还没有进门，从客堂后面的侧门里，却走出了一位头发雪白、面貌清癯，大约有六十内外的老太太来。她的柔和的笑容，也是和她的女儿儿子的笑容一色一样的。似乎已经听见了我们在门口所交换过的谈话了，她一开口就对我说：

"是郁先生么？为什么不写一封快信来通知？则生中午还在说，说你若要来，他打算进城上车站去接你去的。请坐，请坐，晏公祠只有十几步路，让我去叫他来罢，怕他真要高兴得像什么似的哩。"说完了，她就朝向了女儿，吩咐她上厨下去烧碗茶来。她自己却踏着很平稳的脚步，走出大门，下台阶去通知则生去了。

"你们老太太倒还轻健得很。"

"是的，她老人家倒还好。你请坐罢，我马上起了茶来。"

她上厨下去起茶的中间，我一个人，在客堂里倒得了一个细细观察周围的机会。则生他们的住屋，是一间三开间而有后轩后厢房的楼房。前面阶沿外走落台阶，是一块可以造厅造厢楼的大空地。走过这块数丈见方的空地，再下两级台阶，便是村道了。越村道而下，再低数尺，又是一排人家的房子。但这一排房子，因为都是平屋，所以挡不杀翁则生他们家里的眺望。立在翁则生家的空地里，前山后山的山景，是依旧历历可见的。屋前屋后，一段一段的山坡

169

上，都长着些不大知名的杂树。三株两株夹在这些杂树中间，树叶短狭，叶与细枝之间，满撒着锯末似的黄点的，却是木樨花树。前一刻在半山空亭里闻到的香气，源头原来就系出在这一块地方的。太阳似乎已下了山，澄明的光里，已经看不见日轮的金箭，而山脚下的树梢头，也早有一带晚烟笼上了。山上的空气，真静得可怜，老远老远的山脚下的村里，小儿在呼唤的声音，也清晰地听得出来。我在空地里立了一会，背着手又踱回到了翁家的客厅，向四壁挂在那里的书画一看，却使我想起了翁则生信里所说的事实。琳琅满目挂在那里的东西，果然是件件精致，不像是乡下人家的俗恶的客厅。尤其使我看得有趣的，是陈豪①写的一堂《归去来辞》的屏条，墨色的鲜艳，字迹的秀腴，有点像董香光而更觉得柔媚。翁家的世代书香，只需上这客厅里来一看就可以知道了。我立在那里看字画还没有看得周全，忽而背后门外老远地就飞来了几声叫声：

"老郁！老郁！你来得真快！"

翁则生从小学校里跑回来了，平时总很沉静的他，这时候似乎也感到了一点兴奋。一走进客堂，他握住了我的两手，尽在喘气，有好几秒钟说不出话来。等落在后面的他娘走到的时候，三人才各放声大笑了起来。这时候他妹妹也已经将茶烧好，在一个朱漆盘里放着三碗搬出来摆上桌子来了。

"你看，则生这小孩，他一听见我说你到了，就同猴子似的跳回来了。"他娘笑着对我说。

"老翁！说你生病生病，我看你倒仍旧不见得衰老得怎么样，两人比较起来，怕还是我老得多哩？"

---

① 陈豪：清代诗人、书画家。

我笑说着，将脸朝向了他的妹妹，去征她的同意。她笑着不说话，只在守视着我们的欢喜笑乐的样子。则生把头一扭，向他娘指了一指，就接着对我说：

"因为我们的娘在这里，所以我不敢老下去吓。并且媳妇儿也还不曾娶到，一老就得做老光棍了，那还了得！"

经他这么一说，四个人重又大笑起来了，他娘的老眼里几乎笑出了眼泪。则生笑了一会，就重新想起了似的替他妹妹介绍：

"这是我的妹妹，她的事情，你大约是晓得的罢？我在那信里是写得很详细的。"

"我们可不必你来介绍了，我上这儿来，头一个见到的就是她。"

"噢，你们倒是有缘啊！莲，你猜这位郁先生的年纪，比我大呢，还是比我小？"

他妹妹听了这一句话，面色又涨红了，正在嗫嚅困惑的中间，她娘却止住了笑，问我说：

"郁先生，大约是和则生上下年纪罢？"

"哪里的话，我要比他大得多哩。"

"娘，你看还是我老呢，还是他老？"

则生又把这问题转向了他的母亲。他娘仔细看了我一眼，就对他笑骂般地说：

"自然是郁先生来得老成稳重，谁更像你那样的不脱小孩子脾气呢！"

说着，她就走近了桌边，举起茶碗来请我喝茶。我接过来喝了一口，在茶里又闻到了一种实在是令人欲醉的桂花香气。掀开了茶碗盖，我俯首向碗里一看，果然在绿莹莹的茶水里散点着有一粒一粒的金黄的花瓣。则生以为我在看茶叶，自己拿起了一碗喝了一口，他就对我说：

"这茶叶是我们自己制的，你说怎么样？"

"我并不在看茶叶，我只觉这触鼻的桂花香气，实在可爱得很。"

"桂花吗？这茶叶里的还是第一次开的早桂，现在在开的迟桂花，才有味哩！因为开得迟，所以日子也经得久。"

"是的是的，我一路上走来，在以桂花著名的满觉陇里，倒闻不着桂花的香气。看看两旁的树上，都只剩了一簇一簇的淡绿的桂花托子了，可是到了这里，却同做梦似的，所闻吸的尽是这种浓艳的气味。老翁，你大约是已经闻惯，不觉得什么罢？我……我……"

说到了这里，我自家也忍不住笑了起来。则生尽管在追问我：

"你怎么样？你怎么样？"

到了最后，我也只好说了：

"我，我闻了，似乎要起性欲冲动的样子。"

则生听了，马上就大笑了起来，他的娘和妹妹虽则并没有明确地了解我们的说话的内容，但也晓得我们是在说笑话，母女俩便含着微笑，上厨下去预备晚饭去了。

我们两人在客厅上谈谈笑笑，竟忘记了点灯，一道银样的月光，从门里晒进来了。则生看见了月亮，就站起来想去拿煤油灯，我却止住了他，说：

"在月光底下清谈，岂不是很好么？你还记不记得起，那一年在井之头公园里的一夜游行？"

所谓那一年者，就是翁则生患肺病的那一年秋天。他因为用功过度，变成了神经衰弱症。有一天，他课也不去上，竟独自一个在公寓里发了一天的疯。到了傍晚，他饭也不吃，从公寓里跑出去了。我接到了公寓主人的注意，下学回来，就远远地在守视着他，看他走出了公寓，就也追踪着他，远远地跟他一道到了井之头公园。从东京到井之头公园去的高架电车，本来是有前后的两乘，所以在电车上，我和他并不遇着。直到下车出车站之后，我假装无意中和他冲见了似的同他招呼了。他红着双颊，问我这时候上这野外来干什么，我说是来看月亮的，记得那一晚正是和这天一样的有月亮的晚上。两人笑了一笑，就一道地在井之头公园的树林里走到了夜半方才回来。后来听他的自白，他是在那一天晚上想到井之头公园去自杀的，但因为遇见了我，谈了半夜，胸中的烦闷，有一半消散了，所以就同我一道又转了回来。"无限胸中烦闷事，一宵清话又成空！"他自白的时候，还念出了这两句诗来，借作解嘲。以后他就因伤风而发生了肺炎，肺炎愈后，就一直地为结核菌所压倒了。

谈了许多怀旧话后，话头一转，我就提到了他的这一回的喜事。

"这一回的喜事么？我在那信里也曾和你说过。"

谈话的内容，一从空想追怀转向了现实，他的声气就低了下去，又回复了他旧日的沉静的态度。

"在我是无可无不可的，对这事情最起劲的，倒是我的那位年老的娘。这一回的一切准备麻烦，都是她老人家在替我忙的。这半个月中间，她差不多日日跑城里。现在是已经弄得完完全全，什么都预备好了，明朝一日，就要来搭灯彩，下午是女家送嫁妆来，后天就是正日。可是老郁，有一件事情，我觉得很难受，就是莲儿——这是我妹妹的小名——近来，似乎是很不高兴的样子，她话虽则不说，但因为她是很天真的缘故，所以在态度上表情上处处我都看得出来。你是初同她见面，所以并不觉得什么，平时她着实要活泼哩，简直活泼得同现代的那些时髦女郎一样，不过她的活泼是天性的纯真，而那些现代女郎，却是学来的时髦。……按说哩，这心绪的恶劣，也是应该的，她虽则是一个纯真的小孩子，但人非木石，究竟总有一点感情，看到了我们这里的婚事热闹，无论如何，总免不得要想起她自己的身世凄凉的。并且还有一个最重要的动机，仿佛是她在觉得自己今后的寄身无处。这儿虽是娘家，但她却是已经出过嫁的女儿了，哥哥讨了嫂嫂，她还有什么权利再寄食在娘家呢？所以我当这婚事在谈起的当初，就一次两次地对她说过了，不管它怎样，她总是我的妹妹，除非她要再嫁，则没有话说，要是不然的话，那她是一辈子有和我同居，和我对分财产的权利的，请她千万不要自己感到难过。这一层意思，她原也明白，我的性情，她是晓得的，可是不晓得怎，她近来似乎总有点不大安闲的样子。你来得正好，顺便也可以劝劝她。并且明天发嫁妆结灯彩之类的事情，怕她看了又要想到自己的身世，我想明朝一早就叫她陪你出去玩去，省得她在家里一个人在暗中受苦。"

"那好极了，我明天就陪她出去玩一天回来。"

"那可不对，假使是你陪她出去玩的话，那是形迹更露，愈加要使她难堪。非要装作是你要她去作陪不行。仿佛是你想出去玩，但我却没有工夫陪你，所以只好勉强请她和你一道出去。要这样，她才安逸。"

"好，好，就这么办，明天我要她陪我去逛五云山去。"

正谈到了这里，他的那位老母从客室后面的那扇侧门里走出来了，看到了我们坐在微明灰暗的客室里谈天，她又笑了起来说：

"十几年不见的一段总账，你们难道想在这几刻工夫里算它清来么？有什么话谈得那么起劲，连灯都忘了点一点？则生，你这孩子真像是疯了，快立起来，把那盏保险灯点上。"

说着她又跑回到了厨下，去拿了一盒火柴出来。则生爬上桌子，在点那盏悬在客室正中的保险灯的时候，她就问我吃晚饭之先，要不要喝酒。则生一边在点灯，一边就从肩背上叫他娘说：

"娘，你以为他也是肺痨病鬼么？郁先生是以喝酒出名的。"

"那么你快下来去开坛去罢，今天挑来的那两坛酒，不晓得好不好，请郁先生尝尝看。"

他娘听了他的话后，就也昂起了头，一面在看他点灯，一面在催他下来去开酒去。

"幸而是酒，请郁先生先尝一尝新，倒还不要紧，要是新娘子，那可使不得。"

他笑说着从桌子上跳了下来，他娘眼睛望着了我，嘴唇却朝着了他啐了一声说：

"你看这孩子，说话老是这样不正经的！"

"因为他要做新郎官了，所以在高兴。"

我也笑着对他娘说了一声，旋转身就一个人踱出了门外，想看一看这翁家山的秋夜的月明，屋内且让他们母子俩去开酒去。

月光下的翁家山，又不相同了。从树枝里筛下来的千条万条的银线，像是电影里的白天的外景。不知躲在什么地方的许多秋虫的鸣唱，骤听之下，满以为在下急雨。白天的热度，日落之后，忽然收敛了，于是草木很多的这深山顶上，就也起了一层白茫茫的透明雾障。山上电灯线似乎还没有接上，远近一家一家看得见的几点煤油灯光，仿佛是大海湾里的渔灯野火。一种空山秋夜的沉默的感觉，处处在高压着人，使人肃然会起一种畏敬之思。我独立在庭前的月光亮里看不上几分钟，心里就有点寒辣辣地怕了起来，回身再走回客室，酒菜杯筷，都已热气蒸腾地摆好在那里候客了。

四个人当吃晚饭的中间，则生又说了许多笑话。因为在前回听取了一番他所告诉我的衷情之后，我于举酒杯的瞬间，偷眼向他妹妹望望，觉得在她的柔和的笑脸上，的确似乎是有一种说不出的悲寂的表情流露在那里的样子。这一餐晚饭，吃尽了许多时间，我因为白天走路走得不少，而谈话之后又感到了一点兴奋，肚子有点饿了，所以酒和菜，竟吃得比平时要多一倍。到了最后将快吃完的当儿，我就向则生提出说：

"老翁，五云山我倒还没有去玩过，明天你可不可以陪我一道去玩一趟？"

则生仍复以他的那种滑稽的口吻回答我说：

"到了结婚的前一日，新郎官哪里走得开呢，还是改天再去罢。等新娘子来了之后，让新郎新娘抬了你去烧香，也还不迟。"

我却仍复主张着说，明天非去不行。则生就说：

"那么替你去叫一顶轿子来，你坐了轿子去，横竖是明天轿夫会来的。"

"不行不行，游山玩水，我是喜欢走的。"

"你认得路么？"

"你们这一种乡下的僻路，我哪里会认得呢？"

"那就怎么办呢？……"

则生抓着头皮，脸上露出了一脸为难的神气。停了一二分钟，他就举目向他的妹妹说：

"莲！你怎么样？你是一位女豪杰，走路又能走，地理又熟悉，你替我陪了郁先生去怎么样？"

他妹妹也笑了起来，举起眼睛来向她娘看了一眼。接着她娘就说：

"好的，莲，还是你陪了郁先生去罢，明天你大哥是走不开的。"

我一看她脸上的表情，似乎已经有了答应的意思了，所以又追问了她一声说：

"五云山可着实不近哩，你走得动的么？回头走到半路，要我来背，那可办不到。"

她听了这话，就真同从心坎里笑出来的一样笑着说：

"别说是五云山，就是老东岳，我们也一天要往返两次哩。"

从她的红红的双颊，挺突的胸脯，和肥圆的肩臂看来，这句话也绝不是她夸的大口。吃完晚饭，又谈了一阵闲天，我们因为明天各有忙碌的操作在前，所以一早就分头到房里去睡了。

山中的清晓，又是一种特别的情景。我因为昨天夜里多喝了一点酒，上床去一睡，就同大石头掉下海里似的，一直就醋睡到了天明。窗外面吱吱唧唧的鸟声喧噪得厉害，我满以为还是夜半，月明将野鸟惊醒了，但睁开眼掀开帐子来一望，窗内窗外已饱浸着晴天爽朗的清晨光线，窗子上面的一角，却已经有一缕朝阳的红箭射到了。急忙滚出了被窝，穿起衣服，跑下楼去一看，他们母子三人，也已梳洗得妥妥服服，说是已经在做了个把钟头的事情之后，平常他们总是于五点钟前后起床的。这一种日出而作、日入而息的山中住民的生活秩序，又使我对他们感到了无穷的敬意。四人一道吃过了早餐，我和则生的妹妹，就整了一整行装，预备出发。临行之际，他娘又叫我等一下子，她很迅速地跑上楼上去取了一支黑漆手杖下来，说，这是则生生病的时候用过的，走山路的时候，用它来撑扶撑扶，气力要省得多。我谢过了她的好意，就让则生的妹妹上前带路，走出了他们的大门。

早晨的空气，实在澄鲜得可爱。太阳已经升高了，但它的领域，还只限于屋檐、树梢、山顶等突出的地方。山路两旁的细草上，露水还没有干，而一味清凉触鼻的绿色草气，和入在桂花香味之中，闻了好像是宿梦也能摇醒的样子。起初还在翁家山村内走着，则生的妹妹，对村中的同性，三步一招呼、五步一立谈地应接得忙不暇给。走尽了这村子的最后一家，沿了入谷的一条石板路走上下山面的时候，遇见的人也没有了，前面的眺望，也转换了一个样子。朝我们去的方向看去，原又是冈峦的起伏和别墅的纵横，但稍一住脚，掉头向东面一望，一片同呵了一口气的镜子似的湖光，却躺在眼下了。远远从两山之间的谷顶望去，并且还看得出一角城里的人家，隐约藏躲在尚未消尽的湖雾当中。

我们的路先朝西北，后又向西南，先下了山坡，后又上了山背，因为今天有一天的时间，可以供我们消磨，所以一离了村境，我就走得特别地慢。每这里看看、那里看看的，看个不住。若看见了一件稍可注意的东西，那不管它是风景里的一点一堆、一山一水，或植物界的一草一木与动物界的一鸟一虫，我总要拉住了她，寻根究底地问得它仔仔细细。说也奇怪，小时候只在村里的小学校里念过四年书的她——这是她自己对我说的——对于我所问的东西，却没有一样不晓得的。关于湖上的山水古迹、庙宇楼台哩，那还不要去管它，大约是生长在西湖附近的人，个个都能够说出一个大概来的，所以她知道得那么详细，倒还在情理之中，但我觉得最奇怪的，却是她的关于这西湖附近的区域之内的种种动植物的知识。无论是如何小的一只鸟、一个虫、一株草、一棵树，她非但各能把它们的名字叫出来，并且连几时孵化，几时他迁，几时鸣叫，几时脱壳，或几时开花，几时结实，花的颜色如何，果的味道如何等，都说得非常有趣而详尽，使我觉得仿佛是在读一部活的桦候脱的《赛儿鹏自然史》（G.White's *Natural History and Antiquities of Selborne* ）。而桦候脱的书，却绝没有叙述得她那么朴质自然而富于刺激，因为听听她那种舒徐清澈的语气，看看她那一双天生成像饱使过耐吻胭脂棒般的红唇，更加上以她所特有的那一脸微笑，在知识分子之外还不得不添一种情的成分上去，于书的趣味之上更要兼一层人的风韵在里头。我们慢慢地谈着天，走着路，不上一个钟头的光景，我竟恍恍惚惚，像又回复了青春时代似的完全为她迷倒了。

她的身体，也真发育得太完全，穿的虽是一件乡下裁缝做的不大合式的大绸夹袍，但在我的前面一步一步地走去，非但她的肥突的后部、紧密的腰部，和斜圆的胫部的曲线，看得要簇生异想，就是她的两只圆而且软的肩膊，多看一歇，也要使我贪鄙起来。立在她的前面和她讲话哩，则那一双水汪汪的大眼，那一个隆正的尖鼻，那一张红白相间的椭圆嫩脸，和因走路走得气急，一呼一吸涨落得特别快的那个高突的胸脯，又要使我恼杀。还有她那一头不曾剪去的黑发哩，梳的虽然是一个自在的懒髻，但一映到了她那个圆而且白的额上，和短而且腴的颈际，看起来，又格外地动人。总之，我在昨天晚上，不曾在她身上发现的康健和自然的美点，今天因这一回的游山，完全被我观察到了。此外我又在她的谈话之中，证实了翁则生也和我曾经讲到过的她的生性的活泼与天真。譬如我问她今年几岁了。她说，二十八岁。我说这真看不出，我起初还以为你只有二十三四岁。她说，女人不生产是不大会老的。我又问她，对于则生这一回的结婚，你有点什么感触。她说，另外也没有什么，不过以后长住在娘家，似乎有点对不起大哥和大嫂。像这一类的纯粹真率的谈话，我另外还听取了许多许多，她的朴素的天性，真真如翁则生之所说，是一个永久的小孩子的天性。

爬上了龙井狮子峰下的一处平坦的山顶，我于听了一段她所讲的如何栽培茶叶，如何摘取焙烘，与那时候的山家生活的如何紧张而有趣的故事之后，便在路旁的一块大岩石上坐下了。遥对着在晴天下太阳光里躺着的杭州城市，和近水遥山，我的双眼只凝视着苍空的一角，有半晌不曾说话。一边在我的脑里，却只在回想着德国的一位名延牛（Jenson）的作家所著的一部小说《野紫薇爱立喀》（*Die Braune Erika*）。这小说后来又有一位英国的作家哈特生（Hudson）模仿了，写了一部《绿阴》（*Green Mansions*）。两部小说里所描写的，都是一个极可爱的生长在原野里的天真的女性，而女主人公的结果，后来都是不大好的。我沉默着痴想了好久，她却从我背后用了她那只肥软的右手很自然地搭上了我的肩膀。

"你一声也不响地在那里想什么？"

我就伸上手去把她的那只肥手捏住了，一边就扭转了头微笑着看入了她的那双大眼，因为她是坐在我的背后的。我捏住了她的手又默默对她注视了一分钟，但她的眼里脸上却丝毫也没有羞惧兴奋的痕迹出现。她的微笑，还依旧同平时一点儿也没有什么的笑容一样。看了我这一种奇怪的形状，她过了一歇，反又很自然地问我说：

"你究竟在那里想什么？"

倒是我被她问得难为情起来了，立时觉得两颊就潮热了起来。先放开了那只被我捏住在那儿的她的手，然后干咳了两声，最后我就鼓动了勇气，发了一声同被绞出来似的答语：

"我……我在这儿想你！"

"是在想我的将来如何地和他们同住么？"

她的这句反问，又是非常的率真而自然，满以为我是在为她设想的样子。我只好沉默着把头点了几点，而眼睛里却酸溜溜的觉得有点热起来了。

"啊，我自己倒并没有想得什么伤心，为什么，你，你却反而为我流起眼泪来了呢？"

她像吃了一惊似的立了起来问我，同时我也立起来了，且在将身体起立的行动当中，乘机拭去了我的眼泪。我的心地开朗了，欲情也净化了，重复向南慢慢走上岭去的时候，我就把刚才我所想的心事，尽情告诉了她。我将那两部小说的内容讲给了她听，我将我自己的邪心说了出来，我对于我刚才所触动的那一种自己的心情，更下了一个严正的批判，末后，便这样地对她说：

"对于一个洁白得同白纸似的天真小孩，而加以玷污，是不可赦免的罪恶。我刚才的一念邪心，几乎要使我犯下这个大罪。幸亏是你的那颗纯洁的心，那颗同高山上的深雪似的心，却救我出了这一个险。不过我虽则犯罪的形迹没有，但我的心，却是已经犯过罪的。所以你要罚我的话，就是处我以死刑，我也毫无悔恨。你若以为我是那样卑鄙，而将来永没有改善的希望的话，那今天晚上回去之后，向你大哥母亲，将我的这一种行为宣布了也可以。不过你若以为这是我的一时糊涂，将来是永也不会再犯的话，那请你相信我的誓言，以后请你当我作你大哥一样那么的看待，你若有急有难，有不了的事情，我总情愿以死来代替着你。"

当我在对她作这些忏悔的时候，两人起初是慢慢在走的，后来又在路旁坐下了。说到了最后的一节，倒是她反同小孩子似的发着抖，捏住了我的两手，倒入了我的怀里，呜呜咽咽地哭了起来。我等她哭了一阵之后，就拿出了一块手帕来替她揩干了眼泪，将我的嘴唇轻轻地搁到了她的头上。两人偎抱着沉默了好久，我又把头俯了下去，问她，我所说的这段话的意思，究竟明白了没有。她眼看着了地上，把头点了几点。我又追问了她一声：

"那么你承认我以后做你的哥哥了不是？"

她又俯视着把头点了几点，我撒开了双手，又伸出去把她的头捧了起来，使她的脸正对着我。对我凝视了一会，她的那双泪珠还没有收尽的水汪汪的眼睛，却笑起来了。我乘势把她一拉，就同她挽着手并立了起来。

"好，我们是已经决定了，我们将永久地结作最亲爱最纯洁的兄妹。时候已经不早了，让我们快一点走，赶上五云山去吃午饭去。"

我这样说着，挽着她向前一走，她也恢复了早晨刚出发的时候的元气，和我并排着走向了前面。

两人沉默着向前走了几十步之后，我侧眼向她一看，同奇迹似的忽而在她的脸上看出了一层一点儿忧虑也没有的满含着未来的希望和信任的圣洁的光耀来。这一种光耀，却是我在这一刻以前的她的脸上从没有看见过的。我愈看愈觉得对她生起敬爱的心思来了，所以不知不觉，在走路的当中竟接连着看了她好几眼。本来只是笑嘻嘻地在注视着前面太阳光里的五云山的白墙头的她，因为我的脚步的迟乱，似乎也感觉到了我的注意力的分散了，将头一侧，她的双眼，却和我的视线接成了两条轨道。她又笑起来了，同时也放慢了脚步。再向我看了一眼，她才腼腆地开始问我说：

"那我以后叫你什么呢？"

"你叫则生叫什么，就叫我也叫什么好了。"

"那么——大哥！"

"大哥"的两字，是很急速地紧连着叫出来的，听到了我的一声高声的"啊！"的应声之后，她就涨红了脸，撒开了手，大笑着跑上前面去了。一面跑，一面她又回转头来，"大哥！""大哥！"地接连叫了我好几声。等我一面叫她别跑，一面我自己也跑着追上了她背后的时候，我们的去路已经变成了一条很窄的石岭，而五云山的山顶，看过去也似乎是很近了。仍复了平时的脚步，两人分着前后，在那条窄岭上缓步的当中，我才觉得真真是成了她的哥哥的样子，满含着了慈爱，很正经地吩咐她说：

"走得小心，这一条岭多么险啊！"

走到了五云山的财神殿里，太阳刚当正午，庙里的人已经在那里吃中饭了。我们因为在太阳底下的半天行路，口已经干渴得像旱天的树木一样，所以一进客堂去坐下，就叫他们先起茶来，然后再开饭给我们吃。洗了一个手脸，喝了两三碗清茶，静坐了十几分钟，两人的疲劳兴奋，都已平复了过去，这时候饥饿却抬起头来了，于是就又催他们快点开饭。这一餐只我和她两人对食的五云山上的中餐，对于我正敌得过英国诗人所幻想着的亚力山大①王的高宴。若讲到心境的满足、和谐，与食欲的高潮亢进，那恐怕亚力山大王还远不及当时的我。

吃过午饭，管庙的和尚又领我们上前后左右去走了一圈。这五云山，实在是高，立在庙中阁上，开窗向东北一望，湖上的群山，都像是青色的土堆了。本来西湖的山水的妙处，就在于它的比舞台上的布景又真实伟大一点，而比各处的名山大川又同盆景似的整齐渺小一点这地方。而五云山的气概，却又完全不同了。以其山之高与境的僻，一般脚力不健的游人是不会到的，就在这一点上，五云

---

① 亚力山大：今译"亚历山大"。

山已略备着名山的资格了，更何况前面远处，蜿蜒盘曲在青山绿野之间的，是一条历史上也着实有名的钱塘江水呢？所以若把西湖的山水，比作一只锁在铁笼子里的白熊来看，那这五云山峰与钱塘江水，便是一只深山的野鹿。笼里的白熊，是只能满足满足胆怯无力者的冒险雄心的；至于深山的野鹿，虽没有高原的狮虎那么雄壮，但一股自由奔放之情，却可以从它那里摄取得来。

我们在五云山的南面又看了一会钱塘江上的帆影与青山，就想动身上我们的归路了，可是举起头来一望，太阳还在中天，只西偏了没有几分。从此地回去，路上若没有耽搁，是不消两个钟头就能到翁家山上的；本来是打算出来把一天光阴消磨过去的我们，回去得这样的早，岂不是辜负了这大好的时间了么？所以走到了五云山西南角的一条狭路边上的时候，我就又立了下来，拉着了她的手亲亲热热地问了她一声：

"莲，你还走得动走不动？"

"起码三十里路总还可以走的。"

她说这句话的神气，是富有着自信和决断，一点也不带些夸张卖弄的风情，真真是自然到了极点，所以使我看了不得不伸上手去，向她的下巴底下拨了一拨。她怕痒，缩着头颈笑起来了，我也笑开了大口，对她说：

"让我们索性上云栖去罢！这一条是去云栖的便道，大约走下去，总也没有多少路的，你若是走不动的话，我可以背你。"

两人笑着说着，似乎只转瞬之间，已经把那条狭窄的下山便道走尽了大半了。山下面尽是些绿玻璃似的翠竹，西斜的太阳晒到了这条坞里，一种又清新又寂静的淡绿色的光同清水一样，满浸在这附近的空气里在流动。我们到了云栖寺里坐下，刚喝完了一碗茶，忽而前面的大殿上，有嘈杂的人声起来了，接着就走进了两位穿着分外宽大的黑布和尚衣的老僧来。知客僧便指着他们夸耀似的对我们说：

"这两位高僧，是我们方丈的师兄，年纪都快八十岁了，是从城里某公馆里回来的。"

城里的某巨公，的确是一位佞佛的先锋，他的名字，我本系也听见过的，但我以为同和尚来谈这些俗天，也不大相称，所以就把话头扯了开去，问和尚大殿上的嘈杂的人声，是为什么而起的。知客僧轻鄙似的笑了一笑说：

"还不是城里的轿夫在敲酒钱，轿钱是公馆里付了来的，这些穷人心实在太凶。"

这一个伶俐世俗的知客僧的说话，我实在听得有点厌起来了，所以就要求他说：

"你领我们上寺前寺后去走走罢？"

我们看过了"御碑"及许多石刻之后，穿出大殿，那几个轿夫还在咕噜着没有起身。我一半也觉得走路走得太多了，一半也想给那个知客僧以一点颜色看看，所以就走了上去对轿夫说：

"我给你们两块钱一个人，你们抬我们两人回翁家山去好不好？"

轿夫们喜欢极了，同打过吗啡针后的鸦片嗜好者一样，立时将态度一变，变得有说有笑了。

知客僧又陪我们到了寺外的修竹丛中，我看了竹上的或刻或写在那里的名字诗句之类，心里倒有点奇怪起来，就问他这是什么意思。于是他也同轿夫他们一样，笑眯眯地对我说了一大串话。我听了他的解释，倒也觉得非常有趣，所以也就拿出了五元纸币，递给了他，说：

"我们也来买两枝竹放放生罢！"

说着我就向立在我旁边的她看了一眼，她却正同小孩子得到了新玩意儿还不敢去抚摸的一样，微笑着靠近了我的身边轻轻地问我：

"两枝竹上，写什么名字好？"

"当然是一枝上写你的，一枝上写我的。"

她笑着摇摇头说：

"不好，不好，写名字也不好，两个人分开了写也不好。"

"那么写什么呢？"

"只叫把今天的事情写上去就对。"

我静立着想了一会，恰好那知客僧向寺里去拿的油墨和笔也已经拿到了。我拣取了两株并排着的大竹，提起笔来，就各写上了"郁翁兄妹放生之竹"的八个字。将年月日写完之后，我搁下了笔，回头来问她这八个字怎么样，她真像是心花怒放似的笑着，不说话而尽在点头。在绿竹之下的这一种她的无邪的憨态，又使我深深地，深深地受到了一个感动。

坐上轿子，向西向南地在竹荫之下走了六七里坂道，出梵村，到闸口西首，从九溪口折入九溪十八涧的山坞，登杨梅岭，到南高峰下的翁家山的时候，太阳已经悬在北高峰与天竺山的两峰之间了。他们的屋里，早已挂上了满堂的灯彩，上面的一对红灯，也已经点尽了一半的样子。嫁妆似乎已经在新房里摆好，客厅上看热闹的人，也早已散了。我们轿子一到，则生和他的娘，就笑着迎了出来，我付过轿钱，一跺进门槛，他娘就问我说：

"早晨拿出去的那支手杖呢？"

我被她一问，方才想起，便只笑着摇摇头对她慢声地说：

"那一支手杖么——做了我的祭礼了。"

"做了你的祭礼？什么祭礼？"则生惊疑似的问我。

"我们在狮子峰下，拜过天地，我已经和你妹妹结成了兄妹了。那一支手杖，大约是忘记在那块大岩石的旁边的。"

正在这个时候，先下轿而上楼去换了衣服下来的他的妹妹，也嬉笑着，走到了我们的旁边。则生听了我的话后，就也笑着对他的妹妹说：

"莲，你们真好！我们倒还没有拜堂，而你和老郁，却已经在狮子峰拜过天地了，并且还把我的一支手杖忘掉，作了你们的祭礼。娘！你说这事情应怎么罚罚他们？"

经他这一说，说得大家都笑了起来，我也情愿自己认罚，就认定后日馈房①，算作是我一个人的东道。

这一晚翁家请了媒人，及四五个近族的人来吃酒，我和新郎官，在下面奉陪。做媒人的那位中老乡绅，身体虽则并不十分肥胖，但相貌态度，却也是很富裕的样子。我和他两人干杯，竟干满了十八九杯。因酒有点微醉，而日里的路，也走得很多，所以这一晚睡得比前一晚还要沉熟。

九月十二的那一天结婚正日，大家整整忙了一天。婚礼虽系新旧合掺的仪式，但因两家都不喜欢铺张，所以百事也还比较简单。午后五时，新娘轿到，行过礼后，那位好好先生的媒人硬要拖我出来，代表来宾，说几句话。我推辞不得，就先把我和则生在日本念书时候的交情说了一说，末了我就想起了则生同我说的迟桂花的好处，因而就抄了他的一段话来恭祝他们：

"则生前天对我说，桂花开得愈迟愈好，因为开得迟，所以

①　馈房：馈，音 nuǎn，馈房是古代婚嫁的一种礼节。

经得日子久。现在两位的结婚，比较起平常的结婚年龄来，似乎是觉得大一点了，但结婚结得迟，日子也一定经得久。明年迟桂花开的时候，我一定还要上翁家山来。我预先在这儿计算，大约明年来的时候，在这两株迟桂花的中间，总已经有一株早桂花发出来了。我们大家且等着，等到明年这个时候，再一同来吃他们的早桂的喜酒。"

说完之后，大家就坐拢来吃喜酒。猜猜拳，闹闹房，一直闹到了半夜，各人方才散去。当这一日的中间，我时时刻刻在注意着偷看则生的妹妹的脸色，可是则生所说而我也曾看到过的那一种悲寂的表情，在这一日当中却终日没有在她的脸上流露过一丝痕迹。这一日，她笑的时候，真是乐得难耐似的完全是很自然的样子。因了她的这一种心情的反射的结果，我当然可以不必说，就是则生和他的母亲，在这一日里，也似乎是愉快到了极点。

因为两家都喜欢简单成事的缘故，所以三朝回郎等繁缛的礼节，都在十三那一天白天行完了，晚上馈房，总算是我的东道。则生虽则很希望我在他家里多住几日，可以和他及他的妹妹谈谈笑笑，但我一则因为还有一篇稿子没有作成，想另外上一个更僻静点的地方去作文章，二则我觉得我这一次吃喜酒的目的也已经达到了，所以在馈房的翌日，就离开翁家山去乘早上的特别快车赶回上海。

送我到车站的，是翁则生和他的妹妹两个人。等开车的信号钟将打，而火车的机关头上在吐白烟的时候，我又从车窗里伸出了两手，一只揑着了则生，一只揑着了他的妹妹，很重很重地揑了一回。汽笛鸣后，火车微动了，他们兄妹俩又随车前走了许多步，我也俯出了头，叫他们说：

"则生！莲！再见，再见！但愿得我们都是迟桂花！"

火车开出了老远老远，月台上送客的人都回去了，我还看见他们兄妹俩直立在东面月台篷外的太阳光里，在向我挥手。

一九三二年十月在杭州写

读者注意！这部小说中的人物事迹，当然都是虚拟的，请大家不要误会。

——作者附注

迷 羊

短垣凋敝不关风，吹落残花满地红。

自去自来孤燕子，依依如失主人公。

银烛一曲太妖娇，肠断人间紫玉箫。

漫向金陵寻故事，啼鸦衰柳自无聊。

一

一九××年的秋天，我因为脑病厉害，住在长江北岸的 A 城里养病。正当江南江北界线上的 A 城，兼有南方温暖的地气和北方亢燥的天候，入秋以后，天天只见蓝蔚的高天，同大圆幕似的张在空中。东北两三面城外高低的小山，一例披着了翠色，在阳和的日光里反射。微凉的西北风吹来，往往带着些秋天干草的香气。我尤爱西城外和长江接着的一个菱形湖水旁边的各处小山。早晨起来，拿着几本爱读的书，装满了一袋花生水果香烟，我每到这些小山中没有人来侵犯的地方去享受静谧的空气。看倦了书，我就举起眼睛来看山下的长江和江上的飞帆。有时候深深地吸一口烟，两手支在背后，向后斜躺着身体，缩小了眼睛，呆看着江南隐隐的青山，竟有三十分钟以上不改姿势的时候。有时候伸着肢体，仰卧在和暖的阳光里，看看无穷的碧落，一时会把什么思想都忘记，我就同一片青烟似的不自觉着自己的存在，悠悠地浮在空中。像这样地懒游了一个多月，我的身体渐渐就强壮起来了。

中国养脑病的地方很多，何以庐山不住，西湖不住，偏要寻到这一个交通不十分便利的 A 城里来呢？这是有一个原因的。自从先君去世以后，家景萧条，所以我的修学时代，全仗北京的几位父执[①]倾囊救助。父亲虽则不事生产，潦倒了一生，但是他交的几位朋友，却都是慷慨好义、爱人如己的君子。所以我自十几岁离开故乡以后，他们供给我的学费，每年至少也有五六百块钱的样子。这一次有一位父亲生前最知己的伯父，在 A 省驻节[②]，掌握行政全权。暑假之后，我由京汉车南下，乘长江轮船赴上海，路过 A 城，上岸去一见，他居然留我在署中做伴，并且委了我一个挂名的咨议[③]，每月有不劳而获的两百块钱俸金好领。这时候我刚在北京的一个大学里毕业，暑假前因为用功过度，患了一种失眠头晕的恶症，见他留我的意很殷诚，我也就猫猫虎虎地住下了。

A 城北面去城不远，有一个公园。公园的四周，全是荷花水沼。园中的房舍，系杂筑在水荇青荷的田里，天候晴爽，时有住在城里的富绅闺女和苏扬的幺妓，来此闲游。我因为生性孤僻，并且想静

---

① 父执：父亲的朋友。

② 驻节：旧指高官驻外地执行公务。

③ 咨议：旧时备顾问的幕僚。

养脑病，所以在 A 地住下之后，马上托人关说，就租定了一间公园的茅亭，权当寓舍。然而人类是不喜欢单调的动物，独居在湖上，日日与清风明月相周旋，也有时要感到割心的不快。所以在湖亭里蛰居了几天，我就开始作汗漫的闲行，若不到西城外的小山丛里去俯仰看长江碧落，便也到城中市上，去和那些闲散的居民夹在一块，寻一点小小的欢娱。

是到 A 城以后，将近两个月的一天午后，太阳依旧是明和可爱，碧落依旧是澄清高遥，在西城外各处小山上跑得累了，我就拖了很重的脚，走上接近西门的大观亭去，想在那里休息一下，再进城上酒楼去吃晚饭。原来这大观亭，也是 A 城的一处名所，底下有明朝一位忠臣的坟墓，上面有几处高敞的亭台。朝南看去，越过飞逸的长江，便可看见江南的烟树。北面窗外，就是那个三角形的长湖，湖的四岸，都是杂树低冈。那一天天色很清，湖水也映得格外的沉静，格外的蓝碧。我走上大观亭楼上的时候，正厅及槛旁的客座已经坐满了，不得已就走入间壁的厢厅里，靠窗坐下。在躺椅上躺了一忽，半天的疲乏，竟使我陷入了很舒服的假寐之境。睡了不晓多少时候，在似梦非梦的境界上，我的耳畔，忽而传来了几声女孩儿的话声。虽听不清是什么话，然而这话声的主人，的确不是 A 城的居民，因为语音粗硬，仿佛是淮扬一带的腔调。

我在北京，虽则住了许多年，但是生来胆小，一直到大学毕业，从没有上过一次妓馆。平时虽则喜欢读读小说，画画洋画，然而那些文艺界艺术界里常常听见的什么恋爱，什么浪漫史，却与我一点儿缘分也没有。可是我的身体构造，发育程序，当然和一般的青年一样，脉管里也有热烈的血在流动，官能性器，并没有半点缺陷。二十六岁的青春，时时在我的头脑里筋肉里呈不稳的现象，对女性的渴慕，当然也是有的。并且当出京以前，还有几个医生，将我的脑病，归咎在性欲的不调，劝我多交几位男女朋友，可以消散消散胸中堆积着的忧闷。更何况久病初愈，体力增进，血的循环，正是速度增加到顶点的这时候呢？所以我在幻梦与现实的交叉点上，一听到这异性的喉音，神经就清醒兴奋起来了。

从躺椅上站起，很急速地擦了一擦眼睛，走到隔一重门的正厅里的时候，我看到厅前门外回廊的槛上，凭立着几个服色奇异的年轻的幼妇。

她们面朝着槛外，在看扬子江里的船只和江上的斜阳，背形服饰，一眼看来，都是差不多的。她们大约都只有十七八岁的年纪，下面着的，是刚在流行的大脚裤，颜色仿佛全是玄色，上面的衣服，却不一样。第二眼再仔细看时，我才知道她们共有三人，一个是穿紫色大团花缎的圆角夹衫，一个穿的是深蓝素缎，还有一个是穿着黑华丝葛的薄棉袄的。中间的那个穿蓝素缎的，偶然间把头回望了一望，我看出一个小小的椭圆形的嫩脸，和她的同伴说笑后尚未收敛起的笑容。她很不经意地把头朝回去了，但我却在脑门上受了一次大大的棒击。这清冷的 A 城内，拢总不过千数家人家，除了几个妓馆里的放荡的幺妓而外，从未见过有这样豁达的女子，这样可爱的少女，毫无拘束地，三五成群，当这个晴和的午后，来这个不大流行的名所，赏玩风光的。我一时疯魔了理性，不知不觉，竟在她们的背后，正厅的中间，呆立了几分钟。

茶博士打了一块手巾过来，问我要不要吃点点心，同时她们也朝转来向我看了，我才涨红了脸，慌慌张张地对茶博士说："要一点！要一点！有什么好吃的？"大约因为我的样子太仓皇了罢，茶博士和她们都笑了起来。我更急得没法，便回身走回厢厅的座里去。

临走时向正厅上各座位匆匆地瞥了一眼，我只见满地的花生瓜子的残皮，和几张桌上的空空的杂乱摆着的几只茶壶茶碗。这时候许多游客都已经散了。"大约在这一座亭台里流连未去的，只有我和这三位女子了罢！"走到了座位，在昏乱的脑里，第一着想起来的，就是这一个思想。茶博士接着跟了过来，手里肩上，搭着几块手巾，笑眯眯地又问我要不要什么吃的时候，我心里才镇静了一点，向窗外一看，太阳已经去小山不盈丈了，即便摇了摇头，付清茶钱，同逃也似的走下楼来。

我走下扶梯，转了一个弯走到楼前向下降的石级的时候，举头一望，看见那三位少女，已经在我的先头，一边谈话，一边也在循了石级，走回家去。我的稍稍恢复了一点和平的心里，这时候又起起波浪来了，便故意放慢了脚步，想和她们离开远些，免得受了人家的猜疑。

毕竟是日暮的时候，在大观亭的小山上一路下来，也不曾遇见别的行人。可是一到山前的路上，便是一条西门外的大街，街上行人很多，两旁尽是小店，尽跟在年轻的姑娘们的后面，走进城去，实在有点难看。我想就在路上雇车，而这时候洋车夫又都不知上哪里去了，一乘也没有瞧见；想放大胆子，率性赶上前去，追过她们的头，但是一想起刚才在大观亭上的那种丑态，又恐被她们认出，再惹一场笑话。心里忐忑不安，诚惶诚恐地跟在她们后面，走进西门的时候，本来是黝暗狭小的街上，已经泛流着暮景，店家就快要上灯了。

西门内的长街，往东一直可通到城市的中心最热闹的三牌楼大街，但我因为天已经晚了，不愿再上大街的酒馆去吃晚饭，打算在北门附近横街上的小酒馆里吃点点心，就出城回到寓舍里去。正在心中打算，想向西门内大街的岔路里走往北去，她们三个，不知怎么的，已经先我转弯，向北走上坡去了。我在转弯路口，又迟疑了一会，便也打定主意，往北地弯了过去。这时候我因为已经跟她们走了半天了，胆量已比从前大了一点，并且好奇心也在开始活动，有"率性跟她们一阵，看她们到底走上什么地方去"的心思。走过了司下坡，进了青天白日的旧时的道台衙门，往后门穿出，由杨家拐拐往东去，在一条横街的旅馆门口，她们三人同时举起头来对了立在门口的一位五十来岁的姥姥笑着说："您站在这儿干吗？"这是那位穿黑衣的姑娘说的，的确是天津话。这时候我已走近她们的身边了，所以她们的谈话，我句句都听得很清楚。那姥姥就拉着了那黑衣姑娘说："台上就快开锣了，老板也来催过，你们若再迟回来一点儿，我就想打发人来找你们哩，快吃晚饭去罢！"啊啊，到这里我才知道她们是在行旅中的髦儿戏子，怪不得她们的服饰，是那样奇特，行动是那样豁达的。天色已经黑了，横街上的几家小铺子里，也久已上了灯火。街上来往的人迹，渐渐地稀少了下去。打人家的门口经过，老闻得出油煎蔬菜的味儿和饭香来，我也觉着有点饥饿了。

说到戏园，这斗大的 A 城里，原有一个，不过常客很少的这戏园，在 A 城的市民生活上，从不占有什么重大的位置。有一次，我从北门进城来，偶尔在一条小小的曲巷口，从澄清的秋气中听见了几阵锣鼓声音，顺便踏进去一看，看见了一间破烂的屋里，黑黝黝地聚集了三四十人坐在台前。坐的桌子椅子，当然也是和这戏园相称的许多白木长条。戏园内光线也没有，空气也不通，我看了一眼，心里就害怕了，即便退了出来。像这样的戏园，当然聘不起名角的，来演的顶多大约是些行旅的杂凑班或是平常演神戏的水陆班子。所以我到了 A 城两个多月，竟没有注意过这戏园的角色戏目。这一回偶然遇到了那三个女孩儿，我心里却起了一种奇异的感想，所以在大街上的一家菜馆里坐定之后，就叫伙计把今天的报拿了过来。一边在等着晚饭的菜，一边拿起报来就在灰黄的电灯下看上戏园的广告上去。果然在第二张新闻的后半封面上，用二号活字，排着"礼聘超等文武须生谢月英本日登台，女伶泰斗"的几个字，在同排上还有"李兰香著名青衣花旦""陈莲奎独一无二女界黑头"的两个配角。本晚她们所演的戏是最后一出《二进宫》。

我在北京的时候，胡同虽则不去逛，但是戏却是常去听的。那一天晚上一个人在菜馆里吃了一点酒，忽然动了兴致，付账下楼，就决定到戏园里去坐它一坐。日间所见的那几位姑娘，当然也是使我生出这异想来的一个原因。因为我虽在那旅馆门口，听见了一二句她们的谈话，然而究竟她们是不是女伶呢？听说寄住在旅馆里的娼妓也很多，她们或许也是卖笑者流吧？并且若是她们果真是女伶，那么她们究竟是不是和谢月英在一班的呢？若使她们真是谢月英一班的人物，那么究竟谁是谢月英呢？这些无关紧要、没有价值的问题，平时再也不会上我的脑子的问题，这时候大约因为我过的生活太单调了，脑子里太没有什么事情好想了，一路上用牙签括着牙齿，俯倒了头，竟接二连三地占住了我的思索的全部。在高低不平的灰暗的街上走着，往北往西地转了几个弯，不到十几分钟，就走到了那个我曾经去过一次的倒霉的戏园门口。

幸亏是晚上，左右前后的坍败情形，被一盏汽油灯的光，遮掩去了一点。到底是礼聘的名角登台的日子，门前卖票的栅栏口，竟也挤满了许多中产阶级的先生们。门外路上，还有许多游手好闲的第四阶级的民众，张开了口在那里看汽油灯光，看热闹。

我买了一张票，从人丛和锣鼓声中挤了进去，在第三排的一张正面桌上坐下了。戏已经开演了好久，这时候台上正演着第四出的《泗洲城》。那些女孩子的跳打，实在太不成话了。我就咬着瓜子，尽在看戏场内的周围和座客的情形。场内点着几盏黄黄的电灯，正面厅里，也挤满了二三百人的座客。厅旁两厢，大约是二等座位，那里尽是些穿灰色制服的军人。两厢及后厅的上面，有一层环楼，楼上只坐着女眷。正厅的一二三四排里，坐些年纪很轻，衣服很奢丽的，在中国的无论哪一个地方都有的时髦青年。他们好像是常来这戏园的样子，大家都在招呼谈话，批评女角，批评楼上的座客，有时笑笑，有时互打瓜子皮儿，有时在窃窃作密语。《泗洲城》下台之后，台上的汽油灯，似乎加了一层光，我的耳畔，忽然起了一阵喊声，原来是《小上坟》上台了。左右前后的那些唯美主义者，仿佛在替他们的祖宗争光彩，看了淫艳的那位花旦的一举一动，就拼命地叫嗓起来，同时还有许多哄笑的声音。肉麻当有趣，我实在被他们弄得坐不住了，把腰部升降了好几次，想站起来走，但一边想想看，底下横竖没有几出戏了，且咬紧牙齿忍耐着，就等它一等吧！

　　好容易挨过了两个钟头的光景，台上的锣鼓紧敲了一下，冷了一冷台，底下就是最后的一出《二进宫》了。果然不错，白天的那个穿深蓝素缎的姑娘扮的是杨大人。我一见她出台，就不知不觉地涨红了脸，同时耳畔又起了一阵雷也似的喊声，更加使我头脑昏了起来。她的扮相真不坏，不过有胡须戴在那里，全部的脸子，看不清楚，但她那一双迷人的眼睛，时时往台下横扫的眼睛，实在有使这一班游荡少年惊魂失魄的力量。她嗓音虽不洪亮，但辨字辨得很清，气也接得过来，拍子尤其工稳。在这一个小小的 A 城里，在这一个坍败的戏园里，她当然是可以压倒一切了。不知不觉的中间，我也受了她的催眠暗示，一直到散场的时候止，我的全副精神，都灌注在她一个人的身上。其他的两个配角，我只知道扮龙国太的，便是白天的那个穿紫色夹衫的姑娘，扮千岁爷的，定是那个穿黑衣黑裤的所谓陈莲奎。

她们三个人中间，算陈莲奎身材高大一点，李兰香似乎太短小了。不长不短，处处合宜的，还是谢月英，究竟是名不虚传的超等名角。

那一天晚上，她的扫来扫去的眼睛，有没有注意到我，我可不知道。但是戏散之后，从戏园子里出来，一路在暗路上摸出城去，我的脑子里尽在转念的，却是这几个名词：

"噢！超等名角！"

"噢！文武须生！"

"谢月英！谢月英！"

"好一个谢月英！"

二

闲人的闲脑，是魔鬼的工场，我因为公园茅亭里的闲居生活单调不过，也变成了那个小戏园的常客人，诱引的最有力者，当然是谢月英。

这时候节季已经进了晚秋，那一年的 A 城，因为多下了几次雨，天气已变得很凉冷了。自从那一晚以后，我天天早晨起来，在茅亭的南窗阶上躺着享太阳，一手里拿一杯热茶，一只手里拿一张新闻。第一注意阅读的，就是广告栏里的戏目，和那些 A 地的地方才子（大约就是那班戏园内拼命叫好的才子罢）所作的女伶身世和剧评。一则因为太没有事情干，二则因为所带的几本小说书，都已看完了，所以每晚闲来无事，终于还是上戏园去听戏，并且谢月英的唱做，的确也还过得去，与其费尽了脚力，无情无绪地冒着寒风，去往小山上奔跑，倒还不如上戏园去坐坐的安闲。于是在晴明的午后，她们若唱戏，我也没有一日缺过席，这是我见了谢月英之后，新改变的生活方式。

寒风一阵阵地紧起来，四周辽阔的这公园附近的荷花树木，也都凋落了。田塍路上的野草，变成了黄色，旧日的荷花池里，除了几根零残的荷根而外，只有一处一处的潴水在那里迎送秋阳，因为天气凉冷了的缘故，这十里荷塘的公园游地内，也很少有人来。在淡淡的夕阳影里，除了西飞的一片乌鸦声外，只有几个沉默的佃家，站在泥水中间挖藕的声音。我的茅亭的寓舍，到了这时候，已经变成了出世的幽栖之所，再住下去，怕有点不可能了。况且因为那戏园的关系，每天晚上，到了夜深，要守城的警察，开门放我出城，出城后，更要在孤静无人的野路上走半天冷路，实在有点不便，于是我的搬家的决心，也就一天一天地坚定起来了。

像我这样的一个独身者的搬家问题，当然是很简单，第一那位父执的公署里，就可以去住，第二若嫌公署里繁杂不过，去找一家旅馆，包一个房间，也很容易。可是我的性格，老是因循苟且，每天到晚上从黑暗里摸回家来，就决定次日一定搬家，第二天一定去找一个房间，但到了第二天的早晨，享享太阳，喝喝茶，看看报，就又把这事搁起了。到了午后，就是照例地到公署去转一转，或上酒楼去吃点酒，晚上又照例地到戏园子去。像这样的生活，不知不觉，竟过了两个多星期。

正在这个犹豫的期间里，突然遇着了一个意想不到的机会，竟把我的移居问题解决了。

　　大约常到戏园去听戏的人，总有这样的经验的罢：几个天天见面的常客，在不知不觉的中间，很容易联成朋友。尤其是在戏园以外的别的地方突然遇见的时候，两个就会老朋友似的招呼起来。有一天黑云飞满空中，北风吹得很紧的薄暮，我从剃头铺里修了面出来，在剃头铺门口，突然遇见一位衣冠很潇洒的青年。他对我微笑着点了一点头，我也笑了一脸，回了他一个礼。等我走下台阶，立着和他并排的时候，他又笑眯眯地问我说："今晚上仍旧去安乐园么？"到此我才想起了那个戏园——原来这戏园的名字叫"安乐园"——和在戏台前常见的这一个小白脸，往东和他走了二三十步路，同他谈了些女伶做唱的评话，我们就在三岔路口走分散了。那一天晚上，在城里吃过晚饭，我本不想再去戏园，但因为出城回家，北风刮得很冷，所以路过安乐园的时候，便也不自意识地踏了进去，打算权坐一坐，等风势杀一点后再回家去。谁知一入戏园，那位白天见过的小白脸跑过来和我说话了。他问了我的姓名职业住址后，对我就恭维起来，我听了虽则心里有点不舒服，但遇在这样悲凉的晚上，又处在这样孤冷的客中，有一个本地的青年朋友，谈谈闲话，也算不坏，所以就也和他说了些无聊的话。等到我告诉他一个人独寓在城外的公园，晚上回去——尤其是像这样的晚上——真有些胆怯的时候，他就跳起来说：

　　"那你为什么不搬到谢月英住的那个旅馆里去呢？那地方去公署不远，去戏园尤其近。今晚上戏散之后，我就同你去看看，好么？顺便也可以去看看月英和她的几个同伴。"

　　他说话的时候，很有自信，仿佛谢月英和他是很熟似的。我在前面也已经说过，对于逛胡同，访女优，一向就没有这样的经验，所以听了他的话，竟红起脸来。他就嘲笑不像嘲笑，安慰不像安慰似的说：

"你在北京住了这许多年，难道这一点经验都没有么？访问访问女戏子，算什么一回事？并不是我在这里对外乡人吹牛皮，识时务的女优到这里的时候，对我们这一辈人，大约总不敢得罪的，今晚上你且跟我去看看谢月英在旅馆里的样子罢！"

他说话的时候，很表现着一种得意的神情，我也不加可否，就默笑着，注意到台上的戏上去了。

在戏园子里一边和他谈话，一边想到戏散之后，究竟还是去呢不去的问题，时间过去得很快，不知不觉的中间，七八出戏已经演完，台前的座客便嘈嘈杂杂地立起来走了。

台上的煤气灯吹熄了两张，只留着中间的一张大灯，还在照着杂役人等扫地，叠桌椅。这时候台前的座客也走得差不多了，锣鼓声音停后的这破戏园内的空气，变得异常的静默萧条。台房里那些女孩们嘻嘻叫唤的声气，在池子里也听得出来。

我立起身来把衣帽整了一整，犹豫未决地正想走的时候，那小白脸却拉着我的手说：

"你慢着，月英还在后台洗脸哩，我先和你上后台去瞧一瞧罢！"

说着他就拉了我爬上戏台，直走到后台房里去。台房里还留着许多抢演末一出戏的女孩们，正在黄灰灰的电灯光里卸妆洗手脸。乱杂的衣箱，乱杂的盔帽，和五颜六色的刀枪器具，及花花绿绿的人头人面衣裳之类，与一种杂谈声、哄笑声紧挤在一块，使人一见便能感到一种不规则无节制的生活气氛来。我羞羞涩涩地跟了这一位小白脸，在人丛中挤过了好一段路，最后在东边屋角尽处，才看见了陈莲奎谢月英等的卸妆地方。

原来今天的压台戏是《大回荆州》，所以她们三人又是在一道演唱的。谢月英把袍服脱去，只穿了一件粉红小袄，在朝着一面大镜子擦脸。她腰里紧束着一条马带，所以穿黑裤子的后部，突出得很高。在暗淡的电灯光里，我一看见了她这一种形态，心里就突突地跳起来了，又哪里经得起那小白脸的一番肉麻的介绍呢？他走近了谢月英的身后，拿了我的右手，向她的肩上一拍，装着一脸纯肉感的嬉笑对她说：

"月英！我替你介绍了一位朋友，这一位王先生，是我们省长舒先生的至戚，他久慕你的盛名了，今天我特地拉他来和你见见。"

谢月英回转头来，"我的妈吓"地叫了一声，伴嗔假喜地装着惊恐的笑容，对那小白脸说：

"陈先生，你老爱那么动手动脚，骇死我了。"

说着，她又回过眼来，对我斜视了一眼，口对着那小白脸，眼却瞟着我地说：

"我们还要你介绍么？天天在台前头见面，还怕不认得么？"

我因为那所谓陈先生拿了我的手拍上她的肩去之后，一面感着一种不可名状的电气，心里同喝醉酒了似的在起混乱，一面听了她那一句动手动脚的话，又感到了十二分的羞愧。所以她的频频送过来的眼睛，我只涨红了脸，伏倒了头，默默地在那里承受，既不敢回看她一眼，又不敢说出一句话来。

一边在髦儿戏房里特别闻得出来的那一种香粉香油的气味，不知从何处来的，尽是一阵阵地扑上鼻来，弄得我吐气也吐不舒服。

我正在局促难安，走又不是、留又不是的当儿，谢月英仿佛想起了什么似的，和在她边上站着、也在卸妆梳洗的李兰香咬了一句耳朵。李兰香和她都含了微笑，对我看了一眼。谢月英又朝李兰香打了一个招呼，仿佛是在促她承认似的。李兰香笑了笑，点了一点头后，谢月英就亲亲热热地对我说：

"王先生，您还记得么？我们初次在大观亭见面的那一天的事情？"说着她又笑了起来。

我涨红的脸上又加了一阵红，也很不自然地装了脸微笑，点头对她说：

"可不是吗？那时候是你们刚到的时候罢？"

她们听了我的说话声音，三个人一齐朝我转来，对我凝视。那高大的陈莲奎，并已放了她同男人似的喉音，问我说：

"您先生也是北京人吗？什么时候到这儿来的？"

我嗫嚅地应酬了几句，实在觉得不耐烦了——因为怕羞得厉害——所以就匆匆地促那一位小白脸的陈君，一道从后门跑出到一条狭巷里来，临走的时候，陈君又回头来对谢月英说：

"月英，我们先到旅馆里去等你们，你们早点回来，这一位王先生要请你们吃点心哩！"

手里拿了一个包袱，站在月英等身旁的那个姥姥，也装着笑脸对陈君说：

"陈先生！我的白干儿，你别忘记啦！"

陈君也呵呵呵呵地笑歪了脸，斜侧着身子，和我走了出来。一出后门，天上的大风，还在呜呜地刮着，尤其是漆黑漆黑的那狭巷里的冷空气，使我打了一个冷痉。那浓艳的柔软的香温的后台的空气，到这里才发生了效力，使我生出了一种后悔的心思，悔不该那么急促地就离开了她们。

我仰起来看看天，苍紫的寒空里澄练得同冰河一样，有几点很大很大的秋星，似乎在风中摇动。近边一只野犬，在那里迎着我们鸣叫。又呜呜地劈面来了一阵冷风，我们却摸出了那条高低不平的狭巷，走到了灯火清荧的北门大街上了。

街上的小店，都关上了门，间着很长很远的间隔，有几盏街灯，照在清冷寂静的街上。我们踏了许多模糊的黑影，向南地走往那家旅馆里去，路上也追过了几组和我们同方向走去的行人。这几个人大约也是刚从戏园子里出来，慢慢地走着，一边他们还在评论女角的色艺，也有几个在幽幽地唱着不合腔的皮簧^①的。

在横街上转了弯，走到那家旅馆门口的时候，旅馆里的茶房，好像也已经被北风吹冷，躲在棉花被里了。我们在门口寒风里立着，两个都默默地不说一句话，等茶房起来开大门的时候，只看见灰尘积得很厚的一盏电灯光，照着"大新旅馆"的四个大字，毫无生气、毫无热意地散射在那里。

那小白脸的陈君，好像真是常来此地访问谢月英的样子，他对了那个放我们进门之后还在擦眼睛的茶房说了几句话，那茶房就带我们上里进的一间大房里去了。这大房当然是谢月英她们的寓房，房里纵横叠着些衣箱洗面架之类。朝南的窗下有一张八仙桌摆着，东西北三面靠墙的地方，各有三张床铺铺在那里，东北角里，帐子和帐子的中间，且斜挂着一道花布的帘子。房里头收拾得干净得很，桌上的镜子粉盒香烟罐之类，也整理得清清楚楚，进了这房，谁也感得到一种闲适安乐的感觉。尤其是在这样的晚上，能使人更感到一层热意的，是桌上挂在那里的一盏五十支光的白热的电灯。

陈君坐定之后，叫茶房过来，问他有没有房间空着了。他抓抓头想了一想，说外进有一间四十八号的大房间空着，因为房价太大，

---

① 皮簧：即皮黄，传统戏曲的一种腔调。

老是没人来住的。陈君很威严地吩咐他去收拾干净来，一边却回过头来对我说：

"王君！今晚上风刮得这么厉害，并且吃点点心，谈谈闲话，总要到一两点钟才能回去。夜太深了，你出城恐怕不便，还不如在四十八号住它一晚，等明天老板起来，顺便就可以和他办迁居的交涉，你说怎么样？"

我这半夜中间，被他弄得昏头昏脑，尤其是从她们的后台房里出来之后，又走到了这一间娇香温暖的寝房，正和受了狐狸精迷的病人一样，自家一点儿主张也没有了，所以只是点头默认，由他在那里摆布。

他叫我出去，跟茶房去看了一看四十八号的房间，便又命茶房去叫酒菜。我们走回到后进谢月英的房里坐定之后，他又翻来翻去翻了些谢月英的扮戏照相出来给我看，一张和李兰香照的《武家坡》，似乎是在 A 地照的，扮相特别的浓艳，姿势也特别的有神气。我们正在翻看照相，批评她们的唱做的时候，门外头的车声杂谈声，哄然响了一下，接着果然是那个姥姥，背着包袱，叫着跑进屋里来了。

"陈先生！你们候久了吧！那可气的皮车，叫来叫去都叫不着，我还是走了回来的呢！倒还是我快，你说该死不该死？"

说着，她走进了房，把包袱藏好在东北角里的布帘里面，以手往后面一指说：

"她们也走进门来了！"

她们三人一进房来之后，房内的空气就不同了。陈君的笑话，更是层出不穷，说得她们三个，个个都弯腰捧肚地笑个不了。还有许多隐语，我简直不能了解的，而在她们，却比什么都还有趣。陈君只需开口提一个字，她们的正想收敛起来的哄笑，就又会勃发起来。后来弄得送酒菜来的茶房，也站着不去，在边上凑起热闹来了。

这一晚说说笑笑喝喝酒，陈君一直闹到两点多钟，方才别去，我就在那间四十八号的大房里，住了一晚。第二天起来，和账房办了一个交涉，我总算把我的迁居问题，就这么地在无意之中解决了。

三

这一间房间，倒是一间南房，虽然说是大新旅馆的最大的客房，然而实际上不过是中国旧式的五开间厅屋旁边的一个侧院。大约是因旅馆主人想省几个木匠板料的钱，所以没有把它隔断。我租定了这间四十八号房之后，心里倒也快活得很，因为在我看来，也算是很麻烦的一件迁居的事情，就可以安全简捷地解决了。

第二天早晨十点钟前后，从夜来的乱梦里醒了过来，看看房间里从阶沿上射进来的阳光，听听房外面时断时续的旅馆里的茶房等杂谈行动的声音，心里却感着一种莫名其妙的喜悦。所以一起来之后，我就和旅馆老板去办交涉，请他低减房金，预付了他半个月的房钱，便回到城外公园的茅亭里去把衣箱书箱等件，搬移了过来。

这一天是星期六，安乐园午后本来是有日戏的，但我因为昨晚上和她们胡闹了一晚，心里实在有点害羞，怕和她们见面，终于不敢上戏园里去了，所以吃完中饭以后，上公署去转了一转，就走回了旅馆，在房间里坐着呆想。

晚秋的晴日，真觉得太挑人爱，天井里窥俯下来的苍空，和街市上小孩们的欢乐的噪声，尽在诱动我的游思，使我一个人坐在房里，感到了许多压不下去的苦闷。勉强地想拿出几本爱读的书来镇压放心，可是读不了几页，我的心思，就会想到北门街上的在太阳光里来往的群众，和在那戏台前头紧挤在一块的许多轻薄少年的光景上去。

在房里和囚犯似的走来走去地走了半天，我觉得终于是熬忍不过去了，就把桌上摆着的呢帽一拿，慢慢地踱出旅馆来。出了那条旅馆的横街，在丁字路口，正在计算还是往南呢往北的中间，后面忽而来了一只手，在我肩上拍了两拍，我骇了一跳，回头来一看，原来就是昨晚的那位小白脸的陈君。

他走近了我的身边，向我说了几句恭贺乔迁的套话以后，接着就笑说：

"我刚上旅馆去问过，知道你的行李已经搬过来了，真敏捷啊！从此你这近水楼台，怕有点危险了。"

呵呵呵呵地笑了一阵，我倒被他笑红起脸来了，然而两只脚却不知不觉地竟跟了他走向北去。

两人谈着，沿了北门大街，在向安乐园去的方面走了一段，将到进戏园去的那条狭巷口的时候，我的意识，忽而回复了转来，一种害羞的疑念，又重新罩住了我的心意，所以就很坚决地对陈君说：

"今天我可不能上戏园去，因为还有一点书籍没有搬来，所以我想出城再上公园去走一趟。"

说完这话，已经到了那条巷口了，锣鼓声音也已听得出来，陈君拉了我一阵，劝我戏散之后再去不迟，但我终于和他分别，一个人走出了北门，走到那荷田中间的公园里去。

大约因为是星期六的午后的原因，公园的野路上，也有几个学生及绅士们在那里游走。我背了太阳光走，到东北角的一间茶楼上去坐定，眼看着一碧的秋空，和四面的野景，心里尽在跳跃不定，仿佛是一件大事，将要降临到我头上来的样子。

卖茶的伙计，因为住久相识了，过来说了几句闲话之后，便自顾自地走下楼去享太阳去了，我一个人就把刚才那小白脸的陈君所说的话从头细想了一遍。

说到我这一次的搬家，实在是必然的事实，至于搬上大新旅馆去住，也完全是偶然的结果。谢月英她们的色艺，我并没有怎么样地倾倒佩服，天天去听她们的戏，也不过是一种无聊时的解闷的行为，昨天晚上的去访问，又不是由我发起，并且戏散之后，我原是想立起来走的。想到了这种种否定的事实，我心里就宽了一半，刚才那陈君说的笑话，我也以这几种事实来作了辩护。然而辩护虽则辩了，而心里的一种不安，一种想到戏园里去坐它一二个钟头的渴望，仍复在燃烧着我的心，使我不得安闲。

我从茶楼下来，对西天的斜日迎走了半天，看看公园附近的农家在草地上堆叠干草的工作，心里终想走回安乐园去，因为这时候谢月英她们恐怕还在台上，记得今天的报上登载在那里的是李兰香和谢月英的末一出《三娘教子》。

一边在作这种想头，一边竟也不自意识地一步一步走进了城来。沿北门大街走到那条巷口的时候，我竟在那里立住了。然而这时候进戏园去，第一更容易招她们及观客们的注意，第二又觉得要被那位小白脸的陈君取笑，所以我虽在巷口呆呆立着，而进去的决心终于不敢下，心里却在暗暗抱怨陈君，和一般有秘密的人当秘密被人家揭破时一样。

在巷口立了一阵，走了一阵，又回到巷口去了一阵，这中间短促的秋日，就苍茫地晚了。我怕戏散之后，被陈君捉住，又怕当谢月英她们出来的时候，被她们看见，所以就急急地走回到旅馆里来，这时候，街上的那些电力不足的电灯，也已经黄黄地上了火了。

在旅馆里吃了晚饭，我几次想跑到后进院里去看她们回来了没有，但终被怕羞的心思压制了下去。我坐着吸了几支烟，上旅馆门口去装着闲走无事的样子走了几趟，终于见不到她们的动静，不得已就只好仍复照旧日的课程，一个人慢慢从黄昏的街上走到安乐园去。

究竟是星期六的晚上，时候虽则还早，然而座客已经在台前挤满了。我在平日常坐的地方托茶房办了一个交涉插坐了进去，台上的戏还只演到了第三出。坐定之后，向四边看了一看，陈君却还没有到来。我一半是喜欢，喜欢他可以不来说笑话取笑我，一半也在失望，恐怕他今晚上终于不到这里来，将弄得台前头叫好的人少去一个，致谢月英她们的兴致不好。

戏目一出一出地演过了，而陈君终究不来，到了最后的一出《逼宫》将要上台的时候，我心里真同洪水暴发时一样，同时感到了许多羞惧、喜欢、懊恼、后悔等起伏的感情。

然而谢月英、陈莲奎终究上台了，我涨红了脸，在人家喝彩的声里瞪着两眼，在呆看她们的唱做。谢月英果然对我瞟了几眼，我这时全身就发了热，仿佛满院子的看戏的人都已经识破了我昨晚的事情在凝视我的样子，耳朵里嗡嗡地响了起来。锣鼓声杂噪声和她们的唱戏的声音都从我的意识里消失了过去，我只在听谢月英问我的那句话："王先生，您还记得么，我们初次在大观亭见面的那一天的事情？"接着又昏昏迷迷地想起了许多昨晚上她的说话，她的动作，和她的着服平常的衣服时候的声音笑貌来。"覃覃覃覃"的一响，戏演完了，我正同做了一场热病中的乱梦之后的人一样，急红了脸，夹着杂乱，一立起就拼命地从人丛中挤出了戏院的门。"她们今晚上唱的是什么？我应当走上什么地方去？现在是什么时候了？"的那些观念，完全从我的意识里消失了，我的脑子和痴呆者的脑子一样，已经变成了一个一点儿皱纹也没有的虚白的结晶。

在黑暗的街巷里跑来跑去不知跑了多少路，等心意恢复了一点平稳，头脑清醒一点之后，摸走回来，打开旅馆的门，回到房里去睡的时候，近处的雄鸡，的确有几处在叫了。

说也奇怪，我和谢月英她们在一个屋顶下住着，并且吃着一个锅子的饭，而自我那一晚在戏台上见她们之后，竟有整整的三天，没有见到她们。当然我想见她们的心思是比什么都还要热烈，可是一半是怕羞，一半是怕见了她们之后，又要兴奋得同那晚从戏园子里挤出来的时候一样，心里也有点恐惧，所以故意地在避掉许多可以见到她们的机会。自从那一晚后，我戏园里当然是不去了，那小白脸的陈君，也奇怪得很，在这三天之内，竟绝迹地没有上大新旅馆里来过一次。

自我搬进旅馆去后第四天的午后两点钟的时候，我吃完午饭，刚想走到公署里去，忽而在旅馆的门口遇到了谢月英。她也是一个人在想往外面走，可是有点犹豫不决的样子，一见了我，就叫我说：

"王先生！你上哪儿去呀？我们有几天不见了，听说你也搬上这儿来住了，真的么？"

我因为旅馆门口及厅上有许多闲杂人在立着呆看，所以脸上就热了起来，尽是含糊嗫嚅地回答她说："是！是！"她看了我这一种窘状，好像是很对我不起似的，一边放开了脚，向前走出门来，一边还在和我支吾着说话，仿佛是在叫我跟上去的意思。我跟着她走出了门，走上了街，直到和旅馆相去很远的一处巷口转了弯，她才放松了脚步，和我并排走着，一边很切实地对我说：

"王先生！我想上街上买点东西，姥姥病倒了，不能和我出来，你有没有时间，可以和我一道去？"

我的被搅乱的神志，到这里才清了一清，听了她这一种切实的话，当然是非常喜欢的，所以走出巷口，就叫了两乘洋车，陪她一道上大街上去。

正是午后刚热闹的时候，大街上在太阳光里走着的行人也很拥挤，所以车走得很慢，我在车上，问了她想买的是什么，她就告诉说：

"天气冷了，我想新做一件皮袄，皮是带来了，可是面子还没有买好，偏是姥姥病了，李兰香也在发烧，是和姥姥一样的病，所以没有人和我出来，莲奎也不得不在家里陪她们。"说着我们的车已经到了 A 城最热闹的那条三牌楼大街了。在一家绸缎洋货铺门口下了车，我给车钱的时候，她回过头来对我很自然地呈了一脸表示感谢的媚笑。我从来没有陪了女人上铺子里去买过东西，所以一进店铺，那些伙计们挤拢来的时候，我又涨红了脸。

她靠住柜台，和伙计在说话，我一个人尽是红了脸躲在她的背后不敢开口。直到缎子拿了出来，她问我关于颜色花样等意见的时候，我才羞羞缩缩地挨了上去，和她并排地立着。

剪好了缎子，步出店门，我问她另外有没有什么东西买的时候，她又侧过脸来，对我斜视了一眼，笑着对我说：

"王先生！天气这么的好，你想上什么地方去玩去不想？我这几天在房里看她们的病可真看得闷起来了。"

听她的话，似乎李兰香和姥姥已经病了两三天了，病症仿佛是很重的流行性感冒。我到此地才想起了这几天报上不见李兰香配戏的事情，并且又发现了到大新旅馆以后三天不曾见她们面的原委。两人在热闹的大街上谈谈走走，不知不觉竟走到了出东门去的那条大街的口上。一直走出东门，去城一二里路，有一个名刹迎江寺立着，是Ａ城最大的一座寺院，寺里并且有一座宝塔凭江，可以拾级攀登，也算是Ａ城的一个胜景。我于是乎就约她一道出城，上这一个寺里去逛去。

四

迎江寺的高塔，返映着眩目的秋阳，突出了黄墙黑瓦的几排寺屋，倒影在浅淡的长江水里。无穷的碧落，因这高塔的一触，更加显出了它面积的浩荡，悠闲自在，似乎在笑祝地上人世的经营，在那里投散它的无微不至的恩赐。我们走出东门后，改坐了人力车，在寺前阶下落车的时候，早就感到了一种悠游的闲适气氛，把过去的愁思和未来的忧苦，一切都抛在脑后了。谢月英忘记了自己是一个女优，一个以供人玩弄为职业的妇人，我也忘记了自己是为人在客。从石级上一级一级走进山门去的中间，我们竟向两旁坐在石级上行乞的男女施舍了不少的金钱。

走进了四天王把守的山门，向朝江的那位布袋佛微微一笑，她忽而站住了，贴着我的侧面，轻轻地仰视着我问说：

"我们香也不烧，钱也不写，像这样地白进来逛，可以的么？"

"那怕什么！名山胜地，本来就是给人家游逛的地方，怕它干吗！"

穿过了大雄宝殿，走到后院的中间，那一座粉白的宝塔上部，就压在我们的头上了，月英同小孩子似的跳了起来，嘴里叫着："我们上去罢！我们上去罢！"一边她的脚却向前跳跃了好几步。

塔院的周围，有几个乡下人在那里膜拜。塔的下层壁上，也有许多墨笔铅笔的诗词之类，题在那里。壁龛的佛像前头，还有几对小蜡烛和线香烧着，大约是刚由本地的善男信女们烧过香的。

塔弄得很黑，一盏终年不熄的煤油灯光，照不出脚下的行路来，我在塔前买票的中间，她似乎已经向塔的内部窥探过了，等我回转身子找她进塔的时候，她脸上却装着了一脸疑惧的苦笑对我说：

"塔的里头黑得很，你上前罢！我倒有点怕！"向前进了几步，在斜铺的石级上，被黑黝黝的空气包住，我忽然感到了一种异样的感情。在黑暗里，我觉得我的脸也红了起来。闷声不响，放开大步向前更跨了一步，啪嗒的一响，我把两级石级跨作了一级，踏了一脚空，竟把身子斜睡下来了。"小心！"地叫了一声，谢月英抢上来把我挟住，我的背靠在她的怀里，脸上更同火也似的烧了起来。把头一转，我更闻出了她"还好么！还好么！"在问我的气息。这时候，我的意识完全模糊了，一种羞愧，同时又觉得安逸的怪感情，从头上散行及我的脚上。我放开了一只右手，在黑暗里不自觉地摸探上她的支在我胸前的手上去。一种软滑的，同摸在面粉团上似的触觉，又在我的全身上通了一条电流。一边斜靠在壁上，一边紧贴上她的前胸，我默默地呆立了一二分钟。忽儿听见后面又有脚步声来了，把她的手紧紧地一捏，我才立起身来，重新向前一步一步地攀登上塔。走上了一层，走了一圈，我也不敢回过头来看她一眼，她也默默地不和我说一句话，尽在跟着我跑，这样地又是一层，又走了一圈。一直等走到第五层的时候，觉得后面来登塔的人，已经不跟在我们的后头了，我才走到了南面朝江的塔门口去站住了脚。她看我站住了，也就不跟过来，故意留在塔的外层，在朝西北看Ａ城的烟户和城外的乡村。

太阳刚斜到了三十度的光景，扬子江的水面，颜色绛黄，绝似一线着色的玻璃，有许多同玩具似的帆船汽船，在这平稳的玻璃上游驶。过江隔岸，是许多同发也似的丛林，树林里也有一点一点的白色红色的房屋露着。在这些枯林房屋的背后，更有几处淡淡的秋山，纵横错落，仿佛是被毛笔画在那里的样子。包围在这些山影房屋树林的周围的，是银蓝的天盖，澄清的空气，和饱满的阳光。抬起头来也看得见一缕两缕的浮云，但晴天浩大，这几缕微云对这一幅秋景，终不能加上些儿阴影。从塔上看下来的这一天午后的情景，实在是太美满了。

我呆立了一会，对这四围的风物凝了一凝神，觉得刚才的兴奋渐渐儿地平静了下去。在塔的外层轻轻走了几步，侧眼看看谢月英，觉得她对了这落照中的城市烟景也似乎在发痴想。等她朝转头来，视线和我接触的时候，两人不知不觉地笑了一笑，脚步也自然而然地走了拢来。到了相去不及一二尺的光景，同时她也伸出了一只手来，我也伸出了一只手去。

在塔上不知逗留了多少时候，只见太阳愈降愈低了，俯看下去，近旁的村落里，也已经起了炊烟。我把她胛下夹在那里的一小包缎子拿了过来，挽住她的手，慢慢地走下塔来的时候，塔院里早已阴影很多，是仓皇日暮的样子了。

在迎江寺门前，雇了两乘人力车，走回城里来的当中，我一路上想了许多想头：

"已经是很明白的了，我对她的热情，当然是隐瞒不过去的事实。她对我也绝不似寻常一样的游戏般的播弄。好，好，成功，成功。啊啊！这一种成功的欢喜，我真想大声叫唤出来。"

车子进城之后，两旁路上在暮色里来往的行人，大约看了我脸上的笑容，也有点觉得奇怪，有几个竟立住了脚，在呆看着我和走在我前面的谢月英。我这时候羞耻也不怕，恐惧也没有，满怀的秘密，只想叫车夫停住了车，跳下来和他们握手，向他们报告，报告我这一回在塔上和谢月英两个人消磨过去的满足的半天。我觉得谢月英，已经是我的掌中之物了。我想对那一位小白脸的陈君，表示我在无意之中得到了他所想得而得不到的爱的左券①。我更想在戏台前头，对那些拼命叫好的浮滑青年，夸示谢月英已属于我，请他们不必费心。想到了这种种满足的想头，我竟忘记了身在车上，忘记了日暮的城市，忘记了我自己的同游尘似的未定的生活。等车到旅馆门口的时候，我才同从梦里醒过来的人似的回到了现实的世界。而谢月英又很急地从门口走了进去，对我招呼也没有招呼，就在我的面前消失了。手里捏了一包她今天下午买来的皮袄材料，我却和痴了似的又不得不立住了脚。想跟着送进去，只恐怕招李兰香她们的疑忌，想不送进去，又怕她要说我不聪明，不会侍候女人。在乱杂的旅馆厅上迟疑了一会，向进里进去的门口走进走出地走了几趟，我终究没有勇气，仍复把那一包缎子抱着，回到了我自己的房里。

电光已经亮了，伙计搬了饭菜进去。我要了一壶酒，在灯前独酌，一边也在作空想："今天晚上她在台上，看她有没有什么表示。戏散之后，我应该再到她的戏房里去一次。……啊啊，她那一只柔软的手！"坐坐想想，我这一顿晚饭，竟吃了一个多钟头。因为到戏园子去还早，并且无论什么时候去，座位总不会没有的，所以我吃完晚饭之后，就一个人踱出了旅馆，打算走上北面城墙附近的一处空地里去。这空地边上有一个小池，池上也有一所古庙，庙的前后，却有许多杨柳冬青的老树生着。斗大的这 A 城里，总算这一个

---

① 左券：古代契约索取偿还的凭证。

地方比较的幽僻点，所以附近的青年男女学生，老是上这近边来散步的。我因为今天日里的际遇实在好不过，一个人坐在房里，觉得有点可惜，所以想到这一个清静的地方去细细地享乐我日里的回想。走出了门，向东走了一段，在折向北去的小弄里，却遇见了许多来往的闲人。这一条弄，本来是不大有人行走的僻弄，今天居然有这许多人来往，我心里正在奇怪，想，莫非有什么事情发生了么？一走出弄，果然不错，前面弄外的空地里，竟有许多灯火，和小孩老妇，挤着在寻欢作乐。沿池的岸上，五步一堆，十步一集，铺着些小摊、布篷和杂耍的围儿，在高声地邀客。池岸的庙里，点得灯火辉煌，仿佛是什么菩萨的生日的样子。

走进了庙里去一看，才晓得今天是旧历的十一月初一，是这所古庙里的每年的谢神之日。本来是不十分高大的这古庙廊下，满挂着了些红纱灯彩，庙前的空地上，也堆着了一大堆纸帛线香的灰火。有许多老妇，还拱了手，跪在地上，朝这一堆香火在喃喃念着经咒。

我挤进了庙门，在人丛中争取了一席地，也跪下去向上面佛帐里的一个有胡须的菩萨拜了几拜，又立起来向佛柜上的签筒里抽了一支签出来。

香的烟和灯的焰，熏得我眼泪流个不住，勉强立起，拿了一支签，摸向东廊下柜上去对签文的时候，我心里忽而起了一种不吉的预感，因为被人一推，那支签竟从我的手里掉落了。拾起签来，到柜上去付了几枚铜货，把那签文拿来一读，果然是一张不大使人满意的下下签：

　　　　宋勒李使君灵签第八十四签　下下

　　　　银烛一曲太妖娇　肠断人间紫玉箫

漫向金陵寻故事　啼鸦衰柳自无聊

我虽解不通这签诗的辞句，但看了末结一句"啼鸦衰柳自无聊"，总觉得心里不大舒服。虽然是神鬼之事，大都含糊两可，但是既然去求问了它，总未免有一点前因后果。况且我这一回的去求签，系出乎一番至诚之心，因为今天的那一场奇遇，太使我满意了，所以我只希望得一张上上大吉的签，在我的兴致上再加一点锦上之花，到此刻我才觉得自寻没趣了。

怀了一个不满的心，慢慢地从人丛中穿过了那池塘，走到戏园子去的路上，我疑神疑鬼地又追想了许多次在塔上的她的举动——她对我虽然没有什么肯定的表示，但是对我并没有恶意，却是的的确确的。我对她的爱，她是可以承受的一点，也是很明显的事实。但是到家之后，她并不对我打一个招呼，就跑了进去，这又是什么意思呢？——想来想去想了半天，结果我还是断定这是她的好意，因为在午后出来的时候，她曾经看见了我的狼狈的态度的缘故。

想到了这里，我的心里就又喜欢起来了，签诗之类，只付之一笑，已经不在我的意中。放开了脚步，我便很急速地走到戏园子里去。

在台前头坐下，当谢月英没有上台的两三个钟头里面，我什么也没有听到，什么也没有看见，只在追求今天日里的她的幻想。

她今天穿的是一件银红的外国呢的长袍，腰部做得很紧，所以样子格外的好看。头上戴着一顶黑绒的鸭舌女帽，是北方的女伶最喜欢戴的那一种帽子。长圆的脸上，光着一双迷人的大眼。双重眼睑上挂着的有点斜吊起的眉毛，大约是因为常扮戏的原因罢？嘴唇很弯很曲，颜色也很红。脖子似乎太短一点，可是不碍，因为她的头本来就不大，所以并没有破坏她全身的均称的地方。啊啊，她那一双手，那一双轻软肥白，而又是很小的手！手背上的五个指脊骨上的小孔。

我一想到这里，日间在塔上和她握手时那一种战栗，又重新逼上我的身来。摇了一摇头，举起眼来向台上一看，好了好了，是末后倒过来的第二出戏了。这时候台上在演的，正是陈莲奎的《探阴山》，底下就是谢月英的《状元谱》。我把那些妄念辟了一辟清，把头上的长发用手理了一理，正襟危坐，重把注意的全部，设法想倾注到戏台上去，但无论如何，谢月英的那双同冷泉井似的眼睛，总似在笑着招我，别的物事，总不能印到我的眼帘上来。

最后是她的戏了，她的陈员外上台了，台前头起了一阵叫声。她的眼睛向台下一扫，扫到了我的头上，果然停了几秒钟，眼睛又扫向没边去了，东边就又起了一阵狂噪声。我脸涨红了，急等她再把眼睛扫回过来，可是等了几分钟，终究不来。我急起来了，听了那东边的几个浮薄青年的叫声，心里只是不舒服，仿佛是一锅沸水在肚里煎滚。那几个浮薄青年尽是叫着不已，她也眼睛只在朝他们看，这时候我心里真想把一只茶碗丢掷过去。可是生来就很懦弱的我，终于不敢放开喉咙来叫唤一声，只是张着怒目，在注视台上。她终于把眼睛回过来了，我一霎时就把怒容收起，换了一副笑容。像这样的悲哀喜乐，起伏交换了许多次数，我觉得心的紧张，怎么也持续不了了，所以不等她的那出戏演完，就站起来走出了戏园。

门外头依旧是寒冷的寒夜，微微的凉风吹上我的脸来，我才感觉到因兴奋过度而涨得绯红的两颊。在清冷的巷口，立了几分钟，我终于舍不得这样地和她别去，所以就走向了北，摸到通后台的那条狭巷里去。

在那条漆黑漆黑的狭巷里，果然遇见了几个下台出来的女伶，可是辨不清是谁，就匆匆地擦过了。到了后台房的门口，两扇板门只是虚掩在那里。门中间的一条狭缝，露出一道灯光来。那些女孩子们在台房里杂谈叫噪的声音，也听得很清。我几次想伸手出去，推开门来，可是终于在门上摸了一番，仍旧将双手缩了回来。又过了几分钟，有人自里边把门开了，我骇了一跳，就很快地躲开，走向西去。这时候我心里的一种愤激羞惧之情，比那天自戏园出来，在黑夜的空城里走到天亮的晚上，还要压制不住。不得已只好在漆黑不平的路上，摸来摸去，另寻了一条狭路，绕道走上了通北门的大道。绕来绕去，不知白走了多少路，好容易寻着了那大街，正拐了弯想走到旅馆中去的时候，后面一阵脚步声，接着就来了几乘人力车。我把身子躲开，让车过去，回转头来一看，在灰黄不明的街灯光里，又看见了她——谢月英的一个侧面来。

　　本来我是打算今晚上于戏散之后把白天的那包缎子送去，顺便也去看看姥姥李兰香她们的病的，可是在这一种兴奋状态之下，这事情却不可能了，因为兴奋之极，在态度上言语上，不免要露出不稳的痕迹来的。所以我虽则心里只在难过，只在妄想再去见她一面，而一双已经走倦了的脚，只在冷清的长街上漫步，慢慢地走回旅馆里去。

五

　　大约是几天来的睡眠不足，和昨晚上兴奋之后的半夜深夜游行的结果，早晨醒转来的时候，觉得头有点昏痛，天井里的淡黄的日光，已经射上格子窗上来了。鼻子往里一吸，只有半个鼻孔还可以通气，其他的部分，都已塞得紧紧，和一只铁锈住的唧筒[①]没有分别。朝里床翻了一个身，背脊和膝盖骨上下都觉得酸痛得很，到此我晓得是已经中了风寒了。

午前的这个旅馆里的空气，静寂得非常，除了几处脚步声和一句两句断续的话声以外，什么响动也没有。我想勉强起来穿着衣服，但又翻了一个身，觉得身上遍身都在胀痛，横竖起来也没有事情，所以就又昏昏沉沉地睡着了。非常不安稳的睡眠，大约隔一二分钟就要惊醒一次，在半睡半醒的中间，看见的尽是些前后不接的离奇的幻梦。我看见已故的父亲，在我的前头跑，也看见庙里的许多塑像，在放开脚步走路，又看见和月英两个人在水边上走路，月英忽而跌入了水里。直到旅馆的茶房，进房搬中饭脸水来的时候，我总算完全从睡眠里脱了出来。

头脑的昏痛，比前更加厉害了，鼻孔里虽则呼吸不自在，然而呼出来的气，只觉得烧热难受。

茶房叫醒了我，撩开帐子来对我一望，就很惊恐似的叫我说：

"王先生！你的脸怎么会红得这样？"

我对他说，好像是发烧了，饭也不想吃，叫他就把手巾打一把给我。他介绍了许多医生和药方给我，我告诉他现在还不想吃药，等晚上再说。我的和他说话的声气也变了，仿佛是一面敲破的铜锣，在发哑声，自家听起来，也有点觉得奇异。

他走出去后，我把帐门钩起，躺在枕上看了一看斜射在格子窗上的阳光，听了几声天井角上一棵老树上的小鸟的鸣声，头脑倒觉得清醒了一点。可是想起了昨天的事情，又有点糊涂懵懂，和谢月

---

① 唧筒：水泵。

英的一道出去，上塔看江，和戏院内的种种情景，上面都像有一层薄纱蒙着似的，似乎是几年前的事情。咳嗽了一阵，想伸出头去吐痰，把眼睛一转，我却看见了昨天月英的那一包材料，还搁在我的枕头边上。

比较清楚地，再把昨天的事情想了一遍，我又不知几时昏昏地睡着了。

在半醒半睡的中间，我听见有人在外边叫门。起来开门出去，却看见谢月英含了微笑，说要出去。我硬是不要她出去，她似乎已经是属于我的人了。她就变了脸色，把嘴唇突了起来。我不问皂白，就一个嘴巴打了过去。她被我打后，转身就往外跑。我也拼命地在后边追。外边的天气，只是暗暗的，仿佛是十三四的晚上，月亮被云遮住的暗夜的样子。外面也清静得很，只有她和我两个在静默的长街上跑。转弯抹角，不知跑了多少时候，前面忽而来了一个人不是人、猿不像猿的野兽。这野兽的头包在一块黑布里，身上什么也不穿，可是长得一身的毛。它让月英跳过去后，一边就扑上我的身来。我死劲地挣扎了一回，大声叫了几声，张开眼睛来一看，月英还是静悄悄地坐在我的床面前。

"啊！你还好么？"我擦了一擦眼睛，很急促地问了她一声。身上脸上，似乎出了许多冷汗，感觉异常地不舒服。

她慢慢地朝我转来，微笑着问我说：

"王先生，你刚才做了梦了吧？我听你在呜呜地叫着呢！"

我又举起眼睛来看了看房内的光线，和她坐着的那张靠桌摆着的方椅，才把刚才的梦境想了过来，心里着实觉得难以为情。完全清醒了以后，我就半羞半喜地问她什么时候进这房里来的，她们的病好些了么。接着就告诉她，我也感染了风寒，今天不愿意起来了。

“你的那块缎子，”我又断续着说，“你这块缎子，我昨天本想送过来的，可是怕被她们看见了要说话，所以终于不敢进来。”

“嗳嗳，王先生，真对不起，昨儿累你跑了那么些个路，今天果然跑出病来了。我刚才问茶房来着，问他你的住房在哪一个地方，他就说你病了，觉得很难受么？”

“谢谢，这一忽儿觉得好得多了，大约也是伤风罢。刚才才出了一身汗，发烧似乎不发了。”

“大约是这一忽儿的流行病罢，姥姥她们也就快好了，王先生，你要不要那一种白药片儿吃？”

“是阿斯必淋①片不是？”

“好像是的，反正是吃了要发汗的药。”

“那恐怕是的，你们若有，就请给我一点，回头我好叫茶房照样的去买。”

“好，让我去拿了来。”

“喂，喂，你把这一包缎子顺便拿了去罢！”

她出去之后，我把枕头上罩着的一块干毛巾拿了起来，向头上身上盗汗未干的地方擦了一擦，神志清醒得多了。可是头脑总觉得空得很，嘴里也觉得很淡很淡。

月英拿了阿斯必淋片来之后，又坐落了，和我谈了不少的天。到此我才晓得她是李兰香的表妹，是皖北的原籍，像生长在天津的。陈莲奎本来是在天津搭班的时候的同伴，这一回因为在汉口和恩小枫她们合不来伙，所以应了这儿的约，三个人一道拆出来上Ａ地来的。包银每人每月二百块。那姥姥是她们——李兰香和她——的已

---

① 阿斯必淋：今译“阿斯匹林”。

故的师傅的女人。她们自己的母亲——老姊妹两人，还住在天津。另外还有一个管杂务等的总管，系住在安乐园内的，是陈莲奎的养父。她们三人的到此地来，亦系由他一个人介绍交涉的，包银之内他要拿去二成。她们的合同，本来是三个月的期限，现在园主因为卖座卖得很多，说不定又要延长下去。但她很不愿意在这小地方久住，也许到了年底，就要和李兰香上北京去的，因为北京民乐茶园也在写信来催她们去合班。

在苦病无聊的中间，听她谈了些这样的天，实在比服药还要有效，到了短日向晚的时候，我的病已经有一大半忘记了。听见隔墙外的大挂钟"堂堂"地敲了五点，她也着了急，一边立起来走，一边还咕噜着说：

"这天真黑得快，你瞧，房里头不已经有点黑了么？啊啊，今天的废话可真说得太久了，王先生，你总不至于讨嫌罢？明儿见！"

我要起来送她出门，她却一定不许我起来，说：

"您躺着罢，睡两天病就可以好的，我有空再来瞧你。"

她出去之后，房里头只剩了一种寂寞的余温和将晚的黑影，我虽则躺在床上，心里却也感到了些寒冬日暮的悲哀。想勉强起来穿衣出去，但门外头的冷空气实在有点可怕，不得已就只好合上眼睛，追想了些她今天说话时的神情风度，来伴我的孤独。

她今天穿的，是一件酱色的棉袄，底下穿的，仍复是那条黑的大脚棉裤。头部半朝着床前，半侧着在看我壁上用图钉钉在那里的许多外国画片。我平时虽在戏台上看她的面形看得很熟，但在这样近的身边，这样仔细长久地得看她卸妆后的素面，这却是第一回。那天晚上在她们房里，因为怕羞的缘故，不敢看她，昨天在塔上，又因为大自然的烟景迷人，也没有看她仔细，今天的半天观察，可把她面部的特征都读得烂熟了。

她的有点斜挂上去的一双眼睛，若生在平常的妇人的脸上，不免要使人感到一种淫艳恶毒的印象。但在她，因为鼻梁很高，在鼻梁影下的两只眼底又圆又黑的缘故，看去觉得并不奇特。尤其是可以融和这一种感觉的，是她鼻头下的那条短短的唇中，和薄而且弯的两条嘴唇，说话的时候，时时会露出她的那副又细又白的牙齿来。张口笑的时候，左面犬齿里的一个半藏半露的金牙，也不使人讨嫌。我平时最恨的是女人嘴里的金牙，以为这是下劣的女性的无趣味的表现，而她的那颗深藏不露的金黄小齿，反足以增加她嬉笑时的妩媚。从下嘴唇起，到喉头的几条曲线，看起来更耐人寻味，下嘴唇下是一个很柔很曲的新月形，喉头是一柄圆曲的镰刀背，两条同样的曲线，配置得很适当地重叠在那里。而说话的时候，这镰刀新月线上，又会起水样的微波。

她的说话的声气，绝不似一个会唱皮簧的歌人，因为声音很纤缓，很幽闲，一句话和一句话的中间，总有一脸微笑，和一眼斜视的间隔。你听了她平时的说话，再想起她在台上唱快板时的急律，谁也会惊异起来，觉得这二重人格，相差太远了。

经过了这半天的昵就，又仔细观察了她这一番声音笑貌的特征，我胸前伏着的一种艺术家的冲动，忽而激发了起来。我一边合上双眼，在追想她的全体的姿势所给予我的印象，一边心里在下决心，想于下次见她面的时候，要求她为我来坐几次，我好为她画一个肖像。

电灯亮起来了，远远传过来的旅馆前厅的杂沓声，大约是开晚饭的征候。我今天一天没有取过饮食，这时候倒也有点觉得饥饿了，靠起身坐在被里，放了我叫不响的喉咙叫了几声，打算叫茶房进来，为我预备一点稀饭。这时候隔墙的那架挂钟，已经敲六点了。

六

本来以为是伤风小病，所以药也不服，万想不到到了第二天的晚上，体热又忽然会增高来的。心神的不快，和头脑的昏痛，比较第一日只觉得加重起来，我自家心里也有点惧怕。

这一天是星期六，安乐园照例是有日戏的，所以到吃晚饭的时候止，谢月英也没有来看我一趟。我心里虽则在十二分地希望她来坐在我的床边陪我，然而一边也在原谅她，替她辩解。昏昏沉沉地不晓睡到了什么时候了，我从睡梦中听见房门开响。

插起了上半身，把帐门撩起来往外一看，黄冷的电灯影里，我忽然看见了谢月英的那张长圆的笑脸，和那小白脸的陈君的脸相去不远。她和他都很谨慎地怕惊醒我的睡梦似的在走向我的床边来。

"喔，戏散了么？"我笑着问他们。

"好久不见了，今晚上上这里来。听月英说了，我才晓得了你的病。"

"你这一向上什么地方去了？"

"上汉口去了一趟。你今天觉得好些么？"

我和陈君在问答的中间，谢月英尽躲在陈君的背后在凝视我的被体热蒸烧得水汪汪的两只眼睛。我一边在问陈君的话，一边也在注意她的态度神情。等我将上半身伏出来，指点桌前的凳子请他们坐的时候，她忽而忙着对我说：

"王先生，您睡罢，天不早了，我们明天日里再来看你。您别再受上凉，回头倒反不好。"

说着她就翻转身轻轻地走了，陈君也说了几句套话，跟她走了出去。这时候我的头脑虽已热得昏乱不清，可是听了她的那句"我们明天日里再来看你"的"我们"，和看了陈君跟她一道走出房门去的样子，心里又莫名其妙地起一种怨愤，结果弄得我后半夜一睡也没有睡着。

大约是心病和外邪交攻的原因，我竟接连着失了好几夜的眠，体热也老是不退。到了病后第五日的午前，公署里有人派来看我的病了。他本来是一个在会计处办事的人，也是父执辈的一位远戚。看了我的消瘦的病容，和毫没有神气的对话，他一定要我去进病院。

这 A 城虽则也是一个省城，但病院却只有由几个外国宣教师所立的一所。这所病院地处在 A 城的东北角一个小高岗上，几间清淡的洋房，和一丛齐云的古树，把这一区的风景，烘托得简洁幽深，使人经过其地，就能够感出一种宗教气味来。那一位会计科员，来回往复费了半日的工夫，把我的身体就很安稳地放置在圣保罗病院的一间特等房的床上了。

病房是在二层楼的西南角上，朝西朝南，各有两扇玻璃窗门，开门出去，是两条直角相遇的回廊。回廊槛外，西面是一个小花园，南面是一块草地，沿边种着些外国梧桐，这时候树叶已经凋落，草色也有点枯黄了。

进病院之后的三四天内，因为热度不退，终日躺在床上，倒也没有感到病院生活的无聊。到了进院后将近一个礼拜的一天午后，谢月英买了许多水果来看了我一次之后，我身体也一天一天地恢复原状起来，病院里的生活也一天一天地觉得寂寞起来了。

那一天午后，刚由院长汉医生来诊察时，他看看我的体温表，听听我胸前背后的呼吸，用了不大能够了解的中国话对我说：

"我们，要恭贺你，恭贺你不久，就可以出去这里了。"

我问他可不可以起来坐坐走走，他说："很好很好。"我于他出去之后，就叫看护生过来扶我坐起，并且披了衣裳，走出到玻璃门口的一张躺椅上坐着，在看回廊栏杆外面树梢上的太阳。坐了不久，就听见楼下有女人在说话，仿佛是在问什么的样子。我以病人的纤敏的神经，一听见就直觉地知道这是来看我的病的。因为这时候天气凉冷，住在这一所特等病房里的人没有几个，我所以就断定这一定是来看我的。不等第二回的思索，我就叫看护生去打个招呼，陪她进来。等到来一看，果然是她，是谢月英。

她穿的仍复是那件外国呢的长袍，颈项上围着一块黑白的丝围巾，黑绒的鸭舌帽底下，放着闪闪的两眼，见了我的病后的衰容，似乎是很惊异的样子。进房来之后，她手里捧着了一大包水果，动也不动地对我呆看了几分钟。

"啊啊，真想不到你会上这里来的！"我装着笑脸，举起头来对她说。

"王先生，怎么，怎么你会瘦得这一个样儿！"她说这一句话的时候，脸上的那脸常漾着的微笑也没有了，两只眼睛，尽是直盯在我的脸上。像这一种严肃的感伤的表情，我就是在戏台上当她演悲剧的时候，也还没有看见过。

我朝她一看，为她的这一种态度所压倒，自然而然地也收起了笑容，噤住了说话，对她看不上两眼，眼里就扑落落地滚下了两颗眼泪来。

她也呆住了，说了那一句感叹的话之后，仿佛是找不着第二句话的样子。两人沉默了一会，倒是我觉得难过起来了，就勉强地对她说：

"月英！我真对你不起。"

这时候看护生不在边上，我说着就摇摇颤颤地立起来想走到床上去。她看了我的不稳的行动，就马上把那包水果丢在桌上，跑过来扶我。我靠住了她的手，一边慢慢地走着，一边断断续续地对她说：

"月英！你知不知道，我这病，这病的原因，一半也是，也是为了你呀！"

她扶我上了床，帮我睡进了被窝，一句话也不讲地在我床边上坐了半天。我也闭上了眼睛，朝天地睡着，一句话也不愿意讲，而闭着的两眼角上，尽是流冰冷的眼泪。这样的沉默了不知多少时候，我忽而脸上感到了一道热气，接着嘴唇上、身体上就来了一种重压。我和麻醉了似的，从被里伸出了两只手来，把她的头部抱住了。

两个紧紧地抱着吻着，我也不打开眼睛来看，她也不说一句话，动也不动地又过了几分钟，忽而门外面脚步声响了。再拼命地吸了她一口，我就把两手放开，她也马上立起身来很自在地对我说：

"您好好地保养罢，我明儿再来瞧你。"

等看护生走到我床面前送药来的时候，她已经走出房门，走在回廊上了。

自从这一回之后，我便觉得病院里的时刻，分外的悠长，分外的单调。第二天等了她一天，然而她终于不来，直到吃完晚饭以后，看见寒冷的月光，照到清淡的回廊上来了，我才闷闷地上床去睡觉。

这一种等待她来的心思，大约只有热心的宗教狂者，盼望基督再临的那一种热望，可以略比得上。我自从她来过后的那几日的情意，简直没有法子能够形容出来。但是残酷的这谢月英，我这样热望着的这谢月英，自从那一天去后，竟绝迹地不来了。一边我的病体，自从她来了一次之后，竟恢复得很快，热退后不上几天，就能够吃两小碗的干饭，并且可以走下楼来散步了。

医生许我出院的那一天早晨，北风刮得很紧，我等不到十点钟的会计科的出院许可单来，就把行李等件包好，坐在回廊上守候。挨一刻如一年地过了四五十分钟，托看护生上会计科去催了好几次，等出院许可单来，我就和出狱的罪囚一样，三脚两步地走出了圣保罗医院的门。坐人力车到大新旅馆门口的时候，我像同一个女人约定密会的情人赶赴会所去的样子，胸腔里心脏跳跃得厉害。开进了那所四十八号房，一股密闭得很久的房间里的闷气，迎面地扑上我的鼻来。茶房进来替我扫地收拾的中间，我心里虽则很急，但口上却吞吞吐吐地问他：

"后面的谢月英她们起来了没有？"

他听了我的问话，地也不扫了，把屈了的腰伸了一伸，仰起来对我说：

"王先生，你大约还没有晓得罢？这几天因为谢月英和陈莲奎吵嘴的原因，她们天天总要闹到天明才睡觉，这时候大约她们睡得正热火哩！"

我又问他，她们为什么要吵嘴。他歪了一歪嘴，闭了一只眼睛，作了一副滑稽的形容对我说：

"为什么呢！总之是为了这一点！"

说着，他又以左手的大指和二指捏了一个圈给我看。依他说来，似乎是为了那小白脸的陈君。陈君本来是捧谢月英的，但是现在不晓怎么地风色一转，却捧起陈莲奎来了。前几天，陈君为陈莲奎从汉口去定了一件绣袍来，这就是她们吵嘴的近因。听他的口气，似乎这几天谢月英的颜色不好，老在对人说要回北京去，要回北京去。可是合同的期间还没有满，所以又走不脱身。听了这一番话，我才明白了前几天她上病院里来的时候的脸色，并且又了解了她所以自那一天后，不再来看我的原因。

等他扫好了地，我简单地把房里收拾了一下，心里忐忑不安地朝桌子坐下来的时候，桌上靠壁摆着的一面镜子，忽而毫不假借地照出了我的一副清瘦的相貌来。我自家看了，也骇了一跳。我的两道眉毛，本来是很浓厚美丽的，而在这一次的青黄的脸上竖着，非但不能加上我以些许男性的美观，并且在我的脸上影出了一层死沉沉的阴气。眼睛里的灼灼的闪光，在平时原可以表示一种英明的气概的，可是在今天看起来，仿佛是特别地在形容颜面全部的没有生气了。鼻下嘴角上的胡影，也长得很黑，我用手去摸了一摸，觉得是杂杂粒粒的有声音的样子。失掉了第二回再看一眼的勇气，我就立起身来把房门带上，很急地出门雇车到理发铺里去。

理完了发，又上公署前的澡堂去洗了一个澡，看看太阳已经直了，我也便不回旅馆，上附近的菜馆去喝了一点酒，吃了一点点心，有意地把脸上醉得微红。我不待酒醒，就急忙地赶回到旅馆里来。进旅馆里，正想走进自己的房里去再对镜看一看的时候，那茶房却迎了上来，又歪了歪嘴，含着有意的微笑对我说：

"王先生，今天可修理得美了。后面的谢月英也刚起来吃过了饭，我告诉她以你的回来，她也好像急急乎要见你似的。哼，快去快去，快把这新修的白面去给她看看！"

我被他那么一说，心里又喜又气，在平时大约要骂他几句，就跑回到房里去躲藏着，不敢再出来，可是今天因为那几杯酒的力量，竟把我的这一种羞愧之心驱散，朝他笑了一脸，轻轻骂了一句"混蛋"，也就公然不客气地踏进了里进的门，去看谢月英去了。

七

进了谢月英她们的房里去一看，她们三人中间的空气，果然险恶得很。那一回和陈君到她们房里来的时候，我记得她们是有说有笑，非常融和快乐的，而今朝则月英还是默默地坐在那里托姥姥梳辫，陈莲奎背朝着床外斜躺在床上。李兰香一个人呆坐在对窗的那张床沿上打呵欠，看见我进去了，倒是她第一个立起来叫我，陈莲奎连身子也不朝过来。我看见了谢月英的梳辫的一个侧面，心里已经是混乱了，嘴里虽则在和李兰香攀谈些闲杂的天，眼睛却尽在向谢月英的脸上偷看。

我看见她的侧面上，也起了一层红晕，她的努力侧斜过来的视线，也对我笑了一脸。

和李兰香、姥姥应答了几句，等我坐定了一忽，她的辫子也梳好了。回转身来对我笑了一脸，她第一句话就说：

"王先生，几天不看见，你又长得那么丰满了，和那一天的相儿，要差十岁年纪。"

"嗳嗳，真对不起，劳你的驾到病院里来看我，今天是特地来道谢的。"

那姥姥也插嘴说：

"王先生，你害了一场病，倒漂亮得多了。"

"真的么！那么让我来请你们吃晚饭罢，好作一个害病的纪念。"

我问她们几点钟到戏园里去，谢月英说今晚上她因为嗓子不好想告假。

在那里谈这些闲话的中间，我心里只在怨另外的三人，怨她们不识趣，要夹在我和谢月英的中间，否则我们两人早好抱起来亲一个嘴了。我以眼睛请求了她好几次，要求她给我一个机会，好让我们两个人尽情地谈谈衷曲。她也明明知道我这意思，可是和顽强不听话的小孩似的，她似乎故意在作弄我，要我着一着急。

问问她们的戏目，问问今天是礼拜几，我想尽了种种方法，才在那里勉强坐了二三十分钟，和她们说了许多前后不接的杂话，最后我觉得再也没有话好说了，就从座位里立了起来，打算就告辞出去。大约谢月英也看得我可怜起来了，她就问我午后有没有空，可不可以陪她出去买点东西。我的沉下去的心，立时跳跃了起来，就又把身子坐下，等她穿换衣服。

她的那件羊皮袄，已经做好了，就穿了上去，底下穿的，也是一条新做的玄色大绸的大脚棉裤。那件皮袄的大团花的缎子面子，系我前次和她一道去买来的，我觉得她今天的特别要穿这件新衣，也有点微妙的意思。

陪她在大街上买了些化妆品类，毫无情绪地走了一段，我就提议请她去吃饭，先上一家饭馆去坐它一两个钟头，然后再着人去请李兰香她们来。我晓得公署前的一家大旅馆内，有许多很舒服的房间，是可以请客坐谈的，所以就和她走转了弯，从三牌楼大街，折向西去。

上大旅馆去择定了一间比较宽敞的餐室，我请她上去，她只在忸怩着微笑，我倒被她笑得难为情起来了，问她是什么意思。她起初只是很刁乖地在笑，后来看穿了我的真是似乎不懂她的意思，她等茶房走出去之后，才走上我身边来拉着我的手对我说：

"这不是旅馆么？男女俩，白天上旅馆来干什么？"

我被她那么一说，自家觉得也有点不好意思，可是因为她说话的时候，眼角上的那种笑纹太迷人了，就也忘记了一切，不知不觉地把两手张开来将她的上半身抱住。一边抱着，一边我们两个就自然而然地走向上面的炕上去躺了下来。

　　几分钟的中间，我的身子好像掉在一堆红云堆里，把什么知觉都麻醉尽了。被她紧紧地抱住躺着，我的眼泪尽是止不住地在涌流出来。她和慈母哄孩子似的一边哄着，一边不知在那里幽幽地说些什么话。

　　最后的一重关突破了，我就觉得自己的一生，今后是无论如何和她分离不开了，我的从前的莫名其妙在仰慕她的一种模糊的观念，方才渐渐地显明出来，具体化成事实的一件一件，在我的混乱的脑里旋转。

　　她诉说这一种艺人生活的苦处，她诉说 A 城一班浮滑青年的不良，她诉说陈莲奎父女的如何欺凌侮辱她一个人，她更诉说她自己的毫无寄托的半生。原来她的母亲，也是和她一样的一个行旅女优，谁是她的父亲，她到现在还没有知道。她从小就跟了她的师傅在北京天津等处漂流。先在天桥的小班里吃了五六年的苦，后来就又换上天津来登场。她师傅似乎也是她母亲的情人中的一个，因为当他未死之前，姥姥是常和她母亲吵嘴相打的。她师傅死后的这两三年来，她在京津汉口等处和人家搭了几次班，总算博了一点名誉，现在也居然能够独树一帜了。她母亲和姥姥等的生活，也完全只靠在她一个人的身上。可是她只是一个女孩子，这样地被她们压榨，也实在有点不甘心。况且陈莲奎父女，这一回和她寻事，姥姥和李兰香胁于陈老儿的恶势，非但不出来替她说一句话，背后头还要来埋怨她，说她的脾气不好。她真不想再过这样的生活了，想马上离开 A

地到别处去。

我被她那么一说，也觉得气愤不过，就问她可愿意和我一道而去。她听了我这一句话，就举起了两只泪眼，朝我呆视了半天，转忧为喜地问我说：

"真的么？"

"谁说谎来？我以后打算怎么也和你在一块儿住。"

"那你的那位亲戚，不要反对你么？"

"他反对我有什么要紧。我自问一个人就是离开了这里，也尽可以去找事情做的。"

"那你的家里呢？"

"我家里只有我的一个娘，她跟我姊姊住在姊夫家里，用不着我去管的。"

"真的么？真的么？那我们今天就走罢！快一点离开这一个害人的地方。"

"今天走可不行，哪里有那么简单，你难道衣服铺盖都不想拿了走么？"

"几只衣箱拿一拿有什么？我早就预备好了。"

我劝她不要那么着急，横竖着预备着走，且等两三天也不迟，因为我也要向那位父执去办一个交涉。这样地谈谈说说，窗外头的太阳，已经斜了下去，市街上传来的杂噪声，也带起向晚的景象来了。

那茶房仿佛是经惯了这一种事情似的，当领我们上来的时候，起了一壶茶，打了两块手巾之后，一直到此刻，还没有上来过。我和她站了起来，把她的衣服辫发整了一整，拈上了电灯，就大声地叫茶房进来，替我们去叫菜请客。

她因为已经决定了和我出走，所以也并不劝止我的招她们来吃晚饭，可是写请客单子写到了陈莲奎的名字的时候，她就变了脸色叱着说：

"这一种人去请她干吗！"

我劝她不要这样的气量狭小，横竖是要走了，大家欢聚一次，也好留个纪念。一边我答应她于三天之内，一定离开Ａ地。

这样地两人坐着在等她们来的中间，她又跑过来狂吻了我一阵，并且又切切实实地骂了一阵陈莲奎她们的不知恩义。等不上三十分钟，她们三人就一道地上扶梯来了。

陈莲奎的样子，还是淡淡漠漠的，对我说了一声"谢谢"，就走往我们的对面椅子上去坐下了。姥姥和李兰香，看了谢月英的那种喜欢的样子，也在感情上传染了过去，对我说了许多笑话。

吃饭喝酒喝到六点多钟，陈莲奎催说要去要去，说了两次。谢月英本说要想临时告假的，但姥姥和我，一道地劝她勉强去应酬一次，若要告假，今晚上去说，等明天再告假不迟。结果是她们四个人先回大新旅馆，我告诉她们今晚上想到衙门去一趟办点公事，所以就在公署前头和她们分了手。

从黑阴阴的几盏电灯底下，穿过了三道间隔得很长的门道，正将走到办公室中去的时候，从里面却走出了那位前次送我进病院的会计科员来。他认明是我，先过来拉了我的手向我道贺，说我现在气色很好了。我也对他说了一番感谢的意思，并且问他省长还在见客么！他说今天因为有一所学校，有事情发生了，省长被他们学生教员纠缠了半天，到现在还没有脱身。我就问他可不可以代我递一个手折给他，要他马上批准一下。他问我有什么事情，我就把在此地仿佛是水土不服，想回家去看看母亲，并且若有机会，更想到外洋去读几年书，所以先想在这里告了一个长假，临去的时候更要预支几个月薪水，要请他马上批准发给我才行等事情说一说。我说着他就引我进去见了科长，把前情转告了一遍。科长听了，也不说什么，只叫我上电灯底下去将手折缮写好来。

我在那里端端正正地写了一个多钟头，正将写好的时候，窗外面一声吆喝，说："省长来了。"我正在喜欢这机会来得凑巧，手折可以自家亲递给他了，但等他进门来一见，觉得他脸上的怒气，似乎还没有除去。他对科长很急促地说了几句话后，回头正想出去的时候，眼睛却看见了在旁边端立着的我。问了我几句关于病的闲话，他一边回头来又问科长说：

"王咨议的薪水送去了没有？"

说着他就走了。那最善逢迎的科长，听了这一句话，就当作了已经批准的面谕一样，当面就写了一张支票给我。

我拿了支票，写了一张收条，和手折一同留下，临走时并且对他们谢了一阵，出来走上寒空下的街道的时候，心里又莫名其妙地起了一种感慨。我觉得这是我在 A 城衙门口走着的最后一次了，今后的漂泊，不知又要上什么地方去寄身。然而一想到日里的谢月英的那一种温存的态度，和日后的能够和她一道永住的欢情，心里同时又高兴了起来。

故意人力车也不坐，我慢慢地走着，一边在回想日里的事情，一边在打算如何地和谢月英出奔，如何地和她偷上船去，如何地去度避世的生活。一种喜欢作恶的小孩子的爱秘密的心理，使我感到了加倍的浓情，加倍的满足。我觉得世界上的幸福，将要被我一个人来享尽的样子。

八

萧条的寒雨，凄其滴答，落满了城中。黄昏的灯火，一点一点地映在空街的水潴里，仿佛是泪儿神瞳里的灵光。以左手张着了一柄洋伞，右手紧紧地抱住月英，我跟着前面挑行李的夫子，偷偷摸摸，走近了轮船停泊着的江边。

这一天午后，忙得坐一坐，说一句话的工夫都没有，趁她们三人不在的中间，先把月英的几只衣箱，搬上了公署前的大旅馆内。问定了轮船着岸的时刻，我便算清了大新旅馆的积账，若无其事地走出了大新旅馆去。和月英约好了地点，叫她故意示以宽舒的态度，和她们一道吃完晚饭，等她们饭后出去，仍复上戏园去的时候，一个人悠悠自在地走出到大街上来等候。

我押了两肩行李，从省署前的横街里走出，在大街角上和她合成了一块。

因为路上怕被人瞥见，所以洋伞擎得特别的低，脚步也走得特别的慢，到了江边码头船上去站住，料理进舱的时候，我的额上却急出了一排冷汗。

嗡嗡扰扰，码头上的人夫的怒潮平息了。船前信号房里，丁零零零下了一个开船的命令，水夫在呼号奔走，船索也起了旋转的声音，汽笛放了一声沉闷的大吼。

我和她关上了舱门，向小圆窗里，头并着头地朝岸上看了些雨中的灯火，等船身侧过了 A 城市外的一条横山，两人方才放下了心，坐下来相对着作会心的微笑。

"好了！"

"可不是么！真急死了我，吃晚饭的时候，姥姥还问我明天上不上台哩！"

"啊啊，月英……"

我叫还没有叫完，就把身子扑了过去，两人抱着吻着摸索着，这一间小小的船舱，变了地上的乐园，尘寰的仙境，弄得连脱衣解带、铺床叠被的余裕都没有。船过大通港口的时候，我们的第一次的幽梦，还只做了一半。

说情说意，说誓说盟，又说到了"这时候她们回到了大新旅馆，不晓得在那里干什么？""那小白脸的畜生，好抱了陈莲奎在睡觉了罢？""那姥姥的老糊涂，只配替陈莲奎烧烧水了。"我们的兴致愈说愈浓，不要说船窗外的寒雨，不能够加添我们的旅愁，即便是明天天会不亮，地球会陆沉，也与我们无干无涉。我只晓得手里抱着的是谢月英的养了十八年半的丰肥的肉体，嘴上吮吸着的，是能够使凡有情的动物都会疯魔麻醉的红艳的甜唇，还有底下，还有底下……啊啊，就是现在叫我这样地死了，我的二十六岁，也可以算不是白活。人家只知道是千金一刻，呸呸，就是两千金，万万金，要想买这一刻的经验，也哪里能够？

那一夜，我们似梦非梦，似睡非睡地闹到天亮，方才抱着了合了一合眼。等轮船的机器声停住，窗外船沿人声嘈杂起来的时候，听说船已经到了芜湖了。

上半天云停雨停，风也毫末不起，我和她只坐在船舱里从那小圆窗中在看江岸的黄沙枯树，天边的灰云层下，时时有旅雁在那里飞翔。这一幅苍茫黯淡的野景，非但不能够减少我们闲眺的欢情，我并且希望这轮船老是在这一条灰色的江上，老是像这样地慢慢开行过去，不要停着，不要靠岸，也不要到任何的目的地点，我只想和她，和谢月英两个，尽是这样地漂流下去，一直到世界的尽头，一直到我俩的从人世中消灭。

江行如梦，通过了许多曲岸的芦滩，看见了一两堆临江的山寨，船过采石矶头，已经是午后的时刻了。茶房来替我们收拾行李，月英大约是因为怕被他看出是女伶的前身，竟给了他五块钱的小账。

从叫嚣杂乱的中间，我俩在下关下了船。因为自从那一天决定出走到如今，我和她都还没有工夫细想到今后的处置，所以诸事不提暂且就到瀛台大旅社去开了一个临江的房间住下。

这是我和她在岸上旅馆内第一次同房，又过了荒唐的一夜。第二天天放晴了，我们睡到吃中饭的时候，方才蓬头垢面地走出床来。

她穿了那件粉红的小棉袄，在对镜洗面的时候，我一个人穿好了衣服鞋袜，仍复仰躺在波纹重叠的那条被上，茫茫然在回想这几天来的事情的经过。一想到前晚在船舱里，当小息的中间，月英对我说的那句"这时候她们回到了大新旅馆，不晓得在那里干什么？"的时候，我的脑子忽然清了一清，同喝醉酒的人，忽然吃到了一杯冰淇淋一样，一种前后联络、理路很清的想头，就如箭也似的射上我的心来了。我急速从床上立了起来，突然地叫了一声：

"月英！"

"喔唷，我的妈吓，你干吗？骇死我啦！"

"月英，危险危险！"

她回转头来看我尽是对她张大了两眼地叫"危险危险"，也急了起来，就收了脸上的那脸常在漾着的媚笑催着我说：

"什——么吓？你快说啊！"

我因为前后连接着的事情很多，一句话说不清楚，所以愈被她催，愈觉得说不出来，又叫了一声"危险危险"。她看了我这一副空着急而说不出话来的神气，忽而"哺"的一声笑了出来，一只手里还拿了那块不曾绞干的手巾，她忽而笑着跳着，走近了我的身边，抱了我的头吻了半天，一边吻一边问我，究竟是为了什么？

"喂，月英，你说她们会不会知道你是跟了我跑的？"

"知道了便怎么啦？"

"知道了她们岂不是要来追么？"

"追就由她们来追，我自己不愿意回去，她们有什么法子？"

"那就多么麻烦哩！"

"有什么麻烦不麻烦，我反正不愿意随她们回去！"

"万一她们去告警察呢！"

"那有什么要紧？她们能够管我么？"

"你老说这些小孩子的话，我可就没有那么简单，她们要说我拐了你走了。"

"那我就可以替你说，说是我跟你走的。"

"总之，事情是没有那么简单，月英，我们还得想一个法子才行。"

"好，有什么法子你想罢！"

说着她又走回镜台前头去梳洗去了。我又躺了下去，呆呆想了半天，等她在镜子前自己把半条辫子梳好的时候，我才坐起来对她说：

"月英，她们发现了你我的逃走，大约总想得到是坐下水船上这里来的，因为上水船要到天亮边才过 A 地，并且我们走的那一天，上水船也没有。"

她头也不朝转来，一边梳着辫，一边答应了我一声"嗯"。

"那么她们若要赶来呢，总在这两天里了。"

"嗯。"

"我们若住在这里，岂不是很危险么？"

"嗯，你底下名牌上写的是什么名字？"

"自然是我的真名字。"

"那叫他们去改了就对了啦！"

"不行不行！"

"什么不行哩？"

"在这旅馆里住着，一定会被她们瞧见的，并且问也问得出来。"

"那我们就上天津去罢！"

"更加不行。"

"为什么更加不行哩？"

"你的娘不在天津么？她们在这里找我们不着，不也就要追上天津去的么？经她们四五个人一找，我们哪里还躲得过去？"

"那你说怎么办哩？"

"依我吓，月英，我们还不如搬进城去罢。在这儿店里，只说是过江去赶火车去的，把行李搬到了江边，我们再雇一辆马车进城去，你说怎么样？"

"好罢！"

这样地决定了计划，我们就开始预备行李了。两人吃了一锅黄鱼面后，从旅馆里出来把行李挑上江边的时候，太阳已经斜照在江面的许多桅船汽船的上面。午后的下关，正是行人拥挤，满呈着活气的当儿。前夜来的云层，被阳光风热吞没了去，清淡的天空，深深地覆在长江两岸的远山头上。隔岸的一排洋房烟树，看过去像西洋画里的背景，只剩了狭长的一线，沉浸在苍紫的晴空气里。我和月英坐进了一辆马车，打仪凤门经过，一直地跑进城去，看看道旁的空地疏林，听听车前那只瘦马的嘚嘚嘚嘚有韵律的蹄声，又把一切的忧愁抛付了东流江水，眼前只觉得是快乐，只觉得是光明，仿佛是走上了上天的大道了。

九

进城之后，最初去住的，是中正街的一家比较干净的旅馆。因为想避去和人的见面，所以我们拣了一间那家旅馆的最里一讲的很谨慎的房间，名牌上也写了一个假名。

把衣箱被铺布置安顿之后，几日来的疲倦，一时发足了，那一晚，我们晚饭也不吃，太阳还没有落尽的时候，月英就和我上床去睡了。

快晴的天气，又连续了下去，大约是东海暖流混入了长江的影响罢，当这寒冬的十一月里，温度还是和三月天一样，真是好个江南的小春天气。进城住下之后我们就天天游逛，夜夜欢娱，竟把人世的一切经营俗虑，完全都忘掉了。

有一次我和她上鸡鸣寺去，从后殿的楼窗里，朝北看了半天斜阳衰草的玄武湖光。从古同泰寺的门楣下出来，我又和她在寺前寺后台城一带走了许多山路。正从寺的西面走向城堞上去的中间，我忽而在路旁发现一口枯草丛生的古井。

"啊！这或者是胭脂井罢！"

我叫着就拉了她的手走近了井栏圈去。她问我什么叫胭脂井，我就同和小孩子说故事似的把陈后主的事情说给她听：

"从前哪，在这儿是一个高明的皇帝住的，他相儿也很漂亮，年纪也很轻，作诗也作得很好。侍候他的当然有许多妃子，可是这中间，他所最爱的有三四个人。他在这儿就造了许多很美很美的宫殿给她们住。万寿山你去过了罢？譬如同颐和园一样的那么的房子，造在这儿，你说好不好？"

"那自然好的。"

"嗳，在这样美、这样好的房子里头啊，住的尽是些像你……"

说到了这里，我就把她抱住，咬上她的嘴去。

她和我吮吸了一回，就催着说：

"住的谁呀？"

"住的啊，住的尽是些像你这样的小姑娘——"我又向她脸上摘了一把。

"她们也会唱戏的么？"

这一问可问得我喜欢起来了，我抱住了她，一边吻一边说：

"可不是么？她们不但唱戏，还弹琴舞剑，作诗写字来着。"

"那皇帝可真有福气！"

"可不是么？他一早起来呀，就这么着一边抱一个，喝酒，唱戏，作诗，尽是玩儿。到了夜里啦，大家就上火炉边上去，把衣服全脱啦，又是喝酒、唱戏地玩儿，一直地玩到天明。"

"他们难道不睡觉的么？"

"谁说不睡来着，他们在玩儿的时候，就是在那里睡觉的呀！"

"大家都在一块儿的？"

"可不是么？"

"她们倒不怕羞？"

"谁敢去羞她们？这是皇帝做的事情，你敢说一句么？说一句就砍你的脑袋！"

"啊唷喝！"

"你怕么？"

"我倒不怕，可是那个皇帝怎么会那样能干？整天地和那么些姑娘们睡觉，他倒不累么？"

　　"他自然是不累的，在他底下的小百姓可累死了。所以到了后来吓——"

　　"后来便怎么啦？"

　　"后来么，自然大家都起来反对他了，有一个韩擒虎带了兵就杀到了这里。"

　　"可是南阳关的那个韩擒虎？"

　　"我也不知道，可是那韩擒虎杀到了这里，他老先生还在和那些姑娘们喝酒唱戏哩！"

　　"啊唷！"

　　"韩擒虎来了之后，你猜那些妃子们就怎么办啦？"

　　"自然是跟韩擒虎了啦！"

　　我听了她这一句话，心口头就好像被钢针刺了一针，噤住了不说下去，我却张大眼对她呆看了许多时候，她又哄笑了起来，催问我"后来怎么啦"。我实在没有勇气说下去了，就问她说：

　　"月英！你怎么会腐败到这一个地步？"

　　"什么腐败呀？那些妃子们干的事情，和我有什么相干？"

　　"那些妃子们，却比你高得多，她们都跟了皇帝跳到这一口井里去死了。"

　　她听了我的很坚决的这一句话，却也骇了一跳，"啊——吓"地叫了一声，撒开了我的围抱她的手，竟跟跟跄跄地倒退了几步，离开了那个井栏圈，向后跑了。

　　我追了上去，又围抱住了她，看了她那惊恐的相貌，便也不知不觉地笑了起来，轻轻地慰扶着她的肩头对她说：

"你这孩子！在这样的青天白日的底下，你还怕鬼么？并且那个井还不知道是不是胭脂井哩！"

像这样的野外游行，自从我们搬进城去以后，差不多每天没有息过。南京的许多名山胜地如燕子矶、明孝陵、扫叶楼、莫愁湖等处，简直处处都走到了，所以觉得时间过去得很快，在城里住了一个礼拜，只觉得是过了二天三天的样子。

到了十一月也将完了的几天前，忽然吹来了几阵北风，阴森的天气，连续了两天，旧历的十二月初一，落了一天冷雨，到半夜里，就变了雪珠雪片了。

我们因为想去的地方都已经去过了，所以就在房里生了一盆炭火，打算以后就闭门不出，像这样地度过这个寒冬。头几天，为了北风凉冷，并且房里头炭火新烧，两个人围炉坐坐谈谈，或在被窝里歇歇午觉，觉得这室内的生活，也非常的有趣。可是到了五六天之后，天气老是不晴，门外头老是走不出去，月英自朝到晚，一点儿事情也没有，只是缩着手坐着，打着呵欠，在那里呆想。我看过去，她仿佛是在感着无聊的样子。

我所最怕看的，是她于午饭之后，呆坐在围炉边上，那一种拖长的脸色。叫她一声，她当然还是装着微笑，抬起头来看我，可是她和我上船前后的那一种热情的紧张的表情，一天一天地稀薄下去了。

尤其是上床和我睡觉的时候，从前的那种燃烧，那种兴奋，那种热力，变成了一种做作的、空虚的低调和播动。我在船上看见的她的那双黑宝石似的放光的眼睛，和她的同起了剧烈的痉挛似的肢体，不知消散到哪里去了。

我当阴沉的午后，在围炉边上，看她呆坐在那里，心里就会焦急起来，有一次我因为隐忍不过去了，所以就叫她说：

"月英吓！你觉得无聊得很罢？我们出去玩儿去罢？"

她对我笑着，回答我说：

"天那么冷，出去干吗？倒还不如在房里坐着烤火的好。这样下雨的天，上什么地方去呢？"

我闷闷地坐着，一个人就想来想去地想，想想出一个法子来使她高兴。晚上又只好老早地上床，和她胡闹了一晚，一边我又在想各种可以使她满足的方法。

第二天早晨她还睡在那里的时候，我一个人爬出了床，冒了寒风微雨，上大街上去买了一架留声机器来。

买的片子，当然都是合她的口味的片子，以老谭、汪雨等的为主，中间也有几张刘鸿声、孙菊仙、汪笑侬的。

这一种计策，果然成功了，初买来的两天之中，她简直一停也不停地摇转了两天。到了第三天，她要我跟了片子唱，我以粗笨的喉音，不合拍的野调，竟哄她笑了一天。后来到了我也唱得有点合拍起来的时候，她却听厌了似的尽在边上袖手旁观，只看我拼命地在那里摇转，拼命地在那里跟唱。有的时候，当唱片里的唱音很激昂地高扬一次之后，她虽然也跟着把那颓拖下去的句子唱一二句，可是前两天的她那一种热情，又似乎没有了。

在玩这留声机器的把戏的当中，天气又变了晴正。寒气减退了下去，日中太阳出来的中间，刮风的时候很少，我们于日斜的午后，有时也上夫子庙前或大街上去走走。这一种街市上的散步，终究没有野外游行的有趣，大抵不过坐了黄包车去跑一两个钟头，回来就顺便带一点吃的物事和新的唱片回来，此外也一无所得。

过了几天，她脸上的那种倦怠的形容，又复原了，我想来想去，就又想出了一个方法来，和她一道坐轻便火车出城去到下关去听戏。

下关的那个戏园，房屋虽则要比 A 地的安乐园新些，可是唱戏的人，实在太差了，不但内行的她，有点听不进去，就是不十分懂戏的我，听了也觉得要身上起栗。

我一共和她去了两趟，看了她临去的时候的兴高采烈，和回来的时候的意气消沉，心里又觉得重重的对她不起，所以于第二次自下关回来的途中，我因为想对她的那种萎靡状态，给一点兴奋的原因，就对她说了一句笑话：

"月英，这儿的戏实在太糟了，你要听戏，我们就上上海去罢，到上海去听它两天戏来，你说怎么样？"

这一针兴奋针，实在打得有效，她的眼睛里，果然又放起那种射人的光来了。在灰暗的车座里，她也不顾旁边的有人没有人，把屁股紧紧地向我一挤，一只手又狠命地捏了我一把，更把头贴了过来，很活泼地向我斜视着，媚笑着，轻轻地但又很有力量地对我说：

"去罢，我们上上海去住它两天罢，一边可以听戏，一边也可以去买点东西。好，决定了，我们明天的早车就走。"

这一晚我总算又过了沉醉的一晚，她也回复了一点旧时的热意与欢情，因为睡觉的时候，我们还在谈着大都会的舞台里的名优的放浪和淫乱。

十

第二天又睡到日中才起来，她也似乎为前夜的没有节制的结果乏了力，我更是一动也不愿意动。

吃了午饭，两人又只是懒洋洋地躺着，不愿意起身，所以上海之行，又延迟了一日。

晚上临睡的时候，先和茶房约定，叫他于火车开动前的一个半钟头就来叫醒我们，并且出城的马车，也叫他预先为我们说好。

月英的性急，我早已知道了，又加以这次是上上海去的寻快乐的旅行，所以于早晨四点钟的时候，她就发着抖，起来在电灯底下梳洗，等她来拉我起来的时候，东天也已经有点茫茫的白了。

忍了寒气，从清冷的长街上被马车拖出城来，我也感到了一种鸡声茅店的晓行的趣味。

买票上车，在车上也没有什么障碍发生，沿火车道两旁的晴天野景，又添了我们许多行旅的乐趣。车过苏州城外的时候，她并且提议，当我们于回去的途中，在苏州也下车来玩它一天，因为前番接连几天在南京的胜地巡游的结果，这些野游的趣味已经在她的脑里留下了很深的印象了。

十二点过后，车到了北站，她虽则已经在上海经过过一次，可是短短的一天耽搁，上海对她，还是同初到上海来的人一样，处处觉得新奇，事事觉得和天津不同。她看见道旁立着的高大的红头巡捕，就在马车里拉了我的手轻轻地对我笑着说：

"这些印度巡捕的太太，不晓得怎么样的？"

我暗暗地在她腿上摘了一把，她倒哈哈地大笑了起来。到四马路一家旅馆里住定了身，我们不等午饭的菜蔬搬来，就叫茶房去拿了一份报来，两人就抢着翻看当日的戏目。因为在南京的时候，除吃饭睡觉时，我们什么报也不看，所以现在上海有哪几个名角在登台，完全是不晓得的。

看报的结果，我们非但晓得上海各舞台的情形，并且晓得洋冬至已到，大马路上四川路口的几家外国铺子，正在卖圣诞节的廉价物品。月英于吃完午饭之后，就要我陪她去买服饰用品去，我因为到上海来一看，看了她的那种装饰，也有点觉得不大合时宜了，所以马上就答应了她，和她一道出去。

在大马路上跑了半天，结果她买了一顶黑绒的法国女帽，和四周有很长很软的鸵鸟毛缝在那里的北欧各国女人穿的一件青呢外套。因为她的身材比外国女人矮小，所以在长袍子上穿起来，这外套正齐到脚背。她的高高的鼻梁，和北方人里面罕有的细白的皮色上，穿戴了这些外国衣帽，看起来的确好看，所以我就索性劝她买买周全，又为她买了几双肉色的长筒丝袜和一双高底的皮鞋。穿高底皮鞋，这虽还是她的第一次，但因为舞台上穿高底靴穿惯的原因，她穿着"答答"地在我前头走回家来，觉得一点儿也没有不自然，一点儿也没有勉强的地方。

这半天来的购买，我虽则花去了一百多元钱，可是看了她很有神气地在步道上"答答"地走着，两旁的人都回过头来看她的光景，我心坎里也感到不少的愉快和得意。她自然更加不必说了，我觉得自从和她出奔以后，除了船舱里的一天一晚不算外，她的像这样喜欢满足的样子，这要算是第一次。

我和她走回旅馆里来的时候，旅馆里的茶房，也看得奇异起来了，他打脸汤水来之后，呆立着看了一忽对我说：

"太太穿外国衣服的时候真好看！"

我听了这一句话，心里更是喜欢得不得了，所以于茶房走出去后，就扑上她的身上，又和她吻了半天。

匆忙吃了一点晚饭，我先叫茶房去丹桂第一台订了两个座儿，晚饭后，又叫茶房去叫了梳头的人来，为月英梳了一个上海正在流行的头。

我们进戏院去的时候，时间虽则还早，但座儿差不多已经满了。幸而是先叫茶房来打过招呼的，我们上楼去问了案目，就被领到了第一排的花楼去就座。这中间月英的那双"答答"的高底皮鞋又出了风头，前后的看戏者的眼睛，一时都射到了她的身上脸上来。她和初出台被叫好的时候一样，那双灵活的眼睛，也对大家扫了一扫。我看了她脸上的得意的媚笑，心里同时起了一种满足的嫉妒的感情。

那一晚最叫座的戏，是小楼的《安天会》，可是不懂戏的上海的听者，看小楼和梅兰芳下台之后，就纷纷地散了。在这中间，因为花楼的客座里起了动摇，池子里的眼睛，一齐转向了上来，我觉得这许多眼睛，似乎多在凝视我们，在批评我和美丽的月英的相称不相称。一想到此我倒也觉得有点难以为情，觉得脸上仿佛也红了一红。

戏散之后，我们上酒馆去吃了一点酒菜点心，从寒冷空洞，有许多电灯照着的长街上背月走回旅馆来，路上也遇见了许多坐包车的高等妓女。我私下看看她们，又回头来和月英一比，觉得月英的风格要比她们高出数倍。

到了旅馆里，我洗了手脸，觉得一天的疲倦，都积压上来了，所以不等着月英，就先上床睡去。后来月英进被来摇我醒来，已经是在我睡了一觉之后，我看了她的灵闪的眼睛，知道她还没有睡过，"可怜你这乡下小丫头，初到城里来见了这繁华世界，就兴奋到这一个地步！"我一边这样地取笑她，一边就翻身转来，压上她的身去。

在上海住了三天，小楼等的戏接连听了两晚，到了第三天的早晨，我想催她回南京去了。可是她还似乎没有看足，硬要我再住几天。

我们就一天换一个舞台地更听了几天。是决定明天一定要回南京去的前一夜，因为月色很好，我就和她走上了 × 世界的屋顶，去看上海的夜景。

灯塔似的 S. W. 两公司的尖顶，照耀在中间，附近尽是些黑黝黝的屋瓦和几条纵横交错的长街。满月的银光，寒冷皎洁的散射在这些屋瓦长街之上。远远的黄浦滩头，有几处高而且黑的崛起的屋尖，像大海里的远岛，在指示黄浦江流的方向。

月英登了这样的高处，看了这样的夜景，又举起头来看看千家同照的月华，似乎想起了什么心事，在屋顶上动也不动、响也不响地立了许多时候。我虽则捏了她的手，站在她的边上，但从她的那双凝望远处的视线看来，她好像是已经把我的存在忘记了的样子。

一阵风来，从底下吹进了几声哀切的弦管声音到我们的耳里，她微微地抖了一抖，我就用一只手拍上她的肩头，一只手围抱着她说：

"月英！我们下去罢，这儿冷得很。底下还有坤戏^①哩，去听她们一听，好么？"

寻到了楼下的坤戏场里，她似乎是想起了从前在舞台上的时候的荣耀的样子，脸上的筋肉，又松懈欢笑了开来。本来我只想走一转就回旅馆去睡的，可是看了她的那种喜欢的样儿，又不便马上就走，所以就挨上台前头去拣了两个座位来坐下。

戏目上写在那里的，尽是些胡子的戏。我们坐下去的时候，一出半武场的《别窑》刚下台，底下是《梅龙镇》了，扮正德的戏单上的名字是小月红。她看了这名字，用手向"月"字上一指，对我笑着说：

"这倒好像是我的师弟。"

等这小月红上台的时候，她用两手把我的手捏了一把，身子伏向前去，脱出了两只眼睛，看了个仔细，同时又很惊异地轻轻叫了一声：

---

① 坤戏：由女演员演出的戏。

"啊，还不是夏月仙么？"

她的这一种惊异的态度，触动了四边看戏的人的好奇心，大家都歪了头，朝她看起来了，因而台上的小月红，也注意到了她。小月红的脸上，也一样地现了一种惊异的表情，向我们看了几眼，后来她们俩居然微微地点头招呼起来了。

她惊喜得同小孩子似的把上半身颠了几颠。一边笑着招呼着，一边也捏紧了我的两手尽在告诉我说：

"这夏月仙，是在天桥儿的时候，和我合过班的。真奇怪，真奇怪，她怎么会改了名上这儿来的呢？"

"噢！和你合过班的？真是他乡遇故知了，你可以去找她去。等她下台的时候，你去找她去罢！"

我也觉得奇怪起来，奇怪她们这一次的奇遇，所以又问她说：

"你说在天桥儿的时候是和她在一道的，那不已经是四五年前的事情了么？"

"可不是么？怕还不止四五年来着。"

"倒难得你们都还认得！"

"她简直是一点儿也没有改，还是那么小个儿的。"

"那么你自己呢？"

"那我可不知道。"

"大约总也改不了多少罢？她也还认得你，可是，月英，你和我的在一块儿，被她知道了，会不会有什么事情出来？"

"不碍，不碍，她从前和我是很要好的，叫她不说，她绝不会说出去的。"

这样地谈着笑着，她那出《梅龙镇》也竟演完了。我就和月英站了起来，从人丛中挤出，绕到后台房里去看夏月仙去。月英进后台房去的时候，我立在外面候着，听见几声她俩的惊异的叫声。候了不久，那卸妆的小月红，就穿着一件青布的罩袍，后面跟一个跟包的小女孩，和月英一道走出台房来了。

走到了我的面前，月英就嬉笑着为我们两个介绍了一下。我因为和月英的这一番结识的结果，胆子也很大了，所以就叫月英请小月红到我们的旅馆里去坐去。出了 × 世界的门，她就和小月红坐了一乘车，我也和那跟包的小孩合坐了一乘车，一道地回到旅馆里来。

十一

那本名夏月仙的小月红，相貌也并不坏，可是她那矮小的身材，和不大说话、老在笑着的习惯，使我感到了一层畏惧。匆匆在旅馆里的一夕谈话，我虽看不出她的品性思虑来，可是和月英高谈了一阵之后，又戚促戚促地咬耳朵私笑的那种行为，我终竟有点心疑。她坐了二十多分钟，我请她和那跟包的小孩吃了些点心，就告辞走了。月英因此奇遇，又要我在上海再住一天，说明天早晨，她要上夏月仙家去看她，中午更想约她来一道吃饭。

第二天午前，太阳刚晒上我们的那间朝东南的房间窗上，她就起来梳了一个头。梳洗完后，她因为我昨夜来的疲劳未复，还不容易起来，所以就告诉我说，她想一个人出去，上夏月仙家去。并且拿了一支笔过来，要我替她在纸上写一个地名，好叫人看了，教她的路。夏月仙的住址，是爱多亚路三多里的十八号。

她出去之后，房间里就静悄悄地死寂了下去。我被沉默的空气一压，心里就感到了一种莫名其妙的恐怖，"万一她出去了之后，就此不回来了，便怎么办呢？"因为我和她，在这将近一个月的当中，除上便所的时候分一分开外，行住坐卧，一刻也没有离开过。今朝被她这么一去，起初还带有几分游戏性质的这一种幻想，愈想愈觉得可能，愈觉得可怕了。本来想趁她出去的中间，安闲地睡它一觉的，然而被一个幻想来一搅，睡魔完全被打退了。

"不会的，不会的，哪里会有这样的事情呢？"像这样的自家宽慰一番，自笑自地解一番嘲，回头那一个幻想又忽然会变一个形状，很切实地很具体地迫上心来。在被窝里躺着，像这样的被幻想扰恼，横竖是睡不着觉的，并且自月英起来以后，被窝也变得冰冷冰冷了，所以我就下了一个决心，走出床来，起来洗面刷牙。

洗刷完后，点心也不想吃，一个人踱着坐着，也无聊赖，不得已就叫茶房去买了一份报来读。把国内外的政治电报翻了一翻，眼睛就注意到了社会记事的本埠新闻上去。拢总只有半页的这社会新闻里，"背夫私逃""叔嫂通奸""下堂妾又遇前夫"等关于男女奸情的记事，竟有四五处之多。我一条一条地看了之后，脑里的幻想，更受了事实的衬托，渐渐儿地带起现实味来了。把报纸一丢，我仿佛是遇了盗劫似的，帽子也不戴便赶出了门来。出了旅馆的门，跳上门前停在那里兜卖的黄包车，我就一直地叫他拉上爱多亚路的三多里去。可是拉来拉去，拉了半天，他总寻不到那三多里的方向。我气得急了，就放大了喉咙骂了他几句，叫他快拉上 × 世界的附近去。这时在太阳底下来往的路人很多，大约我脸上的气色有点不对吧，擦过的行人，都似乎在那里对我疑视。好容易拉到了 × 世界的近旁，向行人一问，果然知道了三多里就离此不远了。

到了三多里的那条狭小的弄堂门口，我从车上跳了下来。一边喘着气，按着心脏的跳跃，一边又寻来寻去地寻了半天第十八号的门牌。

在一间一楼一底的龌龊的小楼房门口，我才寻见了两个淡黑的数目"18"，字写在黄沙粉刷的墙上。急急地打门进去，拉住了一个开门出来的中老妇人，我就问她："这儿可有一个姓夏的人住着？"她坚说没有。我问了半天，告诉她这姓夏的是女戏子，是在×世界唱戏的，她才点头笑着说："你问的是小月红罢？她住在二楼上，可是我刚看见她同一位朋友走出去了。"我急得没法，就问她："楼上还有人么？"她说："她们是住在亭子间里的，和小月红同住的，还有一位她的师傅和一个小女孩的妹妹。"

我从黝黑的扶梯弄里摸了上去，向亭子间的朝扶梯开着的房门里一看，果然昨天那小女孩，还坐在对窗的一张小桌子边上吃大饼。这房里只有一张床，灰尘很多的一条白布帐子，还放落在那里。那小女孩听见了我的上楼来的脚步声音，就掉过头来，朝立在黑暗的扶梯跟前的我睇视了一回，认清了是我，她才立起来笑着说：

"姊姊和谢月英姊姊一道出去了，怕是上旅馆里去的，您请进来坐一忽儿罢！"

我听了这一句话，方才放下了心，向她点了一点头，旋转身就走下扶梯，奔回到旅馆里来。

跑进了旅馆门，跑上了扶梯，上我们的那间房门口去一看，房门还依然关在那里，很急促地对拿钥匙来开门的茶房问了一声："夫人回来了没有？"茶房很悠徐地回答说："太太还没有回来。"听了他这一句话，我的头上，好像被一块铁板击了一下。叫他仍复把房门锁上，我又跳跑下去，到马路上去无头无绪地奔走了半天。走到S公司的前面，看看那个塔上的大钟，长短针已将叠住在十二点钟的字上了，只好又同疯了似的走回到旅馆里来。跑上楼去一看，月英和夏月仙却好端端地坐在杯盘摆好的桌子面前，尽在那里高声地说笑。

"啊！你上什么地方去了？"

我见了月英的面，一种说不出来的喜欢和一种马上变不过来的激情，只冲出了这一句问话来，一边也在急喘着气。

她看了我这感情激发的表情，止不住地笑着问我说：

"你怎么着？为什么要跑了那么快？"

我喘了半天的气，拿出手帕来向头上脸上的汗擦了一擦，停了好一会，才回复了平时的态度，慢慢地问她道：

"你上什么地方去了？我怕你走失了路，出去找你来着。月英啊月英，这一回我可真上了你的当了。"

"又不是小孩子，会走错路走不回来的。你老爱干那些无聊的事情。"

说着她就斜瞟了我一眼，这分明是卖弄她的媚情的表示，到此我们三人才合笑起来了。

月英叫的菜是三块钱的和菜，也有一斤黄酒叫在那里，三个人倒喝了一个醉饱。夏月仙因为午后还要去上台，所以吃完饭后就匆匆地走了。我们告诉她搭明天的早车回南京去，她临走就说明儿一早就上北站来送我们。

下午上街去买了些香粉雪花膏之类的杂用品后，因为时间还早，又和月英上半淞园去了一趟。

半淞园的树木，都已凋落了，游人也绝了迹。我们进门去后，只看见了些坍败的茶棚桥梁，和无人住的空屋之类。在水亭里走了一圈，爬上最高的假山亭去的中间，月英因为着的是高底鞋的原因，在半路上绊跌了一次，结果要我背了似的扶她上去。

毕竟是高一点儿的地方多风，在这样阳和的日光照着的午后，高亭上也觉得有点冷气逼人。黄浦江的水色，金黄映着太阳，四边的芦草滩弯曲的地方，只有静寂的空气，浮在那里促人的午睡。西北面老远的空地里，也看得见一两个人影，可是地广人稀，仍复是一点儿影响也没有。黄浦江里，远远的更有几只大轮船停着，但这些似乎是在修理中的破船，烟囱里既没有烟，船身上也没有人在来往，仿佛是这天生的大物，也在寒冬的太阳光里躺着，在那里假寐的样子。

月英向周围看了一圈，听枯树林里的小鸟宛转啼叫了两三声，面上表现着一种枯寂的形容，忽儿靠上了我的身子，似乎是情不自禁地对我说：

"介成！这地方不好，还没有 × 世界的屋顶上那么有趣。看了这里的景致，好像一个人就要死下去的样子，我们走罢。"

我仍复扶背了她，走下那小土堆来，更在半淞园的上山北面走了一圈，看了些枯涸了的同沟儿似的泥河和几处不大清洁的水渚，就和她走出园来，坐电车回到了旅馆。

若打算明天坐早车回南京，照理晚上是应该早睡的，可是她对上海的热闹中枢，似乎还没有生厌，吃了晚饭之后，仍复要我陪她去看月亮，上 × 世界去。

我也晓得她的用意，大约她因为和夏月仙相遇匆匆，谈话还没有谈足，所以晚上还想再去见她一面，这本来是很容易的事情，我所以也马上答应了她，就和她买了两张门票进去。

晚上小月红唱的是《珠帘寨》里的配角，所以我们走走听听，直到十一点钟才听完了她那出戏。戏下台后，月英又上后台房去邀了她们来，我们就在 × 世界的饭店里坐谈了半点多钟，吃了一点酒菜，谈次^①并且劝小月红明天不必来送。

月亮仍旧是很好，我们和小月红她们走出了×世界叙了下次再会的约话，分手以后，就不坐黄包车，步行踏月走了回来。

月英俯下头走了一程，忽而举起头来，眼看着月亮，嘴里却轻轻地对我说：

"介成，我想……"

"你想怎么啦？"

"我想……我们，我们像这样地下去，也不是一个结局。"

"那怎么办呢？"

"我想若有机会，仍复上台去出演去。"

"你不是说那种卖艺的生活，是很苦的么？"

"那原是的，可是像现在那么地闲荡过去，也不是正经的路数。况且……"

我听到了此地，也有点心酸起来了，因为当我在Ａ地于无意中积下来一点贮蓄，和临行时向Ａ省公署里支来的几个薪水，也用得差不多了，若再这样地过去一月，那第二个月的生活要发生问题，所以听她讲到了这一个人生最切实的衣食问题，我也无话可说，两人都沉默着，默默地走了一段路。等将到旅馆门口的时候，我就靠上了她的身边，紧紧捏住了她的手，用了很沉闷的声气对她说：

"月英，这一句话，让我们到了南京之后，再去商量罢。"

第二天早晨我们虽则没有来时那么的兴致，但是上了火车，也很满足地回了南京，不过车过苏州，终究没有下车去玩。

---

① 谈次：言谈之际。

十二

从上海新回到南京来的几日当中，因为那种烦剧的印象，还黏在脑底，并且月英也为了新买的衣裳用品及留声机器唱片等所惑乱，旁的思想，一点儿也没有生长的余地，所以我们又和上帝初创造我们的时候一样，过了几天任情的放纵的生活。

几天过后，月英更因为想满足她那一种女性特有的本能，在室内征服了我还不够，于和暖晴朗的午后，时时要我陪了她上热闹的大街上，或可以俯视钓鱼巷两岸的秦淮河上的茶楼去显示她的新制的外套，新制的高跟皮鞋，和新学来的化妆技术。

她辫子不梳了，上海正在流行的那一种匀称不对、梳法奇特的所谓维奴斯①——爱神——头，被她学会了。从前面看过去，左侧有一剪头发蓬松突起，自后面看去，也没有一个突出的圆球，只是稍为高一点的中间，有一条斜插过去的深纹的这一种头，看起来实在也很是好看。尤其是当外国女帽除下来后，那一剪左侧的头发，稍微下向，更有几丝乱发，从这里头披散下来的一种风情，我只在法国的画集里，看见过一两次，以中国的形容词来说，大约只有"太液芙蓉未央柳"的一句古语，还比较得近些。

本来对东方人的皮肤是不大适合的一种叫"亚媲贡"的法国香粉，淡淡地扑上她的脸上，非但她本来的那种白色能够调活，连两颊的那种太娇艳的红晕，也受了这淡红带黄的粉末的辉映，会带起

---

① 维奴斯：今译"维纳斯"。

透明的情调来。

还有这一次新买来的黛螺，用了小毛刷上她的本来有点斜挂上去的眉毛上，和黑子很大的鼻底眼角上一点染，她的水晶晶的两只眼睛，只教转动一动，你就会从心底里感到一种要耸起肩骨来的凉意。

而她的本来是很曲很红的嘴唇哩，这一回又被她发现了一种同郁金香花的颜色相似的红中带黑的胭脂。这一种胭脂用在那里的时候，从她口角上流出来的笑意和语浪，仿佛都会带着这一种印度红的颜色似的。你听她讲话，只需看她的这两条嘴唇的波动，即使不听取语言的旋律，也可以了解她的真意。

我看了她这种种新发明的装饰，对她的肉体的要求，自然是日渐增高，还有一种从前所没有的既得患失的恐怖，更使我一刻也不愿意叫她从我的怀抱里撕开，结果弄得她反而不能安居室内，要我跟着她日日地往外边热闹的地方去跑。

在人丛中看了她那种满足高扬、处处撩人的样子，我的嫉妒心又自然而然地会从肚皮里直沸起来，仿佛是被人家看一眼她身上的肉就要少一块似的。我老是上前落后地去打算遮掩她，并且对了那些饿狼似的道旁男子的眼光，也总装出很凶猛的敌对样子来反抗。而我的这一种嫉妒，旁人的那一种贪视，对她又仿佛是有很大的趣味似的，我愈是坐立不安地要催她回去，旁人愈是厚颜无耻地对她注视，她愈要装出那一种媚笑斜视和挑拨的举动来，增进她的得意。

我的身体，在这半个月中间，眼见得消瘦了下去，并且因为性欲亢进的结果，持久力也没有了。

有一次也是晴和可爱的一天午后，我和她上桃叶渡头的六朝揽胜楼去喝了半天茶回来。因为内心紧张、嫉妒激发的原因，我一到家就抱住了她，流了一脸眼泪，尽力地享受了一次我对她所有的权利。可是当我精力耗尽的时候，她却幽闲自在，毫不觉得似的用手向我的头发里梳插着对我说：

"你这孩子，别那么疯，看你近来的样子，简直是一只疯狗。我出去走走有什么？谁叫你心眼儿那么小？回头闹出病来，可不是好玩意儿。你怕我怎么样？我到现在还跑得了么？"

被她这样地慰抚一番，我的对她的所有欲，反而会更强起来，结果又弄得同每次一样，她反而发生了反感，又要起来梳洗，再装刷一番，再跑出去。

跑出去我当然是跟在她的后头，旁人当然又要来看她，我的嫉妒当然又不会止息的。于是晚上就在一家菜馆里吃晚饭，吃完晚饭回家，仍复是那一种激情的骤发和筋肉的虐使。

这一种状态，循环往复地日日继续了下去，我的神经系统，完全呈出一种怪现象来了。

晚上睡觉，非要紧紧地把她抱着，同怀胎的母亲似的把她整个儿地搂在怀中，不能合眼，一合上眼，就要梦见她的弃我而奔，或被奇怪的兽类，挟着在那里奸玩。平均起来，一天一晚，像这样的梦，总要做三个以上。

此外还有一件心事。

一年的岁月，也垂垂晚了，我的一点积贮和向A省署支来的几百块薪水，算起来，已经用去了一大半以上，若再这样地过去，非但月英的欲望，我不能够使她满足，就是食住，也要发生问题。去找事情哩，一时也没有眉目，况且在这一种心理状态之下，就是有了事情，又哪里能够安心地干下去？

这一件心事，在嫉妒完时，在乱梦觉后，也时时罩上我的心来，所以到了阴历十二月的底边，满城的炮竹，深夜里正放得热闹的时候，我忽然醒来，看了伏在我怀里睡着，和一只小肥羊似的月英的身体，又老要莫名其妙地扑落扑落地滚下眼泪来，神经的弱衰，到此已经达到了极点了。

一边看看月英，她的肉体，好像在嘲弄我的衰弱似的，自从离开Ａ地以后，愈长愈觉得丰肥鲜艳起来了。她的从前因为熬夜不睡的原因，长得很干燥的皮肤，近来加上了一层油润，摸上去仿佛是将手浸在雪花膏缸里似的，滑溜溜的，会把你的指头腻住。一头头发，也因为日夕的梳篦和香油香水等的灌溉，晚上睡觉的时候，散乱在她的雪样的肩上背上，看起来像驼背的乌翎，弄得你止不住地想把它们含在嘴里，或抱在胸前。

年三十的那一天晚上，她说明朝一早，就要上庙里去烧香，不准我和她同睡，并且睡觉之前，她去要了一盆热水来，要我和她一道洗洗干净。这一晚，总算是我们出走以来，第一次的和她分被而卧，前半夜我翻来覆去，怎么也睡不安稳。向她说了半天，甚至用了暴力把她的被头掀起，我想挤进去，挤进她的被里去，但她拼死地抵住，怎么也不答应我，后来弄得我的气力耗尽，手脚也软了，才让她一个睡在外床，自己只好叹一口气，朝里床躺着，闷声不响，装作是生了气的神情。

我在睡不着装生气的中间，她倒嘶嘶地同小孩子似的睡着了。我朝转来本想乘其不备，就爬进被去的，可是看了她那脸和平的微笑，和半开半团的眼睛，我的卑鄙的欲念，仿佛也受了一个打击。把头移将过去，只在她的嘴上轻轻地吻了一吻，我就为她的被盖了盖好，因而便好好地让她在做清净的梦。

我守着她的睡态，想着我的心事，在一盏黄灰灰的电灯底下，在一年将尽的这残夜明时，不知不觉，竟听它敲了四点，敲了五点，直到门外街上有人点放开门炮的早晨。

是几时睡着的，我当然不知道，睡了多少时候，我也没有清楚，可是眼睛打开来一看，我只觉得寂静的空气，围在我的四周，寂静，寂静，寂静，连门外的元日的太阳光，都似乎失掉了生命的样子。

我惊骇起来了，跳出床来一看，火盆里的炭，也已烧残了八九，只有许多雪白雪白的灰，还散积在盆的当中，一个铁杆的三脚架上，有一锅我天天早晨起来喜欢吃的莲子炖在那里。回头向四边更仔细地一看，桌子上也收拾得干干净净，和平时并没有什么分别。再把她的镜箱盒子的抽斗抽将开来一看，里面的梳子篦子和许多粉盒粉扑之类，都不见了，下层盒里，我只翻出了一张包莲子的黄皮纸来。我眼睛里生了火花，在看那几行粗细不匀，歪斜得同小孩子写的一样的字的时候，一声绝叫，在喉咙头咽住，我的全身的血液，都像是凝结住了。

> 介成，我想走，上什么地方，可还不知道，你不用来追我，我随身只带了你的那只小提包。衣服之类，全还没有动，钱也只拿了五十块。你爱吃的那碗莲子，我给你烤在火上，你自己的身体要小心保养。
>
> 月英

"啊啊！她走了，她果然走了！"

这样地想了一想，我的断绝了联络的知觉，又重新恢复了转来，一股同蒸汽似的酸泪，直涌了出来。我跟跄往后退了几步，倒在外床她叠好在那里的那条被上。两手紧紧抱着了这一条被，我哭着哭着哭着，哭了一个尽情。

眼泪流干了，胸中也觉得宽畅了一点的时候，我又立了起来，把房里的东西检点了一检点。可是拿着她曾经用过的东西，把一场一场的细节回想起来，刚止住的眼泪又不自禁地流下来了。一边流着眼泪，一边我看出她当走的时候东西果真一点儿也没有拿去。

除了我和她这一回在上海买的一只手提皮箧，及二三件日用的衣服器具外，她的衣箱，她的铺盖，都还好好地放在原处。

一串钥匙，她为我挂在很容易看见的衣钩上，我的一只藏钞票洋钱的小皮箧，她开了之后，仍复为我放在箱子盖上，把内容一看，外层的十几块现洋和三四张十元的钞票她拿走了，里层的一个邮政储金的簿子和一张汇丰银行的五十元钞票，仍旧剩在那里。

我急忙开房门出去一看，看见院子里的太阳还是很高，放了渴竭的喉咙，我就拼命地叫茶房进来。

茶房听了我着急的叫声，跑将进来对我一看，也呆住了，问我有什么事情，我想提起声来问他，她是什么时候走的，可是眼泪却先湿了我的喉咙，茶房也看出了我的意思，就也同情我似的柔声告我说：

"太太今天早晨出去的时候，就告诉我说，'你好好地侍候老爷，我要上远处去一趟来。现在老爷还睡着哪，你别惊醒了他。若炭火熄了，再去添上一点。莲子也炖上了，小心别让它焦。'只这么几句话。我问她什么时候回来，她说没有准儿。有什么事情了么？"

"她，她，是什么时候走的？"

"很早哩！怕还没有到九点。"

"现在，现在是什么时候了？"

"三点还没有到罢！"

"好，好，你去倒一点洗脸水来给我。"

茶房出去之后，我就又哭着回到了房里，呆呆对她的箱子看了半天，我心上忽儿闪过了一道光明的闪电。

"她又不是死了，哭她干吗？赶紧追上去，追上去去寻着她回来，反正她总还走得不远。去，马上去，去追罢。"

我想到了这里，心里倒宽起来了。收住了眼泪，把翻乱的衣箱等件叠回原处之后，我挺起身来，把衣服整了一整，一边捏紧了拳头向胸前敲了几下，一边自己就对自己起了一个誓：

"总之我在这世界上活着一天，我就要寻她一天。无论如何，我总要去寻她着来！"

十三

门外头是一派快活的新年气象。

长街上的店门，都贴满了春联，也有半开的，有的完全关在那里。来往的行人，全穿了新制的马褂袍子，也有拱手在道贺的。

鼓乐声，爆竹声，小孩的狂噪声，扑面地飞来，绝似夏天的急雨。这中间还有抄牌喊赌的声音。毕竟行人比平时要少，清冷的街上，除了几个点缀春景的游人而外，满地只是烧残了的爆竹红尘。

我张了两只已经哭红了的倦眼，踉跄走出了旅馆的门，就上马车行去雇马车去。但是今天是正月初一，马夫大家在休息着，没有人肯出来拖我去下关。最后就没有法子，只好以很昂的价，坐了一乘人力车出城。

太阳已经低斜下去了，出了街市的尽处，那条清冷的路上，竟半天遇不着一个行人，一辆车子。

将晚的时候，我的车到了下关车站，到卖票房去一看，门关得紧紧，站上的人员，都已去喝酒打牌去了。我以最谦恭的礼貌，对一位管杂役的站员，行了一个鞠躬礼，央求他告诉我今天上天津或上海去的火车有没有了。

　　他说今天是元旦，上上海和上天津的火车，都只有早晨的一班。

　　我又谦声和气，恨不得拜下去似的问他：

　　"今天早晨的车，是几点钟开的？"

　　"津浦是六点，沪宁是八点。"

　　说着他仿佛是很讨厌我的絮烦似的，将头朝向了别处。我又对他行了一个敬礼，用了最和气的声气问他说：

　　"对不起，真真对不起，劳你驾再告诉我一点，今天上上海去的车上，可有一位戴黑绒女帽，穿外国外套的女客？"

　　"那我哪儿知道，车上的人多得很哩！"

　　"对不起，真真对不起，我因为女人今天早晨跑了，——唉——跑了，所以……"

　　这些不必要的说话，我到此也同乡愚似的说了出来，并且底下就变成了泪声，说也说不下去了。那站员听了我的哭声，对我丢了一眼轻视的眼色，仿佛是把我当作了一个卖哀乞食的恶徒。这时候天已经有点黑了，站员便走了开去。我不得已也只得一边以手帕擦着鼻涕，一边走出站来。

　　车站外面，黄包车一乘也没有，我想明天若要乘早车的话，还是在下关过夜的好，所以一边哭着，一边就从锣鼓声里走向了有很多旅馆开着的江边。

　　江边已经是夜景了，从关闭在那里的门缝里一条一条的有几处露出了几条灯火的光来，我一想起初和月英从 A 地下来的时候的状

266

况，心里更是伤心，可是为重新回忆的原因，就仍复寻到了瀛台大旅社去住。

宽广空洞的瀛台大旅社里，这时候在住的客人也很少。我住定之后，也不顾茶房的急于想出去打牌，就拉住了他，又问了些和问那站员一样的话。结果又成了泪声，告诉他以女人出走的事情，并且明明知道是不会的，又禁不住地问他今天早晨有没有见到这样这样的一位女人上车。

这茶房同逃也似的出去了之后，我再想起了城里的茶房对我说的话来，今天早晨她若是于八九点钟走出中正街的话，那她到下关起码要一个钟头，无论如何总也将近十点的时候，才能够到这里，那么津浦车她当然是搭不着的，沪宁车也是赶不上的。啊啊，或者她也还在这下关耽搁着，也说不定，天老爷吓天老爷，这一定是不错的了，我还是在这里寻她一晚罢。想到了这里，我的喜悦又涌上心来了，仿佛是确实知道她在下关的一样。

我饭也不吃，就跑了出去，打算上各家旅馆去，都一家一家地去走寻个遍来。

在黑暗不平的道上走了一段，打开了几家旅馆的门来去寻了一遍，问了一遍，他们都说像这样的女人并没有来投宿，他们叫我看旅客一览表上的名姓，那当然是没有的，因为我知道她，就是来住，也一定不会写真实的姓名的。

从江边走上了后街，无论大的小的旅馆，我都卑躬屈节地将一样的话问了寻了，结果走了十六七家，仍复是一点儿影响也没有。

夜已经深了，店家大家上门的上门，开赌的开赌，敲年锣鼓的在敲年锣鼓了。我不怕人家的鄙视辱骂，硬地又去敲开门来寻问了几家。有一处我去打门，那茶房非但不肯开门，并且在一个小门洞里简直骂猪骂狗地骂了我一阵。我又以和言善貌，赔了许多的不是，仍复将我要寻问的话，背了一遍给他听，他只说了一声："没有！"啪哒的一响，很重地就把那小门关上了。

我又走了几处，问了几家，弄得元气也丧尽，头也同分裂了似的痛得不止，正想收住了这无谓的搜寻，走回瀛台旅社来休息的时候，前面忽而来了一辆很漂亮的包车。从车灯光里一看，我看见了同月英一样的一顶黑绒女帽，和一件周围有鸵鸟毛的外套，车上坐着的人的脸还没有看清，那车就跑过去了。我旋转了身，就追了上去，一边更放大了胆，举起我那带泪声的喉音，"月英！月英！"地叫了几声。

前面的车果然停住了，我喜欢得同着了鬼似的跳了起来，马上跳上去一看，在车座里坐着的，是一个比月英年纪更小，也是很可爱的小姑娘。她分明是应了局回来的妓女，看了我的样子也惊了一跳，我又含泪地向她赔了许多不是，把月英的事情简单地向她说了一说。她面上虽则也像在向我表示同情，可是那不做好的车夫，却啐了我一声，又放开大步向前跑走了。

走回瀛台旅馆里来，已经是半夜了，我一个人翻来覆去，想月英的这回出去，愈想愈觉得奇怪。她若嫌我的没有钱哩，当初就不该跟我。她若嫌我的相儿丑哩，则一直到她出走的时候止，爱我之情是的确有的。况且当初当我和她相识的时候，看她的举动，听她的言语，都不像完全是被动的样子，若说她另外有了情人了哩，则在这一个多月中间，我和她还没有离开一夜过。那个A地的小白脸的陈君哩，从前是和她的确有过关系的，可是现在已经早不在她的心里了，又何至于因此而弃我哩？或者是想起了她在天津的娘了罢？或者是想起了李兰香和那姥姥了罢？但这也不会的，因为本来她对她们就没有什么很深的感情。那么是为了什么呢？为了什么呢？我想来想去，总想不出她的所以要出走的理由来。若硬地要说，或者是她对于那种放荡的女优生活，又眼热起来了，或者是因为我近来过于爱她了。但是不会的，也不会的，对于女优生活的不满意，是她自己亲口和我说的。我的过于爱她，她近来虽则时时有不满意的表示，但世上哪有对于溺爱自己者反加以憎恶的人？

我更想想和她过的这一个多月的性爱生活，想想她的种种热烈地强要我的时候的举动和脸色，想想昨晚上洗身的事情和她的最后的那一种和平的微笑的睡脸，一种不可名状的悲苦，从肚底里一步一步地压了上来，"啊啊，今后是怎么也见她不到了，见她不到了！"这么地一想，我的胸里的苦闷，就变了呜呜的哭声流露了出来。愈想止住发声不哭响来，悲苦愈是激昂，结果一声声的哭声，反而愈大。

这样地苦闷了一晚，天又白灰灰地亮了，车站上机关车回转的声音，也远远传了几声过来，到此我的头脑忽而清了一清。

"究竟怎么办呢？"

若昨晚上的推测是对的话，那说不定她今天许还在南京附近，我只需上车站去等着，等她今天上车的时候，去拉她回来就对了。若她已经是离开了南京的话，那她究竟是上北的呢？下南的呢？正想到了这里，江中的一只轮船，"婆婆"地放了一声汽笛。

我又昏乱了，因为昨晚上推想她走的时候，我只想到了火车，却没有想到从这里坐轮船，也是可以上汉口，下上海去的。

忽忙叫茶房起来，打水给我洗了一个脸，我账也不结，付了三块大洋，就匆匆跑下楼来，跑上江边的轮船码头去。

上码头船上去一问，舱房里只有一个老头儿躺在床上，在一盏洋油灯底下吸烟。我又千对不起万对不起地向他问了许多话。他说元旦起到初五止是封关的，可是昨天午后有一只因积货迟了的下水船，船上有没有搭客，他却没有留心。

　　我决定了她若是要走，一定是搭这一只船去的，就谢了那老头儿许多回数，离开了那只码头的趸船。到岸上来静静地一想，觉得还是放心不下，就又和几个早起的工人旅客，走向了西，买票走上那只开赴浦口的联络船去，因为我想万一她昨天不走，那今天总逃不了那六点和八点的两班车的，我且先到浦口去候它一个钟头，再回来赶车去上海不迟。

　　船起了行，灰暗的天渐渐地带起晓色来了。东方的淡蓝空处，也涌出了几片桃红色的云来，是报告日出的先驱。天上的明星，也都已经收藏了影子，寒风吹到船中。船沿上的几个旅客，一例地喀了几声。我听到了几声从对岸传来的寒空里的汽笛，心里又着了急，只怕津浦车要先我而开，恨不得弃了那只迟迟前进的渡轮，一脚就跨到浦口车站去。

　　船到了浦口，太阳起来了，几个萧疏的旅客，拖了很长的影子，从跳板上慢慢走上了岸。我挤过了几组同方向走往车站去的行人，便很急地跑上卖票房前的那个空洞的大厅里去。

　　大厅上旅客很少，只有几个夫役在那里扫地打水。我抓住了一个穿制服的车上的役员，又很谦恭地问他有没有看见这样这样的一个妇人。他把头弯了一弯，想了一想，又摇头说："没有！"更把嘴巴一举，叫我自家上车厢里去寻寻看。

　　我一乘一乘，从后边寻到前边，又从前边寻到后面，妇人旅客，只看见了三个。一个是乡下老妇人，一个是和她男人在一道的中年的中产者，分明是坐车去拜年去的，还有一个是西洋人。

呆呆地立在月台上的寒风里，我看见和我同船来的旅客一组一组地进车去坐了，又过了几分钟，唧零零零的一响，火车就开始动了。我含了两包眼泪，在月台上看车身去远了，才走出站来，又走上渡轮，搭回到下关来。

到下关车站，已经是七点多了。究竟是沪宁车，在车站上来往的人也拥挤得很。我买了一张车票进去，先在月台上看来看去地看了半天，有好几次看见了一个像月英的妇人，但赶将上去一看，又落了一个空。

进车之后，我又同在浦口车站上的时候一样，从前到后、从后到前地看了两遍，然而结果，仍旧是同在浦口的时候一样。

这一天车误了点，直到两点多钟才到苏州。在车座里闷坐着，我想的尽是些不吉的想头，因为我晓得她在上海只有一个小月红认识，所以我在我的幻想上，就把小月红当作了一个王婆。我在幻想她如何地为月英拉客，又如何地为月英介绍舞台的老板。又想到了那个和她在一张床上睡的所谓师傅的如何从中取利，更如何地和月英通奸，想到了这里几乎使我从车座里跳了起来。幸而正当我苦闷得最难受的时候，车也到了北站了，我就一直地坐车寻到三多里的小月红家里去。

十四

上海的马路上，也是一样的鼓乐喧天地泛流着一派新年的景象。不过电车汽车黄包车等多了几乘，行人的数目多了一点，其余的样子，店门都关上的街市上的样子，还是和南京一样。

我寻到了爱多亚路的三多里，打开了十八号的门，也忘记了说新年的贺话，一直地就跑上了那间我曾经来过一次的亭子间中。

进去一看，小月红和那小女孩都不在，只有一位相貌狰恶的四十来岁的北佬，穿了一件黑布的羊皮袍子，对窗坐着在拉胡琴。

我对他叙了礼，告诉他以前次来过的谢月英是我的女人。我话还没有说完，他却惊异地问我说：

"噢，你们还没有回南京去么？"

我又告诉他，回是回去了，可是她又于昨天早晨走了。接着我又问他，她到这里来过没有，并且问小月红有没有晓得，月英究竟是上哪里去的。

他摇摇头说：

"这儿可没有来过，或者小月红知道也未可知，等她回来的时候，让我问问她看。"

我问他小月红上哪里去了，他说她去唱戏，还没有回来。我为了他的这一句"或者小月红知道也未可知"就又充满了希望，笑对他说：

"她大约是在 × 世界吧？让我上那儿去寻她去。"

他说：

"快是快回来了，可是你去 × 世界玩玩也好。"

他并不晓得我的如落火毛虫一样的焦急，还以为我想去逛 × 世界，我心里虽则在这么想，但嘴上却很恭敬地和他告了别，走了出来。

毕竟是新年的第二日，× 世界的游人，真可以说是满坑满谷。我挤过了许多人，也顾不得面子不面子，竟直接地跑到了后台房里，和守门的人说，一定要见一见小月红。她唱的戏还没有上台，然而头面已经扮缚好了。台房里的许多女孩子，因为我直冲了过去，拉着了小月红在絮絮寻问，所以大家都在斜视着朝我们看。问了半天，她仍旧是莫名其妙，我看了她的那一种表情，和头回她师傅的那一种样子，也晓得再问是无益的了，所以只告诉她我仍复住在四马路的那家旅馆里，她以后万一听到或接到月英的消息，请她千万上旅馆里来告诉我一声。末了我的说话又变成了泪声，当临走的时候，并且添了一句说：

"我这一回若寻她不着，怕就不能活下去了。"

走出了 × 世界我仍复上四马路的那家旅馆去开了一个房间。又是和她曾经住过的这旅馆，这一回这样地只身来往，想起旧情，心里的难过，自然是可以不必说了。独坐在房间里细细地回想了一阵那一天早晨，因为她上小月红那里去而空着急的事情，又横空地浮上了心来。

"啊啊，这果然成了事实了，原来爱情的确是灵奇的，预感的确是有的。"

这样痴痴呆呆地想了半天，房里的电灯忽然亮了，我倒骇了一跳，原来我用两只手支住了头，坐在那里呆想，竟把时间的过去，日夜的分别都忘掉了。

茶房开进门来，问我要不要吃饭，我只摇摇头，朝他呆看看，一句话也不愿意说。等他带上门出去的时候，我又感到了一种无限的孤独，所以又叫他转来问他说：

"今天的报呢？请你去拿一份来给我。"

因为我想月英若到了上海，或者趁新年的热闹，马上去上了台也说不定，让我来看一看报上的戏目，究竟有没有像她那样的名字和她所爱唱的戏目载在报上。可是茶房又笑了一笑回答我说：

"今天是没有报的，要正月初五起，才会有报。"

到此我又失了望。但这样地坐在房里过夜，终究是过不过去的，所以我就又问茶房，上海现在有几处坤剧场。他想了一想，报了几处，但又报不完全，所以结果他就说：

"有几处坤剧场，我也不大晓得，不过你要调查这个，却很容易，我去把旧年的报，拿一张来给你看就是了。"

他把去年年底的旧报拿来之后，我就将戏目广告上凡有坤剧的戏院地点都抄了下来，打算一家一家地去看它完来。因为晓得月英若要去上台，她的真名字绝不会登出来的，所以我想费去三四天工夫，把上海所有的坤角都去看它一遍。

从此白天晚上，我又只在坤角上演的戏院里过日子了，可是这一种看戏，实在是苦痛不过。有几次我看见一个身材年龄扮相和她相像的女伶上台，便脱出了眼睛，把身子靠在前去凝视。可是等她的台步一走，两三句戏一唱，我的失望的消沉的样子，反要比不看见以前更加一倍。

在台前头枯坐着，夹在许多很快乐的男女中间，我想想去年在安乐园的情节，想想和月英过的这将近两个月的生活，肚里的一腔热泪，正苦在无地可以发泄，哪里还有心思听戏看戏呢？可是因为想寻着她来的原因，想在这大海里捞着她的原因，又不得不自始至终地坐在那里，一个坤角也不敢漏去不看。

看戏的时候，因为眼睛要张得大，注意着一个个更番上来的女优，所以时间还可以支吾过去。但一到了戏散场后，我不得不拖了一双很重的脚和一颗出血的心一个人走回旅馆来的时候，心里头觉得比死刑囚走赴刑场去的状态，还要难受。

晚上睡是无论如何睡不着了，虽然我当午前戏院未开门的时候，也曾去买了许多她所用过的香油香水和亚媲贡香粉之类的化妆品来，倒在床上香着，可是愈闻到这一种香味，愈要想起月英，眼睛愈是闭不拢去。即使有时勉强地把眼睛闭上了，而眼帘上面，在那里历历旋转的，仍复是她的笑脸，她的肉体，她的头发和她的嘴唇。

有时候，戏院还没有开门，我也常走到大马路北四川路口的外国铺子的样子间前头去立着。可是看了肉色的丝袜，和高跟的皮鞋，我就会想到她的那双很白很软的肉脚上去，稍一放肆，简直要想到她的丝袜筒上面的部分或她的只穿了鞋袜、立在那里的裸体才能满足。尤其是使我熬忍不住的，是当走过四马路的各洗衣作^①的玻璃窗口的时候，不得不看见的那些娇小弯曲的女人的春夏衣服。因为我曾经看见过她的亵衣^②，看见过她的把衬衫解了一半的胸部过的，所以见了那些曾亲过女人的芳泽的衣服，就不得不想到最猥亵的事情上去。

这样的日子，一天一天地过去了。我早晨起来，就跑到那些卖女人用品的店门前或洗衣作前头去呆立，午后晚上，便上一家一家的坤戏院去看转来。可是各处的坤戏院都看遍了，而月英的消息还是杳然。旧历的正月已经过了一个礼拜，各家报馆也在开始印行报纸。我于初五那一天起，就上各家大小报馆去登了一个广告："月英呀，你回来，我快死了。你的介成仍复住在四马路××旅馆里候你！"可是登了三天报，仍复是音信也没有。

---

① 洗衣作：洗衣房。
② 亵衣：内衣。

种种方法都想尽了，末了就只好学作了乡愚，去上城隍庙及红庙等处去虔诚祷告，请菩萨来保佑我。可是所求的各处的签文，及所卜的各处的课，都说是会回来的，会回来的，你且耐心候着罢。同时我又想起了 A 地所求的那一张签，心里实在是疑惑不安，因为一样的菩萨，分明在那里作两样的预言。

我因为悲怀难遣，有时候就买了许多纸帛锭镍之类，跑到上海附近的郊外的墓田里去。寻到一块女人的墓碑，我就把她当作了月英的坟墓，拜下去很热烈地祝祷一番，痛哭一番。大约是这一种祝祷发生了效验了罢，我于一天在上海的西郊祭奠祷祝了回来，忽而在旅馆房门上接到了一封月英自南京的来信。信的内容很简单，只说："报上的广告看见，你回来！"我喜欢极了，以为上海的鬼神及卜课真有灵验，她果然回来了。

我于是马上再去买了许多她所爱用的香油香粉香水之类，包作了一大包，打算回去可以作礼物送她，就于当夜坐了夜车，赶回南京去，因为火车已经照常开车了。

在火车上当然是一夜没有睡着。我把她的那封信塞在衣裳底下的胸前，一面开了一瓶她最爱洒在被上的海利奥屈洛普的香水，摆在鼻子前头，闭上眼睛，闻闻香水，我只当是她睡在我的怀里一样，脑里尽是在想她当临睡前后的那种姿态言语。

天还没有亮足，车就到了下关，在马车里被摇进城的中间，我心里的跳跃欢欣，比上回和她一道进城去的时候，还要巨大数倍。

我一边在看朝阳晒着的路旁的枯树荒田，一边心里在默想见她之后，如何地和她说头一句话，如何地和她算还这几天的相思账来。

马车走得真慢，我连连地催促马夫，要他为我快加上鞭，到后好重重地谢他。中正街到了，我只想跳落车来，比马更快地跑上旅馆里去，因为愈是近了，心里倒反愈急。

终究是到了，到了旅馆门口，我没有下车，就从窗口里大声地问那立在门口接客的账房说：

"太太回来了么？"

那账房看见是我，就迎了过来说：

"太太来过了，箱子也搬去了，还有行李，她交我保存在那房里，说你是就要来的。"

我听了就又张大了眼睛，呆立了半天。账房看我发呆了，又注意到了我的惊恐失望的形容，所以就接着说：

"您且到房里去看看罢，太太还有信写在那里。"

我听了这一句话，就又和被魔术封锁住的人仍旧被解放时的情形一样，一直地就跑上里进的房里去。命茶房开进房门去一看，她的几只衣箱，果真全都拿走了，剩下来的只是我的一只皮箱，一只书橱，和几张洋画及一叠画架。在我的箱子盖，她又留了一张字迹很粗很大的信在那里：

介成：

　　我走的时候，本叫你不要追的，你何以又会追上上海去的呢？我想你的身体不好，和你住在一道，你将来一定会因我而死。我觉得近来你的身体，已大不如前了，所以才决定和你分开，你也何苦呢？

　　我把我的东西全拿去了，省得你再看见了心里难受。你的物事我一点儿也不拿，只拿了一张你为我画而没有画好的相去。

介成，我这一回上什么地方去是不一定的，请你再也
不要来追我。

再见罢，你要保重你自己的身体。

月英

"啊啊，她的别我而去，原来是为了我的身体不强！"

我这样地一想，一种羞愤之情，和懊恼之感，同时冲上了心头。
但回头一想，觉得同她这样地别去，终是不甘心的，所以马上就又
决定了再去追寻的心思，我想无论如何总要寻着她来再和她见一面
谈一谈，我收拾一收拾行李，就叫茶房来问说：

"太太是什么时候来的？"

"是三四天以前来的。"

"她在这儿住了一夜么？"

"嗳，住了一夜。"

"行李是谁送去的？"

"是我送去的。"

"送上了什么地方？"

"她是去搭上水船的。"

啊啊，到此我才晓得她是上Ａ地去的，大约一定是仍复去寻那
个小白脸的陈君去了罢。我一边在这样地想着，一边也起了一种恶
意，想赶上Ａ地去当了那小白脸的面再去辱骂她一场。

先问了问茶房，他说今天是有上水船的，我就不等第二句话，
叫他开了账来，为我打叠行李，马上赶出城去。

船到Ａ地的那天午后，天忽而下起微雪来了。北风异常的紧，Ａ
城的街市也特别的萧条。我坐车先到了省署前的大旅馆去住下，然

后就冒雪坐车上大新旅馆去。

旅馆的老板一见我去，就很亲热地对我拱了拱手，先贺了我的新年，随后问我说：

"您老还住在公署里么？何以脸色这样的不好？敢不又病了么？"

我听他这一问，就知道他并不晓得我和月英的事情，他仿佛还当我是没有离开过 A 地的样子。我就也装着若无其事的面貌问他说：

"住在这儿的几个女戏子怎么样了？"

"啊啊，她们啊，她们去年年底就走了，大约已经有一个多月了罢？"

我和他谈了几句闲天，顺便就问了他那一位小白脸陈君的住址，他忽而惊异似的问我说：

"您老还不知道么？他在元旦那一天吐狂血死了。吓，这一位陈先生，真可惜，年纪还很轻哩！"

我突然听了这一句话，心口里忽而凉了一凉，一腔紧张着的嫉妒和怨愤，也忽而松了一松，结果几礼拜来的疲劳和不节制，就从潜隐处爬了出来，征服了我的的身体。勉强踉跄走出了旅馆门，我自己也意识到了我的肉体的衰竭和心脏的急震。在微雪里叫了一乘黄包车，叫他把我拉上圣保罗病院去的中间，我觉得我的眼睛黑了。

仰躺在车上，我只微微觉得有一股冷气，从脚尖渐渐直逼上了心头。我觉得危险，想叫一声又叫不出口来，舌头也硬结住了。我想动一动，然后肢体也不听我的命令。忽儿我觉得脑门上又飞来了一块很重很大的黑块，以后的事情，我就不晓得了。

后　叙

　　五六年前头，我在 A 地的一个专门学校里教书。这风气未开的 A 城里，闲来可以和他们谈谈天的，实在没有几个人。

　　在同一个学校里教英文的一位美国宣教师，似乎也在感到这一种苦痛，所以我在 A 城住不上两个月，他就和我变成了很好的朋友。

　　秋季始业后将近三个月的一天晴朗的午后，我在一间朝南的住房里煮咖啡吃，忽而他也闯了进来。他和我喝喝咖啡，谈谈闲天，不知不觉竟坐了一个多钟头。门房把新到的我的许多外国杂志送进来了，我就送了几份给他，叫他拆开来看，同时我自家也拿起了一份英国印行的关于文学艺术的月刊，将封面拆了，打开来读。

　　翻了几页，我忽而看见了一个批评本年巴黎沙隆画展的文章，中间有一段，是为一个入选的中国留学生的画名《失去的女人》捧场的，此画的作者，不晓是哪几个中国字，但外国名字是 C.C.Wang。我看了几行，就指给我的那位美国朋友看，并且对他说：

　　"我们中国留学生的画，居然也在巴黎的沙隆画展里入选了。"

　　他看见了那个名字，忽而吊起了眼睛想了一想，仿佛是在追想什么似的。想了两三分钟，他又忽而用手拍了一拍桌子，对我叫着说：

"我想起了，这画家是我认识的。"

我听了也觉得奇怪起来，就问他是在美国认识的呢，还是在欧洲认识的？因为我这位美国朋友，从前也曾到过欧洲的。他很喜欢地笑着说：

"也不是在美国，也不是在欧洲，是在这儿遇见的。"

我倒愈加被他弄昏了，所以要他说说明白。他就张着嘴笑着说：

"这是我们医院里的一个患者。三四年前，他生了心脏病，昏倒在雪窖里，后来被人送到了我们的医院里来。他在医院里住了五个多月，因为我是每礼拜到医院里去传道的，所以后来也和他认识了。我看他仿佛老是愁眉不展，忧郁很深的样子，所以得空也特别和他谈些教义和《圣经》之类，想解解他的愁闷。有一次和他谈到了祈祷和忏悔，我说，我们的愁思，可以全部说出来，交给一个比我们更伟大的牧人的，因为我们都是迷了路的羊，在迷路上有危险，有恐惧，是免不了的。只有赤裸裸地把我们所负担不了的危险恐惧告诉给这一个牧人，使他为我们负担了去，我们才能够安身立命。教会里的祈祷和忏悔，意义就在这里。他听了我这一段话，好像是很感动的样子。后来过了几天，我于第二次去访他的时候，他先和我一道地祷告，祷告完后，他就在枕头底下拿出了一篇很长很长的忏悔录来给我看。这篇忏悔录，稿子还在我那里，我下次可以拿来给你看的，真写得明白详细。他出院之后，听说就到欧洲去了，我想这一定就是他，因为我记得我曾经在一本姓名录上写过这一个 C.C.Wang 的名字。"

过了几天，他果然把那篇忏悔录的稿子拿了来给我看，我当时读后，也感到了一点趣味，所以就问他要了来藏下了。

前面所发表的，是这一篇忏悔录的全文，题名的"迷羊"两字是我为他加上去的。

一九二七年十二月十九日　达夫志

图书在版编目（CIP）数据

春风沉醉的晚上 / 郁达夫著 .—北京：作家出版社，2019.11
（2020.5重印）（作家经典文库）
ISBN 978-7-5212-0439-1

Ⅰ.①春… Ⅱ.①郁 Ⅲ.①中篇小说—小说集—中国—现
代 ②短篇小说—小说集—中国—现代 Ⅳ.① I246.7

中国版本图书馆 CIP 数据核字（2019）第 050669 号

春风沉醉的晚上

作　　者：郁达夫
责任编辑：省登宇　周李立
装帧设计：谈天工作室
出版发行：作家出版社有限公司
社　　址：北京农展馆南里 10 号　　　邮　编：100125
电话传真：86-10-65067186（发行中心及邮购部）
　　　　　86-10-65004079（总编室）
E-mail:zuojia @ zuojia.net.cn
http://www.zuojiachubanshe.com
印　　刷：北京盛通印刷股份有限公司
成品尺寸：142 × 210
字　　数：210 千
印　　张：9
印　　数：16001—26000
版　　次：2019 年 11 月第 1 版
印　　次：2020 年 5 月第 3 次印刷
ISBN 978-7-5212-0439-1
定　　价：35.00 元